九滴水真探系列

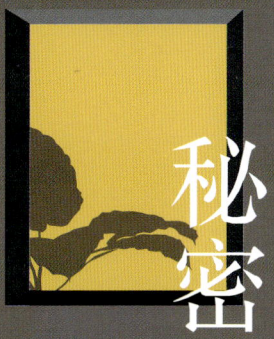

秘密

九滴水 著

中信出版集团｜北京

序　言

　　熟悉我的读者可能都知道，我本人是一名犯罪现场勘查员，主要工作就是在犯罪现场寻找蛛丝马迹，服务于案件侦破。在干好本职工作的同时，我还利用闲暇之余写写小说。这是我第四个以"鉴证科学"为核心的长篇系列。在此之前，我写了鉴证科学在"现发案件"上运用的《尸案调查科》系列，在"陈年旧案"上运用的《特殊罪案调查组》系列，以及在"古代案件"上运用的《大唐封诊录》系列，截至目前，《尸案调查科》系列的前两本已被改编成影视剧《风过留痕》，剧中云集了龚俊、孙怡、姜武、贾冰、王迅、李建义等诸多优秀的演艺人员。虽然我的写作能力无法与专业作家相媲美，但从某些方面来说，这种颇具"纪实"风格的小说，却受到了很多读者的认可。借着新系列出版的机会，再次向广大读者表示感谢。

　　那么，言归正传，这个以"司法鉴定"为背景的系列小说到底讲的是什么故事？

　　其实说简单也简单，说复杂也复杂。简单的是，本系列每本书都会围绕"非自然死亡"的主题来展开；复杂的是，在这个主题下所展现的幽微人性。

　　说着说着，又冒出一个名词：非自然死亡。是的，在我们日常的接案中，"非自然死亡"的现场十分常见，逝者多系自杀或意外，往往报警人发现"亡人"后，并不能直观地分辨"刑事案件"与"非刑事案件"，于是便会报警。我们在接案后，会第一时间赶到事发地，对现场进行勘查，并从痕迹物证上判断"案件性质"，当确定并非"凶杀案"后，我们会出具相关的法律手续，由逝者家属跟进后事。

但，家属是不是完全都能接受逝者的离去呢？不全是。

我曾接过一个现场，独居老人死于家中，身边留有遗书，因其门口装有监控，可查关键时间段，无任何人进入，室内也未发现第二个人的痕迹，通过种种物证分析，最终确定老人系自杀。当其远在外地的女儿赶到时，她怎么也不愿相信，时常和自己通话报平安的父亲会走极端，于是为了弄清楚其中的隐情，她聘请了第三方司法鉴定机构给自己父亲的遗体做了病理检验，最终通过病理分析结论，她知晓了父亲离她而去的真相。

从某种意义上来说，第三方的司法鉴定机构，实际上是对"非自然死亡"事件调查的一种延续，弥补了人情与法理上的空缺。

当然，司法鉴定的范围，并非只针对"非自然死亡"，一般大一点的鉴定所，会有数十种鉴定项目，如大家熟知的亲子鉴定、道路交通事故鉴定等，其中法医、痕检、毒物、理化、电子数据、文书检验、笔迹检验等都属于常规鉴定。

由于司法鉴定行业很少出现在大众的视野中，其运转的模式，也不被人知晓，所以在国内并没有以此为视角的文学作品。另外，涉及"鉴证科学"的悬疑小说，不仅要具备相当高的专业知识，还必须要把握"讲故事"的方法。

毕竟"非自然死亡"这种知道结果的"民事委托"，可能没有"凶杀案件"调查给人的刺激更直接，如何把"人与人之间质朴的情感故事"插入悬疑色彩，讲得"跌宕起伏"，具有"画面感"，这其实很考验写作者的故事解构能力。这也是本系列我构思数年，却将它放在"第四个"长系列去书写的原因。

我写悬疑故事十多年，基本都是着眼于"凶杀案件"，而在创作的过程中，我也渐渐察觉到，人是情感动物，越是顶级的故事，越是要能达到"人性共情"的高度。所以，本系列，它的故事外壳是鉴证科学在非自然死亡上的运用，其内核却是在探讨对于死亡更深层次的理解，从而探寻幽微人性中的复杂和矛盾，展现社会中更为真善美的一面。

希望这个我构思了四年多的新系列能给大家带来耳目一新的感觉，若有不足，还请大家多多包涵，再次感谢大家的厚爱，愿每位读者都能在故事中找到属于自己的那份温情。

九滴水敬上！

九滴水

2024 年 2 月 24 日（元宵节）

"生是**希望**,那死呢?"

1

夜幕似滴水中的墨,在苍穹中渐渐散开。

"啾——啪",一只不知从哪里射出的窜天猴,炸开在半明半暗的空中。短暂的绚丽激起一阵孩童的欢笑,他们的笑声传到哪儿,哪儿就时不时又有新的绚丽绽放。

各城市虽说禁燃日久,这几年在规定区域也有了适当放开的举措,似乎随着空气中的火药味儿渐增,年味儿也变得越发浓郁起来……

"马小胖!天天玩手机,还带你表妹一起,也不瞅瞅你都胖成啥样儿了!套上坎肩就能扮弥勒佛。"

在这新建的小区中,簇新的居民楼,618户敞亮的客厅内,一个身穿水红色毛衣的中年女人机枪一样说着话,注意到儿子正快速地划拉屏幕,她一把抢去儿子手中的华为手机。

女人拨弄两下屏幕,发现打开的是个"消消乐"游戏,她狐疑地瞥了一眼孩子:"就这?没收了啊!要玩带你妹下楼去放烟花,动换动换你还能减点儿肉。"

男孩不情愿地哼哼两声，女孩则乖巧地躲到自己母亲身边，抓住她的裤管。瞧着女儿亮晶晶的大眼睛，女人笑起来："大姐，立马吃年夜饭了，再说你把胖儿手机收了，小孩子玩起来没个数，要是跑远了喊不应，不还得下楼找他们去。"

见俩孩子趁机奔沙发去了，大姐打量着麻溜儿擀着饺子皮的弟妹，口中突然一叹："吃啥年夜饭？正主没到场呢！光咱们在这干得热火朝天的……"

"姐你别着急啊！"一旁包饺子的弟弟忙用围裙擦擦手，"我这就问问幺妹人到哪儿了。"

弟妹忙道："对对，超啊，你问，饺子我来就行！"

男子掏出手机，发了段微信语音："幺妹，饭快上桌了，你到哪儿了？"

嗡的一声发送完毕，之后足足一分钟，手机都没有任何动静。

耐不住性子的大姐开口了："我看是贵人多忘事，也不知在忙什么，家里人消息都不回。"

"不会。"男人摇摇头，"可能路上吵，没听见。要不，我直接打个电话？"

"催啥？别催了。她要心里边有这个家，还能不查微信？"大姐转过身，瞥见自家老公从厨房伸出头，没好气道，"瞅啥瞅，干你的活儿去！"

"我这不是关心嘛！"他扶着厨师帽，讪讪一笑，"成天跟咱家店里尽干这个了，我做菜手脚快，不耽搁。"

这只是一个大年夜的小插曲而已，很快大人们又开始各自忙碌，而两个孩子没了手机，难免有些百无聊赖。

马小胖拉开他妈扔在沙发上的大衣的口袋瞅瞅，摸摸那部华为手机，到底没敢往外抽。

小女孩则跑到母亲身边，拽着她的袖子，也不说什么，只是扑闪着黑葡萄一样的大眼睛。

"别以为我不知道你在想什么，"弟妹笑起来，戳了一下小女孩白皙的额头，"就是想看动画片、玩手机吧？这儿不行，回家给你玩儿。"

她朝沙发看去，太妃椅旁，一个老太太坐在轮椅上，左手扶着额头，双目微闭，一动不动，似乎已经睡着了。干瘦的老头坐在她身旁，双手插在袖子里，愣怔地望着窗外，好像在看不时有人放上天空的焰火。

"去找爷爷。"她建议道。小女孩嘟起小嘴，四处看了一圈，发现其他人都在忙碌，而"同伙"马小胖已经放弃挣扎，瘫在沙发上看起了春晚。心知没别人给自己解闷，小女孩只好朝爷爷走去。

"爷爷——爷爷——"小姑娘拽起老头的衣袖，他浑身一颤，回过神来，目光缓缓转到孙女稚气的小脸上。

老人枯瘦的脸上顿时有了慈祥的光："哎——宝贝孙女儿，怎么啦？"

他张开双手，把孙女搂在怀里。

"爷爷，我想听你说武松打虎的故事。"小女孩在他怀里钻来钻去，找了个舒适的位置倚靠。

"怎么老听这一个啊，是不是因为爷爷讲得好啊？"

小女孩咯咯笑起来："才不是呢！是因为爷爷不识字，不能给我读绘本。"

"甜甜！"大姐停下手，呵斥道，"怎么跟你爷爷说话的呢？"

小姑娘撇撇嘴，眼睛里包起眼泪，不知所措地望向母亲。

"你这孩子，还委屈上了？"弟妹也责怪道，"难得见你爷爷，也不说两句好听的，你啊，就是活该。在咱们家，连你爸都得听你大姑的。告诉你，以后要是你不听话，我舍不得揍，就让你大姑打你屁股。"

"不要大姑打我屁股，大姑凶，肯定比妈妈打得疼。"甜甜连忙捂着自己的小屁股。老人也跟着闹起来："打啥打？谁打咱们甜甜，告诉爷爷听，爷爷给你做主。"

大姐脸色一沉，却又马上变了个笑脸，用胳膊肘一推弟妹："你看你，教孩子还不都是你的事儿，干啥把我说成母老虎。"

"这尊老爱幼的观念得从小灌输。甜甜就是表面乖，背后皮得不行。大姐，你看你家小胖，在你面前服服帖帖的。再说了，要不是大姐你提点着，我和傅超能有今天？能住这么大房子？这教孩子的事儿，也得听你的。"

这番话听得大姐心里舒坦，挽起她胳膊，亲昵道："弟妹这话就见外了，一家人不说两家话，要帮啥忙你尽管吱声，但凡姐有的，绝不藏着掖着。"

搁在桌上的手机嗡地震动起来，傅超一看屏幕，忙道："幺妹回微信了，说快到了。"

"这就到了？赶紧的，还有好些没包呢！"大姐加快了手上包饺子的动作，又冲厨房喊道，"马雷，别磨叽了，赶紧热菜。"

"得咧。"姐夫在里边问，"饺子好了吗？"

"撑着呢！就差一个烧水的事儿，咱们都是手脚麻利的人，还能耽搁你？"

大姐说着看看馅儿和面皮，数了数，吩咐傅超和弟妹："交给你们了啊！"说完，她走向老两口，唤醒老太太："爸，妈，幺妹快到了，你俩捯饬捯饬，瞅着可得精神点儿。"

不等父母回应，大姐回头又是一巴掌，把一摊烂泥似的马小胖抽起来："马小胖，你还行不行？你出国留学的事儿，还得指望你小姨呢！教你的那些话马上再给我背两遍。你小姨来了说错话，看老娘不抽你。"

"我也要出国留学！我也要出国留学！"甜甜扒拉着她，小红皮靴一蹦一蹦，跳得像个小兔子。

大姐捧着她的小脸："行，你也留学——不过咱们甜甜以后可不能学你哥，得要学你小姨，将来考个国外的名牌大学，一年赚它上百万！买个大别墅！"

"姐，甜甜还小，别跟她说这些。"说话间，傅超夫妻已经包完了饺子，趁媳妇儿收拾桌子，傅超把女儿接了过来。

"咋？嫌弃你姐老想着赚钱呢？可没钱寸步难行，这养孩子，打小得让他们知道钱的要紧。"

"我明白，"见大姐又有训话的预兆，傅超忙打断她，"我估摸着，幺妹也该到了，我下楼迎一下吧。这新房她没来过，怕她找不着。"

在他身后，弟妹擦着桌面道："家里装修那会儿，我成天跑上跑下，也没见你心疼我。"

傅超别了一眼酸溜溜的妻子："咱俩是天天见，幺妹长居国外，多少年不见一次，就你话多。"

他走到鞋柜前，挑了双外出的运动鞋就要出门，谁知他刚把门拉开，一阵沁人心脾的高级香味，窜入了他的鼻腔。

"Surprise！（惊喜！）"旋即，一个身穿高级驼色羊毛大衣搭配大红毛衣裙，围着爱马仕招牌花色围巾，足踏黑色及膝高跟靴的洋气女子出现在他眼前，手中还拽着大大的行李箱，在她脚边，还堆着一堆豪华的包装袋。

"幺、幺、幺妹？"傅超舌头转不过来了，好半天才蹦出一句，"你咋不敲门？"

"这不是想给你们一个惊喜嘛！"女子一把将傅超用力抱住，又看向他身后屋内的众人，"我可想死你们了。"

"哎呀！还不赶紧进来！"大姐一声喊，除了老头老太太，一家人迅速聚到了门口，众人七手八脚，帮着把那些大包小袋拎进了屋。

关上门，看着这一大堆，大姐直搓手："你看你，人回来就行了，大老远的还买那么多东西，也不嫌累得慌。"

幺妹抓着大姐不撒手，喜滋滋地说："我这么多年不回来，爸妈多亏你和二哥照顾，这些东西算得了什么？再说了，我花了点钱，让出租车司机帮我拿上来的，你可放心吧！"

大姐拍拍她的手背："爹妈的事儿，还用你说呢？咱们中国人和那外国人不一样，百善孝为先，你也放心吧！"

"嗯，大姐说得对！"幺妹笑容灿烂，"我这次特意给爸买了部智能手机，回头二哥教爸怎么用，这样以后我就可以直接跟爸妈视频通话了。你跟二哥都忙，每次都得麻烦你们，怪不好意思的。"

"啊？"傅超和大姐对视了一眼，"这有啥麻烦的，爹妈的事儿就是咱们的事儿。"

"还是有一个的好——"

"这……"

见傅超语塞，大姐用胳膊肘猛地撞了他一下："别堵在门口，有事回头再说。"

"对对对。"傅超回过神，拿出一双新拖鞋，"赶紧进去吧！爸妈都等急了。"

幺妹脱下长靴，换鞋进屋，直奔沙发边的二老："爸，妈，你们的老疙瘩回来了。"一边说，一边就红了眼圈。

"哎哟，我的闺女啊——"坐在轮椅上的老太太给女儿擦着眼泪，自己也带着哭腔，"你可想死妈了。"

老爷子在一旁反复念叨着："回来就好，回来就好……"

幺妹站起身，把二老一边一个死死搂住："我也想你们……"

待初见的兴奋劲儿缓过来一些，二老和幺妹互相问候了些家常话，幺妹抹抹眼泪，起身环视起新房来："这房可真够大的，我估摸着有一百来平方米吧？以咱们这块儿的房价，怎么也得要七八十万，二哥，看来这些年，你和嫂子没少辛苦。"

"是、是吧……"傅超下意识地摸摸鼻子。

幺妹四处张望："对了，爸妈住哪一间？"

傅超一愣："爸妈？哦，就在……"

大姐接过话茬："你哥刚搬家，自己都蒙。过道最靠里面那间就是。"

幺妹走进去打开门，这个房间的装修是很温馨的米色和棕色，里面该有的都有，不过能看出来是典型的客房布置。

"好新啊！"幺妹回头道，"我看，连床单都是新铺的。"

弟妹忙道："这不是赶上过年嘛！衣服要穿新的，床上的东西也换了。"

"挺好！我这次回来，就跟爸妈一起住这间，方便照顾。"

"行，行……"傅超喃喃答应下来。

"着啥急，赶紧过来看看两个孩子。"大姐过去把三妹拽回客厅。

"这是马小胖，我家的傻小子。这是甜甜，你二哥的闺女。"说着，她顺势把俩孩子往前推了推，"叫人啊！"

"小姨（小姑）好。"

"你们好，你大名叫马思杰，你大名叫傅甜甜。我说得对吗？"幺妹弯下腰，宠溺地摸了摸他们的头，"去玩吧，一会儿小姨给你们包红包！门口那堆东西看见了吗？里边还有从国外带回来的礼物，这边买不到的！"

两个孩子眼睛闪闪发亮："谢谢小姨（小姑）。"

"说有礼物，这声小姨都喊得真心实意了。"大姐好气又好笑地拍了一下儿子的胖屁股。

"你姐夫把饭都做好了，既然人齐整了，咱们就下饺子，吃年夜饭！"

"对，我现在就下饺子。"傅超也跟着应和。

"等一下！"老爷子从沙发上缓缓起身。

"爸？"

老头颤巍巍地低头看看瘫坐的老太太："既然人都到齐了，咱们能不能先拍张全家福？"

"爸！"大姐直皱眉，"幺妹这刚到家，折腾半天水都没喝一口，拍什么全家福嘛！"

弟妹也道："就是，等吃完饭拍又不迟。"

老头扫视着大姐与傅超，最终目光落在幺妹身上。

他的声音有点哆嗦，但意思很坚定："就现在。"

"不就是一张照片，能花几分钟？爸要现在拍，就现在拍。我刚好带着单反。"幺妹朝门口行李箱走去，"我看哥这新房客厅就很好，就在这里拍。"

"行！听你的！"大姐也点点头，"大家赶紧捯饬捯饬，拍全家福了。"

很快，人都到齐了，幺妹调好快门延迟，将相机摆在电视机顶端，便快速回到父母身边蹲下。

"三、二、一——"

伴着众人的一声"茄子"，全家人的微笑，永远定格在画面中。

2

清晨时分，一缕阳光透过窗帘的缝隙，在屋内洒下斑驳光点。

一只肥硕的苍蝇被阳光的暖意诱惑，扑腾着翅膀，嗡地落在了光斑里，占据了一个尤为舒适的位置。

它抬起爪子，开始不停地揉搓红色的复眼，就在此时，一阵凉风从窗外袭来，白色的窗帘挺起了"啤酒肚"，也惊动了这只苍蝇，它顺着气流的变动，乘风而起。在暖风中悬浮、飘荡了一阵子后，它似乎有些疲惫，开始在屋内寻觅落脚处。

很快，它找到了——橱柜边缘，一个摇摇欲坠的木制相框底面朝上。苍蝇落了上去，停在相框伸出橱柜外的尖角顶端。

说不好是苍蝇的重量加持，还是那阵风的原因，相框晃悠了几下，终于掉了下去。

苍蝇在它掉落的一瞬间飞了起来。

相框落地，啪的一声脆响，打破了房间里的寂静。

"嗡——"轰鸣声伴随黑压压的一片事物炸开，更细微的嗡嗡声此起彼伏。

碎裂的玻璃洒在地面上，相框也在摔碎时翻了过来，碎玻璃镶嵌的照片上，一群人露着洁白的牙齿，乐呵呵地看向前方，不知为何，中间两位老人虽然面露笑意，但那笑容仔细看来，却有些说不出的别扭。

相框碎片下的地板上，隐约有一些黑褐色的液体浸润，这些液体是从床的方向流淌过来的，几乎已经漫溢在整个房间的地板上。

床头处，仍有这种黑色黏稠的液体，顺着床单缓缓滴落，下方形成的黑色水洼中，有什么密密麻麻的东西在令人作呕地扭动。

此时此刻，双人床上，躺着两个模糊的人形。

被惊飞的苍蝇盘旋着，又落回他们身上。

面对苍蝇的骚扰，二人却一动不动，他们身上爬满了无数白色的蛆虫，它们蠕动着自己圆滚滚、肥嘟嘟的身体，聚成一团又一团，疯狂地在发青变色的肌肤上爬行着，啃食着，吮吸着……

无休无止……

3

GZ市的三月，空气湿冷微咸，黄色风铃花和红色木棉已经等不及更暖一点，在街边枝头上怒放，绚烂地宣告春的到来。

沿街开设的早餐店和茶楼里飘出蒸腾雾气，到处弥漫着竹笼、食物和水汽混合的烟火气。

一株盛开的木棉下，面容富态、年过六旬的老太太走下一家茶餐厅的台阶，一边心满意足地打了个嗝，一边逗弄着怀里棕黄色的泰迪犬。

老太太搂着狗，拐进一条林荫小道，左右看看，把扑腾的小泰迪放在人行道上，解开了狗绳。

"哦哟，急什么急！你这个小家伙，比我老太婆还着急散步哇？"老太太笑眯眯地数落着小狗，样子极为宠溺。

小狗一得自由，便撒开腿，四处嗅闻起来，老太太在后头喊："宝儿，等等奶奶——"

小狗却熟门熟路地跑到一家机构大门外，站在红白相间的栏杆下，弯腰拱背地拉起屎来。

老太太着急地一拍大腿，连忙走过去："这下要糟——"

然而狗屎已经落地，看着泰迪爽得眯起眼睛的小表情，老太太叹了口气，开始摸起兜来："臭宝儿，不乖！不听话，叫你不要在这搞事情，就是不听……"

摸了半天，啥也没有。老太太直跺脚："糟了，这家茶餐厅纸巾要收费，本来准备给你抓屎的，刚让我给用了！"

她抬眼瞥去，这家机构门口的岗亭里并没有人。老太太连忙弯下腰，一把捞起小狗，转身就走。

"张阿姨。"背后一个声音慢条斯理地响起。她停住脚步，缓缓扭过头，朝中年保安讪讪地打了个招呼："小刘啊！上班呢？"

"对，等着扫狗屎呢！"刘强提了提手里的簸箕笤帚，"宝儿又拉了吧！"

张老太太恨铁不成钢地瞪一眼小狗，立马又堆起笑容："不好意思，小刘。我家这狗也不知道怎么了，什么地方不好拉，就是认准了你们这大门口。我今天身上纸巾又刚好用完了……"

刘强一边扫狗屎，一边道："扫个狗屎没什么，就是您家这宝儿，太神出鬼没了。咱们所里的人进进出出的，谁踩着了，难免要骂上几句。"

"骂什么，我们宝又不是故意的。"老太太拉下脸来。

"张阿姨，"刘强把簸箕笤帚放到一旁，耐心劝道，"咱们有一说一，您这狗乱拉屎事小，您不牵绳事大。要是给车撞了怎么说？责任全是您的，到时候您可就是赔了夫人又折兵……"

"哎呀，知道了！"老太太连忙堵住他的嘴，"再没下次，成了吧？"

"您都保证多少次了？"刘强摇摇头，"下次您又忘了。"

"那你说怎么办？"老太太耍起脾气，"要不你帮我遛狗？你这么懂文明养犬，交给你得了。"

"张阿姨！您不能总这样嘛——讲讲道理——"

"我哪里不讲道理？"老太太双手一摊，"我是没你行，要不然你干脆考个证，"她手指院内大楼上"龙途司法鉴定所"的镏金大字，"正大光明维护正义嘛！不要和我老阿姨计较这点鸡毛蒜皮。"

"我这不也是为您好？这样真的不安全，狗不牵绳，被人、车或者其他狗一吓，跑丢了您不也得伤心吗？"刘强苦笑着摘了大檐帽，"行吧，真没下次了啊！要是再不牵绳，我就打电话给养犬办。"

"没有没有，"老太太见过了关，抱着泰迪就往他跟前凑，"宝儿跟刘叔说，下次肯定牵绳。"

"行了行了，您赶紧回去休息……唉……"刘强正说着话，眼角忽地掠过一抹艳丽的红。

他扭过头，见一名踩着高跟鞋、身穿红色风衣的女子已经越过挡杆，拉着银色行李箱，旁若无人地大步冲向鉴定所正门。

"喂，你是干什么的？"

刘强暗忖一声"不好"，拔腿追了上去，可紧赶慢赶，对方已经先他一步进了大厅。

女子在大厅正中停下脚步，刘强撵上来，喘着气问道："喂，这位女士，这不让随便进，你得先在门岗登记。"

红衣女子面若寒霜地扫视大厅，正中接待台内的工作人员听见刘强的话，连忙挂着职业笑容迎了上来。

"请问您有预约吗……"

红衣女子抬起面容姣好的脸，目光犀利地盯住眼前的姑娘："既然有前台，就意味着安装了集中警报装置，最少也是火警，对吗？"

"啊？"前台文员大多由资历尚浅的年轻人担任，这位也不例外。女子如此理所当然的态度，让她瞬间会错了意，"您……是来做安全检查的吗？"

见女子不说话，死死盯住自己，她下意识地紧张起来，忙解释道："一切警报装置都是合规安装的，就在接待台后面的墙上，使用也正常。"

"很好。"女子露出一个灿烂的笑容，眼神却是冷冰冰的。随后，她将行李箱一扔，踏着高跟鞋走进接待台内。

刘强顿觉不妙，忙大声喊："拦住她——"大厅内来往的人们停下脚步，惊讶地看向狂奔的刘强。

但一切都晚了，女子已经掀开墙上"SOS紧急警报器"的盖子，一掌拍了下去。

震耳欲聋的警报声响彻整个鉴定所。

"完了。"刘强整个人都呆滞了。

4

"出大事儿啦——"鉴定中心长长的走廊上，几个身穿墨绿色检验服的小年轻嚷嚷着。

他们冲每个科室探出头来的人说："快快，出事了，赶紧去看热闹。"很快，他们的队伍就壮大起来。

然而，并非每个人都对这种老套的诱惑毫无抵抗之力。

理化毒物检验组内，外间的扰攘顺着虚掩的门缝飘进来，挠得人心里痒痒的。几名组员小声议论起来，但这一切都没有打扰到检验台前扎着马尾的女子。

她正全神贯注地盯着眼前的小白鼠，手握录音笔："抽搐，口鼻流血，闪电死亡。被检样本中，果然混有微量的氰化物。我的判断没错，应该是生产设备出现损坏，导致地下水源被污染，不知情的工人饮用了井水，所以出现了集体中毒的症状。"

"佘小宇？"女同事掀起半透明的隔离塑料帘。

她转过头，发现和自己年龄相当的王晨在挤眉弄眼。

"什么事？"

"毒物实验做完没？所里出事儿了。"王晨把短短一句话说得眉飞色舞，"走，咱们看看去。"

"你们去吧！我把结论先记一下。"

"工作狂，你忙吧！一会儿我们回来跟你说。"王晨回头和另一个女同事挽着手走出去。

两人的声音远远传来："小宇真没趣，咱们这工作，成天除了检验还是检验，就她干不厌，跟走火入魔了一样……"

"做单子有钱收嘛！"

"我看未必是为了钱……就是那个什么……变态？……"

佘小宇挑了一下略浓的眉，她弯下腰，动作轻柔地提起那只七窍流血的小白鼠。

"辛苦了。"她对死去的小鼠说道。

5

鉴定所里对这场骚乱置之不理的人，并不是只有佘小宇。

法医病理解剖组，玻璃检房内，身穿白大褂的高挑美艳女子，站在 X 光片显像机前陷入了沉思："怎么会这样？"

她叫王怡文，由于她的打扮调性偏冷，眼中转瞬即逝的迷惑就显得相当诱人。

电脑桌前，一位面貌英俊的男法医把脖子伸得老长，痴痴地看着她，半天才回过神来，抬手戳戳身边的同事，低声问道："喂，老张，你说，咱们冷艳大美女在干什么呢？"

"王法医？"年长一些的中年男子瞥了一眼后方大白袍都掩不住的玲珑身条。

"嗯哪。"男法医面色微红。

老张露出"我就知道你小子春心萌动"的神情："小岳啊！别说兄弟没提点过你，你小子最好别指望她。"

"为啥？"岳法医一头雾水，"咱们这行，内部消化又不少见。"他说到这里，好像恍然大悟，指着老张道，"该不会是你想近水楼台先得月吧？"

"瞎扯。"后者顿时变了脸色。

"哎哎，有话直说，兄弟我懂。王法医毕竟靓绝鉴定所，还是单身，我理解你。"

瞅着岳法医握住自己的手,老张哭笑不得:"放你的闲屁。净瞎想,知道她在干吗吗?"

岳法医一脸蒙:"我不就是不知道才问你的吗?"

"昨天送的一例,这尸检大家都不想做,就她接了,结果也出来了。"

"什么情况?"

"致死原因:死者把一个吹风机塞进了肛门中,接着打开电源,最终诱发心脑血管疾病导致猝死。"

"啊?"岳法医不小的眼睛里充满了疑惑。

他下意识地回过头,看向仍沉浸在自己世界里的王怡文。美貌惊人的女法医低下头,仿佛在倾听台上那具硬挺尸首的言语,嘴里自言自语着。

"嗯,是这样吗?可是你不知道这样做的后果?"

"说得有道理,你也不是什么专业人士。"

"人生在世,难免有上头的时候。"

"男人往往控制不住的,我明白。"

岳法医英俊的脸肉眼可见地变得苍白起来。老张起身,了然地拍拍他的肩膀:"她的思维,一般人理解不了……小岳啊,听过胃结石吗?她就是那块最美的胃结石,比水晶灿烂,比钻石完美,但是,只要你是个正常人,就消化不了。"

岳法医深呼吸片刻,回头强笑:"刚才警报响了,好像出了什么事儿,要不,咱们也出去看看?"

"去,赶紧去。"老张嘿嘿一笑,"她呢?喊不喊?"

"算了算了,胃结石……"岳法医叹了口气,二人悄然而去。

对其他人的行动,王怡文全然无感,继续沉浸在她的世界里,口中咕哝着:"嗯,真是深不可测啊——"

6

走廊里,一名准备去大厅看热闹的男工作人员停下脚步,皱眉看向行为数据分析组敞开的门。

从门内不时传来哐当哐当的金属敲击声,但放眼望去,屋里一个人都没有。

他推开门,缓步顺着声音走过去,来到近处后,那声音却突然消失了。

就在他感到脑后发凉时,冷不丁地,一只胖乎乎的手从桌下伸出来,扒在桌沿上。

"谁?"他吓了一大跳。

"我,汪鹏鹏。"一道憋着气的声音从桌下传来,他捂着胸口蹲下一瞅,瞧见一个胖墩墩的屁股正对着他。

"你他妈吓死人了,在这干什么呢?"

那人费劲地将肥硕的身体在桌下调了个方向,露出涨得通红的脸:"刘哥,峰哥刚才让我给他修下电脑,我这马上完事儿了。"

"我说行为数据组怎么放心大胆全摸鱼去了,敢情把你这个热心肠弄来看家啊。"刘哥皱眉道,"电脑坏了找售后啊,找你干吗?"

"小问题,找售后太磨叽,正好我懂,就搭把手的事儿呗!"

"也是,要说这电脑技术,全所我就服你,可我弄不明白,你为啥自己的单子不接,天天帮人干这个干那个,有钱吗?"

汪鹏鹏总算从下边钻出来,擦把汗,也不回答他的问题,而是憨笑着问:"哥,你喊我啥事儿?"

"哦,外头出事儿了,一块儿去看看?"

"啊?什么事儿?"

刘哥摇摇头:"我也不太清楚,警报都响了,事儿怕是不小。"

汪鹏鹏吭哧半天："算了，我不喜欢凑热闹。人一多，事就杂，说不定又被谁逮住干活儿。"

刘哥呵呵一笑："就知道你死宅，只要人多的地方，你小子就有多远躲多远。行吧！你不去，我去。"

等人走了，汪鹏鹏一屁股坐下，反手就从桌面上拽了盒薯片撕开："唉，这动两下就饿了！赶紧补充点能量。"

他看看敞开的门，小声嘀咕："我倒也不是真不想看……啧……"

7

痕迹检验综合专家组，空荡荡的办公室沐浴在不冷不热的舒适阳光里。专家组遇到要案才会召集全国上下的专家共事，平时并不常设，因此一直躲在楼角里，环境十分清静，就连方才的警报传到这里时，也只剩下若有若无的动静。

此时，一把竹藤编制的摇椅在窗边有节奏地摇晃着，身材匀称、高挑的年轻男子用一本《痕迹解析大全》盖住脑袋，慵懒地躺在上面。

他双脚抬得老高，露出一双黄黑相间的怪异袜子，袜子边儿印着鸡爪的纹理，冷不丁一看，就仿佛一个人长了一双鸡爪子。

这种袜子，是某网站最流行的时尚款式，除了鸡脚袜，还有很多兽爪款式。此时，这份"时尚"跟他臀下古朴的摇椅、桌面上的各种绿植和文房四宝形成了怪异的反差。

他深深打了个呵欠，扭动着身体，寻找一个更舒服的姿势，摇椅扶手上的铭牌也显露了出来：

藤椅：龙途司法鉴定所固定资产

使用者：李霄阳

8

鉴定所一楼，装修大气的会议室内，弥漫着严肃的气息。

各科主任等头头脑脑，纷纷姿态端正地围坐在椭圆形的会议桌前。

主座上的女士梳着一头利落的短发，身着干练的手工定制蓝色套装，搭配黑色高跟鞋，打扮得素雅而稳重。在耳垂上的单只新中式竹节紫色珍珠泪耳扣，以及那只古典瑞士细带金色腕表的装点下，她身上那种领导者的威严感与女性的美感被平衡得恰到好处。

年过半百的她看起来十分年轻，将"岁月不败美人"诠释得淋漓尽致。

"关于各科室需要采集仪器的报告，我已经做了详细记录，各位的要求，我会根据所内营收状况进行评估后决定……"

"龙所长！"靠门位置的一中年男子起身发话，"外面走廊里有人。"

"知道了，继续。"

"他们好像在吵架！声音越来越近了！"男子有些焦急。

她冷冷一瞥，不容置疑地说："我说了，继续，开会。"

在众人的注视下，男子缓缓坐了回去。

"继续刚才的话题。"她低头看笔记本，"根据所内目前的鉴定量，我会优先考虑痕迹检验组及法医组。多劳多得，天经地义……"

就在此时，会议室的玻璃门突然被推开，红衣女子挣脱保安刘强，朝屋内喊道："谁是龙梅？出来——"

屋内所有的目光都聚集在龙梅脸上，她却不为所动，合拢笔记本，将手中的笔端正地放在本子侧面，上端对齐。

做完这一切，她才起身，来到红衣女子面前。

"我就是。"

此时众人才发现，闯入女子的气场在龙梅面前并不弱，反而隐隐有着足以匹敌的架势。

"我猜，你就是给我打过电话的傅雨晴。身为国家培养的尖端生物工程负责人，怎么会是这种不讲道理的性子？"

得知红衣女子的身份确实不凡，在场众人顿时露出"原来如此"的神情。

"别扯这些，"傅雨晴冷笑，"你只需要告诉我，这个委托，你到底接，还是不接。"

龙梅平静地答道："我以为，我在电话里已经说得很清楚了。既然你当面要答复，我就满足你。你的要求，我们鉴定所，办不到。"

"办不到？"傅雨晴眼中喷出怒火，"有人告诉我，你们龙途有全国最完善的检验组，最专业的鉴定人员，设备比警方更先进，从调查取证到分析检验，所有步骤都能独立完成，而你现在跟我说，我的委托，你接不了？"

"你说的模式在国内过去没有，我们也没有尝试过，我很抱歉……"

"过去没有就不能尝试，你是这个意思吗？那我负责的生物工程过去也没有，是不是就不能进行突破了？"

傅雨晴嘲讽道："照你说的，我爸妈让我好好学习，以后报效国家，我出国留学后回国工作，之后又被派驻国外做工程研究，每一步突破，是不是都要因为'国内过去没有''没尝试过'就要放弃服软？"

因为压抑的愤怒，她浑身都在颤抖："我告诉你，为了国家可以突破现有的技术难关，我每五年才有一次回国的机会。而这一次，我回家过年才一个月，劝我报效国家的父母就悄无声息地死在了养老院里。当尸体被发现的时候，他们的身上已经爬满了蛆虫……"

"现在，你再跟我说一遍，"她抓住龙梅的衣袖，青筋毕露的手背和紧皱的衣料，说明她的情绪已经濒临崩溃的边缘，"你们龙途，到底能不能接这个委托？"

龙梅垂下眼眸，这一次，她没有直接否定："警方已给出了结论，不是吗？"

"自杀？"傅雨晴说，"毫无征兆，两个老人一起？这能说服谁？"

"我明白了，"龙梅抬起双眼，直视面前这个满眼血丝的女人，很显然，她沉浸在极度的痛苦中已经有一段时间了，"但我有一个问题，是谁让你来的？"

她沉下脸："我指的是，到底谁出的主意，让你按警报？"

"我不能出卖朋友。"

"朋友？"龙梅眼中掠过一抹了然，"你一直都在国外，你那个朋友，应该也在你所在的 M 国，对吗？"

傅雨晴盯住龙梅的眼睛："如果我不告诉你，你是不是就不会接这个案子？"

"龙途不会和不真诚的委托人打交道，那会带来极大的麻烦，作为一个项目负责人，你不会不明白我的顾虑。"龙梅的声音仍然听不出丝毫情绪波动，"当然，我尊重你的隐私权。但如果这样的话，你也需要承担这个决策相应的后果。"

从龙梅的眼里，傅雨晴没有看到丝毫玩笑的意思。她只得掏出手机，从联络人名单中选出一项，在她即将按动拨号键时，龙梅道："开免提。"

傅雨晴明显有些火大，但她迟疑片刻，还是按下了免提键。

"嘟——嘟——"电话等待接通的声响，充斥在整间会议室。

很快，电话被人接起，一道慵懒微哑的女声响起："是雨晴啊，这边都快凌晨了，有什么急事吗？"

女声极为温和，有一种异常令人心平气和的抚慰感，在场众人几乎能仅从声音就感受到，对方必然是一个极富女性风韵的温婉女子。

"曹姐，你把给我推荐的鉴定所说得这么好，可他们拒接了我的委托。"

"为什么呀？这多简单一事儿啊。"女人惊讶地说，"在国外，一般三五人的小所都能接。就说我负责的鉴定中心吧，现在有一大块项目，就是协助警方勘查现场。警方的案件破不破得了，很大程度上需要靠我们中心呢。龙途那么大的所，上百号人，连这种警方已给定性的委托都不敢接？唉，看来我还是高看国内的机构了。"

"哎，这人怎么说话呢？"会议室内顿时响起一片不满的议论声。

电话那头警觉地问："雨晴，旁边有人？"

"对，我在龙途的会议室，他们在开会。"傅雨晴双眼不离龙梅，"你的好亲戚非得让我开免提，估计是想听你说说，国内外到底有多大的差距。"

"亲戚？"众人又一次看向龙梅。

"哦，是这么回事呀！大家好呀，我是曹红玲，是龙梅的亲嫂子，跟大家也是同行，我在国外也带了一个鉴定中心，所以就有些想当然了，还是不了解国内的情况，大家别往心里去啊！"

"谁？曹红玲？那个发表了无数篇SCI论文的华裔鉴证大拿？"有人惊讶地喊出声。

听到大家的议论声，电话里传出咯咯的笑声："真是过奖了。本来呢，我觉得从技术上看，这个委托真的就是很简单的一件事儿，所以我也就没和龙梅打招呼，国内有国内的规定，扯什么熟人介绍之类的，那不是给你们龙途添麻烦吗？可我真没想到，国内还是这么讲究……既然话都说到这儿了，我倒也想借机和大家聊一点拙见。不管是在国内，还是国外，司法鉴定最终都要体现司法公平，要是我没记错，你们所的徽章上，应该有一只顶着天平的獬豸吧！"

傅雨晴朝龙梅胸前看去，在那里，别着一枚精致的圆形烤蓝徽章，中间位置的确有一只口衔天平的獬豸。在图案的外圈，用楷书写着"龙途司法鉴定所"，而獬豸蹲着的"石碑"上，则标注着一个年份：

2007。

曹红玲还在继续:"所谓的司法公平,用咱们最朴素的方式理解,就是要认定事实。当警方通过勘查判定系属非诉案件时,也就无法立案,自然就不能依法开展深入的侦查活动。而在这个时候,如果当事人存在探寻事实的需求,那他唯一的选择,就只剩下司法鉴定机构了。你们龙途建立的时候,我还特意恭喜过你们龙所长,所以我记得,你们所成立应该也有十五年的时间了。难道,你们这么大的所,各科室还在各自为战,过着等单做活的日子,连个系统性的全面调查小组都没有啊?唉……这么一看,我当初没选择回国发展,还真是个明智之举。"

"你不回国的原因真的是这个?"龙梅的话音就像冰碴,"不是因为国外的空气又香又甜吗?"

"你呀,还是那个臭脾气。算了算了,人各有志,我追求技术进步,你就是个典型的传统思维!忠义要两全嘛!我明白的,过去你也没少跟我和你哥讨论过,反正,在我们家谁也做不了你的主,大家现在也各有各的精彩,反正我话说到这了,这个案子,你就自己看着办吧,龙所长!"

"等等。"龙梅突然道。

曹红玲柔柔地叹了口气:"小梅,我又怎么了呀?"

"再警告你一次,有些馊主意不要乱出。否则,我的手段,你应该比谁都清楚。"

"I want to sleep, good night.(我想睡了,晚安。)"曹红玲赶紧说完,挂掉了电话。

9

龙梅将手机交还给傅雨晴,双手撑着桌面,看向众人:"事情大家也了解了,各位对这个案子有什么意见?"

各科一把手交头接耳片刻,有人带头开口:"我觉得,咱们这么大一个所,抽几个人出来也不是什么难事。"

"对,这种模式可以尝试。"他身边的几位连忙赞同。

有人领了头,其他人也你一言我一语地赞同起来。

"看来,各科室对在全面调查方面进行业务突破,都没反对意见,是吗?"龙梅放慢语速,再次询问。

"没有。"

"没有。"

有人举手示意:"我这边也可以配合。"

"好,全票通过!"龙梅转身勾起嘴角,回视傅雨晴:"你的委托我们接了,二十四小时之内,会有电话通知你过来办手续。"

见傅雨晴又惊又喜,她又语气冰冷地说:"这一次,你必须走正常程序,别再突然按警报了。否则,我会报警。"

10

遍布鉴定所的中心广播突然开始播报。

一道甜美柔和的女音通过喇叭,在每一个科室内响起:"请理化毒物检验组佘小宇、法医病理解剖组王怡文、行为数据分析组汪鹏鹏、痕迹检验综合专家组李霄阳五分钟之内,前往龙所长办公室。现在,倒计时开始。"

"大魔王这每次找人都倒计时的规矩就不能改改?对人心脏不好啊!"王晨咕哝着问佘小宇,"你说是不是?"

"时间观念明确,没有什么不好的。"

佘小宇微微一笑，小心翼翼地将已经擦拭干净的小白鼠捧起，放入她用瓦楞纸制作的纸棺中，接着她用红笔在纸棺正面写上"98号实验鼠，感谢您的付出，请您安息"的字样。

放下笔，她才摘掉护袖，不紧不慢地走出了房门。

而王怡文此时正手持吹风机，在解剖台前不停徘徊，"这么做，应该很痛苦才对，怎么就能兴奋呢？至于吗？"

老张远远瞥了一眼，对身边的岳法医说："你瞅瞅，又魔怔了！"

岳法医一脸尴尬："龙所找她，这要是去晚了，就咱们所长那脾气可了不得。"

"不然你去喊一声？"

"我？我怕她叫我看吹风机。"

"你小子不是血气方刚吗？这么快就认输了？"

"那我是不知道情况，我刚也和别人打听了，她只对尸体感兴趣，跟活人不怎么对付。"

"赶紧吧！这是正经事，有点同情心行不行？"

岳法医无奈地站起身，快步走到玻璃解剖间门口，敲敲玻璃门："王法医，龙所找你去她办公室。"

"啊？"王怡文还没回过神。

"广播！"男同事的手朝上指了指。

"谢谢，我知道了。"见她终于肯丢下吹风机，走出解剖间，所有人都松了一口气。

然而，不一会儿，走廊里就传来了王怡文不耐烦的自语声："找我干吗？真烦！"

11

"刚谁喊我？"

汪鹏鹏猛地起身，头咚地撞在桌上，"靠，忘了我在修电脑了。"捂着脑袋，他起身一瞧，发现所有同事都戴着耳机，正在忙碌地分析数据。

"真烦。"外面传来一道好听的女声，他疑惑地走出门，刚好撞见王怡文。

"咦？王姐姐，你怎么在外面？"王怡文上班时间向来不会乱跑，很少会在走廊里乱晃。

"你是……"见对方一脸熟络，王怡文却没太多印象。

"我啊！汪鹏鹏，数据分析科的。上次后勤就是找我给你修的电脑，还送了你们科室的人巧克力，想起来了吗？"

王怡文对活人向来不太在意，只得敷衍："哦，是你啊……"

见她还迷糊，汪鹏鹏正想再提醒一下，就看见佘小宇健步冲这来了。"咦，佘姐姐也来了？不沉迷检验了？"

佘小宇来到他面前，双手插兜，从镜片后面瞥了他一眼："还能为什么，咱们都在通知名单上。"

"我……咳，女生面前不能说脏话。"汪鹏鹏一脸迷茫地和她们一起上楼，小声道，"我寻思最近没惹事儿啊！再说了，我这么菜，也配和两位姐姐一起挨批吗？"

"没做亏心事，有什么好怕的？"佘小宇说，"就不能是表扬？对了，上次你给我那个仙贝不错，大家挺爱吃的，什么牌子？我也买点，给你回个礼，老吃你送的也不太好。"

"姐姐们喜欢就是我最大的动力，不用买，我可是扫遍零食网站，自己吃不了，才送给大家的。"汪鹏鹏刚支棱起来，又缩了头，"说真的，自打我进这个所，就没被表扬过。佘姐姐别安慰我了，这次还不知道会怎么惨。"

　　说着他从裤兜里掏出一罐娃哈哈，开盖就往嘴里倒："我先补充点糖分，提前压压惊。"走路不看路，一下撞到了墙上，嗷地嚎了起来。

　　这杀猪一般的叫喊声，惊动了还在摇椅上悠哉晃荡的李霄阳。

　　摇椅戛然而止，他把盖在脸上的书拿下来，伸了个长长的懒腰，缓慢地把脚塞进洞洞鞋里，仿佛一个老头一样慢慢地起身往外走去。

　　路过办公桌边，他顺手将那本专业书扔在桌上，挠着鸡窝似的头发，离开办公室。

　　门咣当关上了，风吹起书页，自动翻到了"封诊道验勘法则"那一页，上面标题处，有人用荧光笔画了个星号。

12

　　龙梅靠在真皮大班椅上，审视着眼前的三个人，她手中那只用了多年的"英雄"钢笔则有节奏地轻轻敲打着桌面。

　　佘小宇今天穿了件修身夹克，内衬是灰色的高领毛衣，下面搭一条水洗蓝色牛仔裤，把苗条的身材勾勒得恰到好处。

　　其实她约莫也就一米六，虽说个头不高，但身材苗条，显得比例极好。她天生一张鹅蛋脸，薄唇，微浓的柳眉，还有一枚小翘鼻搭配，晶亮的黑眸明净清澈。

　　虽说佘小宇总是戴着黑边眼镜，永远是副素颜，但气质颇为不俗，如果摘掉那"瓶底子"，只怕会惊艳很多人。

　　而她身旁的王怡文，可以说与之风格截然相反。法医组冷血美女名声赫赫，模特儿身材，站着比佘小宇愣高出一个头。

　　就这还是她换上了工作时的软底护士鞋的结果，要是踩上下班后的细高跟,还能再高出一大截来。

如果说佘小宇是秀美纯净,王怡文的相貌就是大气浓艳。她有一张瓜子脸,高鼻大眼,红唇饱满,从长相到妆容都极具"欧美范"。不在工作期间,她会像现在一样,散开一头浅栗色的大波浪长发,将整个脸蛋烘托得宛若一朵盛放的牡丹。当她身披长款冷蓝色风衣,内搭一身黑色修身长裙,再配上那双足有10厘米的高跟鞋时,俨然一朵难以攀折的"高岭之花"。

不知不觉中,龙梅看两个女下属的目光带上了欣赏之意。然而看到身材圆滚滚、正在左顾右盼的汪鹏鹏时,她顿时感受到了视觉上的落差。

"汪鹏鹏,你迟到了58秒!"龙梅的声音像冰锥一般扎来。

"我刚撞着鼻子了,去冲了会儿水,这才来晚了。"汪鹏鹏慌忙露出一个尴尬的笑容,"所长,你今天这身搭配真好看,比我妈美多了,尤其那耳环,您哪儿买的?我也给我妈买一个去。"

"废话说完了?"

汪鹏鹏吃瘪地低下头,小声道:"说完了。"

龙梅看向在打印机前忙碌的秘书:"小陈,你等一下通知财务,扣汪鹏鹏半天的薪水。"

小胖子慌忙抬头:"啊?还扣啊?我月月都只拿底薪,再扣就没了。"

"你缺钱吗?你一天到晚摸鱼,进所大半年就接了三个单子。"龙梅似笑非笑,"我看你不缺。"

"我……"汪鹏鹏哑口无言。

"你什么?"龙梅上下打量他,"运动鞋、运动裤、套头衫,一米八的大个子,穿得倒像是个打篮球的,可就没见你屁股挪过窝,就你这身材,要是再胖下去,别说打篮球了,怕是以后走路都费劲。"

"那您就别扣钱了,我拿去报个健身私教呗……"汪鹏鹏五官挤成一大坨。

"咚咚咚。"一阵敲门声突然响起，不等龙梅允许，门把手就被拧开了。

来人不比汪鹏鹏矮，身材也不错，五官周正浓眉大眼，颇像韩国当红男星李帝勋。但他脚下的洞洞踩屎鞋、诡异的条文鸡脚袜、到小腿肚子的七分裤、身上的骷髅T恤、外面套着的皮夹克，还有那头乱得跟鸡窝一样的燕尾发，却彻底抵消了他的帅气，使整个人散发着古怪又难搞的气息。

汪鹏鹏偷笑，心里嘀咕："嚯，比我来得还晚，不知道大魔王一会儿要怎么发飙呢。"

然而龙梅却出乎他意料地"和颜悦色"："李霄阳，我请你过来，是不是打搅你睡觉了？"

"有一点。"他揉了揉惺忪的睡眼，拖拖拉拉地走进来，反手扣上门。

"好，人终于都到齐了。"龙梅站起身来，正要往下说，汪鹏鹏突然举手："龙所长，他来迟了，怎么不扣他工资？"

"说得好，"龙梅目光如电，"要是你也能一晚上解决一个全国性难题，别说工资了，除了发奖金，我再给你整个月的带薪休假。"

"这么好？"汪鹏鹏听得直咽唾沫。

"我能说到做到，"龙梅微微一笑，"可你行吗？"

汪鹏鹏蔫了，但还不服气，瞥着李霄阳道："那他就行？"

"不然呢？"李霄阳双手一摊，乐了。

"你傲什么？"龙梅冷冷地看向他，"你比汪鹏鹏也强不到哪儿去，一身本事非得当咸鱼，就是个属破车的，不拉不动。"

李霄阳刚起了一点范儿，被龙梅这么一批立马蔫了，腰弓得像只皮皮虾，灰溜溜地站到队尾。

"所长，材料好了。"

龙梅接过陈秘书送来的资料，回到办公桌。

"自己找地方坐下。"

一声吩咐，四人拿来靠墙座椅，围着红木办公桌落座。咔嚓一声，陈秘书出去后带上了门，屋内的压迫感顿时变得更强了。

"刚才所里发生的事儿，你们都知道了吗？"

其余三人都点头，只有李霄阳说："差不多吧，半睡半醒，听到几句，但不全面。"

"行，我复述一遍。"龙梅道，"两小时之前，有委托人来所，希望我们能够全程调查父母死因的真相，全所科室一把手当场表态接受委托，所以，明天的这个时候，龙途会成立一个调查组，赶赴现场。"

"全程调查？"佘小宇微微皱眉。

在她身边，两道声音依次响起。

"我反对！"

"我也不行！"

"王怡文，汪鹏鹏。"龙梅轻笑，"一个个来，什么反对理由？"

"不乐意。"王怡文腰板笔挺地说完三个字，就不再开口。

龙梅挑眉看向小胖子："那你呢？"

"所长。"汪鹏鹏谄媚地笑起来，"您刚才不也说了，我走路都费劲，出外勤，这不是给组里添乱嘛，所以，还是换个人吧！"

龙梅"嗯"了一声，看向佘小宇："你不表态，但应该也不怎么情愿，说说看。"

"对全程调查模式，我有两方面的顾虑。"

佘小宇暂停片刻，整理想法："第一，我们所工作中最常见的，就是委托人与鉴定人意见不统一导致的纠纷。因此造成该检不检，导致时效性证据丧失证明效力的情况也发生过。而全程调查模式，等于需要变被动为主动，这与我们平时的工作模式有冲突。"

"有道理，毕竟平时都是委托人带检材过来，我们根据其要求，点对点做检验鉴定。"龙梅轻敲笔杆，"你往下说。"

"一旦进入全程调查，我们就得自己出现场，提取检验样本，还原事件全过程。这是警方的工作流程，可我们毕竟不是警方，没有任何国家强制力保证。加上鉴定是要收费的，这就注定了，如果委托人不愿意检验关键物证，调查进程势必受到影响。而在场各位擅长的，都是目前的方式，而不是说服委托人。几乎可以预见，到时候我们将手足无措。"

见龙梅若有所思，佘小宇似乎得到了鼓励，继续道："至于第二，是我个人实际情形不允许……"

说到这里，她微微停顿了一下："……我有些情况，需要每个月支出大笔开销，除了基本工资，我需要进行额外的检验鉴定，才能维持正常开支。长时间出外勤，恐怕无法保证我的生活稳定性。"

汪鹏鹏打量起佘小宇，怎么看怎么简朴的打扮让他脑子打了结，小声嘀咕："……佘姐姐居然这么能用钱？看不出来啊！"

龙梅敲敲桌子，李霄阳抬起毛糙的脑袋，和她看了个对眼。

"他们都说了自己的意见，李霄阳，你的呢？"

他勾起嘴角，却摇了摇头，低下脑袋。龙梅顺着他的目光看去，发现这人不知什么时候脱了一只鞋，正活动着脚指头，看袜子上印的"鸡爪"搞笑地随之扭动。

"行了，你用你的行动充分证明了，你的看法不重要。"

龙梅也懒得浪费时间，把四份"协议"依次摆在几人面前。

"你们的想法我了解了，现在该我了。"龙梅犀利的目光落在最左边的王怡文身上。

"王怡文，你在法医组从业五年来，单人尸检量超过了你们全组总和的三分之一，没有一例鉴定结论出错，也是组内唯一可单人独立完成尸检的鉴定人。"

汪鹏鹏惊得小声叫道："我去，这么狠？"

另外两人也朝王怡文侧目看过来，但她本人的脸却拉得更长了。

"不过……赫赫威名之下，你也不是没有缺点的。那就是你缺乏团队精神，难以和其他人配合工作。而单人尸体鉴定，很容易招致质疑。你在所里，也不是没有遇到过委托人不满，要求我们转由其他法医鉴定的情况。虽然最后结果证明你是对的，但长期下去，对所里来说，也会造成各方面的负担。"

王怡文正想开口，龙梅却抬手阻止她："不必多说，我知道你不满意这个安排。要是你觉得，还有哪个鉴定所的活儿，数量多到可以满足你磨炼尸检技术的需求的话，门在右边，请便。"

王怡文抿紧红唇："你这是在胁迫。"

"那又如何？"龙梅微笑。

女法医咬牙片刻，终于扭头不语。

"一会儿，记得把合同签了。"

她话音刚落，王怡文就气呼呼地把合同拽过去，像捏着谁的喉咙一样，死死攥在手里。

"该你了，汪鹏鹏。"

被龙梅点名的胖子瞬间打了个激灵。

"进所两年，作为第一鉴定人的单子，你只做了三个。而第二、第三鉴定人的单子，你却做了一堆。我问过了，据说每次信息技术难题都是你攻克的。怎么，你是给人打下手上瘾是吗？"

"我、我……"汪鹏鹏语塞。

"能力有，但缺担当，你这不是身体的问题，铁定是有其他问题。不过你不想说，我也不逼你，现在就问你一句，这个组，你到底进还是不进？想清楚再回答。"

"进！"汪鹏鹏掷地有声，将协议拽过去搂在怀里。

"很好！这样一来，我对你家里人就算有交代了。"

龙梅的视线落在了佘小宇那张眉目清秀的脸上，语气平淡地说："刚才说的那两个问题，我会妥善解决。"

"那我没问题了。"佘小宇将自己的协议拿了起来。

最后，龙梅看向了李霄阳，二人都没说话。最终后者长叹一声，缓缓拿起协议："所长，在哪儿签字？"

"你没意见了是吧？"龙梅冷笑。

李霄阳点头："是啊！既然他们都同意了，我一个人拧巴什么？"

"你没意见，我有。"龙梅将协议从他手中拽回来，重重拍在桌面上。

"牛啊哥！能让龙所动怒。"汪鹏鹏看他的眼光立刻就不一样了，偷摸给他比了个拇指。

"李霄阳，千载封诊道嫡传弟子，祖师爷为上古神医'俞跗'，家族源远流长。现在封诊道在洛阳还有座祠堂，而你们李家祖上，自古就是吃'破案'这碗饭的，对吧？"

"封诊道？"汪鹏鹏听得满头问号，"还有祖师爷，阳哥，这是什么武侠小说门派吗？"

见他一边问，手上还嘿哈嚯地比画着，李霄阳失笑："没那么玄。其实就是上古中国外科医疗手法在经过不断继承演变后，逐渐建立起来的一个古代鉴证技术流派。不过是运气不错，传承的时间比较长而已。"

"别听他瞎掰，"龙梅道，"睡虎地秦简听过吗？"

"那哪能没听过，那可是云梦发掘出的国宝啊，央视的《国家宝藏》栏目还放过！"汪鹏鹏双眼闪烁起小星星。

"秦简被发掘后，历史学者发现，其中有一则名为'封诊式'的，详细记录了秦代的罪案现场调查搜证方式方法。这所谓'封'，就是封锁现场；'诊'，即搜索证据。"

说到这，龙梅瞥向李霄阳："而他们这个流派就叫作封诊道，你说，他家和我国历朝历代的犯罪鉴证技术有什么关系？"

汪鹏鹏听得肃然起敬："阳哥，这家学渊源不得了啊！"

李霄阳咧开嘴，干笑道："总提这个不太好吧……所长，我家的事跟进组没关系。"

"你闭嘴。"龙梅毫不客气地命令，"我听过你们家的事儿，当年武则天废掉太子李贤，都能和你家先人扯上关系。据说，现在封诊道的十大家族，变成了封诊八大家，按辈分排列，上四门是"龙腾云霄"，下四门是"鹤舞四方"。下四门家族子女主攻医学，悬壶济世；上四门依照祖训，以探知世间万物真相为己任。至于我为什么知道这些，正是因为你们上四门家族出来的杰出人才，大多在公检法等司法部门从业。就不说公门了，单是在全国司法鉴定所挂职的专家团成员，从你们封诊道上四门出来的，就有不下一千人。什么概念？全国的司法鉴定顶级大拿，你们家族占了一大半。"

"这也是沾国家的光，"李霄阳瞥一眼满脸崇拜的汪鹏鹏，辩解道，"建国那会儿缺这方面的人才，报效国家嘛！"

"那你一个霄字辈，属上四门的兔崽子，怎么跟我这天天睡觉当咸鱼呢？"龙梅眯眼打量他，"你说说，你爸一个屡破大案的公安部刑侦专家，怎么就养出你这么懒的一个儿子。"

"哎，所长，这话不对吧！我都干到加入痕迹检验综合专家组了，去掉两个挂职不来的跑腿专家，全组就我一个活人日常听用，我怎么就成咸鱼了呢？"

"知道什么叫上进心吗？"龙梅的语气有了恨铁不成钢的味儿。

"行了，"李霄阳瞅了一眼桌面上的协议，讪讪地笑着摸摸鼻子，"您给个敞亮话吧！到底是让我进还是不进？"

龙梅将手从协议上拿开，李霄阳一把拿过，笑眯眯地翻阅起来。

"听过狮子骢的典故吧?"

"听过,老人家说过多少次了,"李霄阳碎碎念,"我们那位祖宗跟过武则天,这点事儿从小都听烂了。不就是唐太宗有匹叫狮子骢的马,桀骜难驯。还是小才人的武则天自告奋勇,说她能驯服。也就是使鞭子抽,要是还不听话,就拿匕首刺死。就因为这,太宗还嫌她心狠来着……"

他说着说着,突然回过味儿来,从协议后面露出两个眼睛:"龙所,你提这个,是什么意思?"

"再好的马,不能为我所用,那倒不如给你换片草原。你说对不对?"

李霄阳一愣,无奈道:"我这不都要进组了吗?"

"哼哼,你是要进,可没说不继续当咸鱼啊!"

被戳穿心思,李霄阳表情顿时复杂起来。

"来,露一手。我是怎么打算的,说出来给大家听听看。说对了,你进组,并且必须按此照办,否则我就让你卷铺盖走人,当新中国成立后封诊道被开除公职第一人,给你们李家光宗耀祖。"

李霄阳捂着脑门连声哀嚎:"太狠了吧!我又不是您肚里的蛔虫,怎么知道您在想什么?"

"倒计时十秒,"龙梅抬手看表,"十……"

"您别这样……"

"九……"

"打住!"李霄阳求饶道,"行行,我说,我说还不成吗?"

见其余三人饶有兴味地盯着自己,他挠了挠鸡窝似的燕尾头,最后挣扎了一下:"从哪开始说?"

龙梅单手托腮,微笑道:"有多少说多少,你自己看着办。"

李霄阳清了清嗓子,办公室内响起他微带磁性的声音。

"我们龙途所，下设几十个鉴定项目，算上挂职专家，还有近两百名司法鉴定人员。既然有这么多人，为什么还要从法医、痕检、理化毒物和行为数据组抽人呢？这说明，龙所对今后的调查方向，早就进行了全盘考量，看起来是突然找我们四个，其实是衡量过的最佳配置。"

龙梅似笑非笑："我是怎么衡量的？"

"当然是依据海量的委托数据。您对我们过手的案件质量和数量都了如指掌，很显然，对数据进行大量的分析研究是全盘考量的基础。"

李霄阳看她没反对，继续道："而且，依照所长您的性格，是不可能打无准备之仗的。所里每个组鉴定项目不同，除非同一科室，否则所内的人彼此交集不多，从发警报到您把我们找来，也就两个小时，还不够看名单的，您早就摸清我们的情况了。看来，全面调查模式的实施，在您心中，不过是个时间问题，只是刚好遇到了恰当的委托，您就顺势而为了。"

龙梅微微点头，缓缓说道："我们龙途一直走在全国前列，然而，检验设备是明码标价的，各所从业人员技术也趋于稳定，要保证竞争优势，创新模式是必然。不过，你就只看到这个？"

李霄阳舔舔嘴唇："位置不同，看待问题的视野也不同，我目前这个身份，只能猜到这一层了。"

"挺会说话，看来把你弄到这个组是对的。"龙梅冷不丁问道，"可你这条千年咸鱼，怎么突然想通了？"

"这事儿您酝酿了那么久，从一百多号人里把我们几个给挑出来，还能不拿捏得死死的？压根儿没的选，咸鱼从不做无谓挣扎，还不如爽快点呢！"

李霄阳将协议翻到最后一页，拿起龙梅的笔，刚要签下，突然抬起头来。

"龙所，实话实说，就我们四个，可没有一个有本事跟委托人周旋。咱们这个组,是不是还缺一个人?"

"封诊道是有点本事啊!"龙梅双手抱胸,"要不,你再猜猜?"

"这可猜不着。"李霄阳麻利地签下名字,把协议递过去,"您向来不做多余的事。所以,既然这个人没被一起叫来,就证明他根本不是所里的人。那么,他现在……到底在哪儿?"

13

"318路无人售票车,前方停靠,开门请当心,上车的乘客请往里走,下车的乘客请从后门下车。"

清晨的阳光中,熟悉的播报声响起,公交车稳稳停进站内。

始发站水子湖站没有几位乘客,司机老李拿起毛巾,一面顺手擦擦车窗,一面用余光瞅着乘客。这是当公交司机养成的习惯,公共交通,上车的什么人都有,多看两眼,就能少很多事儿。

排队上车的有位抱孩童的青年女子,她后面跟了个约莫五十多岁的中年大叔。

这人中等个子,约莫一米七五,圆脸,长相正派,头发还算浓密,但白了大半。他上身穿一件深蓝色翻领夹克,内衬灰色鸡心领毛衣,下身是一条黑色西装裤及一双老式的方头棕皮鞋,打扮很有九十年代末的那种怀旧感,尤其是手里那个手拎式的玻璃茶杯。

看着里面金丝黄菊加枸杞的搭配,老李心里嘀咕:"这中年男人不得已,老年男人也不咋的。"

再看那人眉心几条重重折痕,老李越发肯定,这人必定心事不浅。

众人依次上车,女人手忙脚乱地摸卡,在门口滞留了颇长时间,后面的乘客大多面露不满,唯独这个大叔,冷不丁冲她肩上的孩子做了个鬼脸。

孩子咯咯大笑起来，天真的笑声缓解了在场众人的焦躁，母亲也摸到了卡，总算顺利地上了车。她这时才有空侧头看去，发现孩子正冲大叔笑着，便明白了刚才发生的事，连忙感激地冲他点了点头。

那大叔似乎有些不好意思，径直走到了公交车的后排。

"是个好人啊……"老李这么寻思着，启动了公交车。

公交车缓缓行驶，坐在正对后门窗边的葛永安，手握双层玻璃杯，看向花红柳绿的窗外。

春天的阳光下，上学的小学生们蹦蹦跳跳地背着书包，忙碌的上班族从孩子们身边匆忙而过，手中往往还提着刚买的早点。

热腾腾的早餐车在招徕客人，街边赶早市的街坊邻居提着新鲜果蔬，熟稔地跟忙着开店的老板打着招呼。

春天已经来了啊……

葛永安的眼眶微微发热，眼前这烟火人间的场景，自从离职在家以后，他已经很久没有心情细看，此时他才意识到，那件事已经过去很久了。

他拿出手机，翻出昨天收到的那条信息。

"请于早上九点准时到达。"

发信人号码是一串不熟悉的数字，但对方的身份他很清楚。在收到信息之前，已经有熟人打来电话，跟他说明了对方找他的缘由。

问题是，那个人在业内一贯有"无利不起早"的评价，而自己现在已经沦落成业内的"笑话"，对方为何还会伸来"橄榄枝"呢？

是因为自己还能"利用"？还是那人认为，自己有力挽狂澜的"魄力"？一切都还不得而知，对他而言，利用这次机会，可以从宅居中"走出来"，或许就已经很满足了。

至于其他，他无所谓跑一趟，反正专业能力还在，他也相信自己的眼光，只要亲自接触，总能看出一些蛛丝马迹来。

当然，主要是对别人的看重，他也不得不认真对待，毕竟，眼下他可没什么资格跟人谈条件。

当葛永安收回纷乱的思绪，车里已人头攒动。一晃眼，他注意到门边的异常。

背着挎包的年轻女孩站在靠门位置，双手扶着栏杆，脸色略显苍白，额头满是细汗，紧紧咬着嘴唇。

"姑娘，坐。"葛永安喊她。

"这……"女孩看看他，迟疑道，"您年纪这么大，怎么还……"

"特殊时期，别硬撑。"他让女孩坐下，低声问，"是不是低血糖了？"

"嗯！"女孩轻点头。

他递过去一颗果仁红枣："放心，有完整包装，当然，你也可以不吃。不过下车后，就得赶紧吃东西，最好直接吃糖，不然，以你现在的状态，会有危险。"

女孩有些不知所措地从他手中接过红枣，又看了看他。或许是葛永安让她感到安心，她撕开了红枣的包装袋，塞进嘴里。

感到蜜饯的甘甜为身体注入了一些能量，她感激道："谢谢。"

葛永安微微一笑，转过身，准备站到女孩原本的位置上，然而，就在此时，他突然改变了主意，缓缓挤过人群，来到车厢前方一位青年男子身边。

他把水杯揣进口袋，左手抓住扶手，右手迅如雷电地扣住了青年右手的脉门，同时压低嗓子，用只有二人能听见的音量道："小伙子，一会儿到站，咱们借一步说话。"

"你哪位，想干什么？"青年小声说着，同时挣扎着想把手抽回来，但葛永安的手像铁钳一样，除非大肆动作，否则根本无法挣脱。

"别动,不然我就叫醒他。"

二人身边座位上,正在熟睡的乘客身上,随着车辆晃动,一个皮质手包顺势滑落在座椅边缘。

青年马上闭了嘴。

葛永安把手包拿起,塞进乘客怀中。那人惊醒过来,抓紧包茫然四顾,随后似乎意识到什么,后怕地打开包看了看,发现东西没少,这才紧紧把它捂在手心里。

公交到站,葛永安拽着青年下了车。

"你要带我去哪里?你是警察?我就是多看了几眼,我没有……"

"你要是动手,就不会只是现在的待遇了。"

葛永安把青年拽到站后一块无人空地,竖起三根手指:"你一共看了三次,那个人已经睡熟了,只要动作果断,其实你每一次都有机会成功,但你犹豫了,对吗?"

他将青年的手举起:"食、中、拇三根手指都没有蜕皮和老茧,也没有使用镊子的习惯,走贼道,你不是老手,或者说,你连新手都不是。"

说到这里,葛永安终于松开他:"面色萎黄,疲乏无力,你比我还高半个头,挣脱却没什么力度,年纪轻轻的,体力怎么透支成这样?"

青年一言不发,只是垂着脑袋。

"俗话说得好,捉贼捉赃,你没真干,那就还能挽救。"葛永安轻声道,"这世道,怎么活的人都有,可不管做人还是做事,都得有底线。干什么都行,就是不能违法犯罪,底线只要越过一次,人就会逐渐滑向深渊,等到走错了路,想回头就晚了。你还这么年轻,不只是谁的男朋友、丈夫,也是你爸妈的儿子,将来也可能做别人的父亲,到那个时候,你会让爱你的人,为你做错的事情,付出巨大的代价。人生在世,难免落难,你说说,兴许我能拉你一把!"

青年眼眶发红,哽咽道:"叔,我爸妈走得早,很久没有人跟我说这些话了，我……我就是真的没办法了，我得挣钱……可、可我没学历，身体还不行，找工作谁都不用我。"

"挣钱也得走正道，这样吧，"葛永安掏出一个巴掌大的笔记本，提笔写下姓名和一串号码，撕下交给对方，"授人以鱼不如授人以渔，我朋友的跑腿公司在招工，他们提供车辆，干这个也不会送太沉的东西，真有难处，你不妨去试试，赚多少不敢保证，最起码，不会饿肚子。"

"谢谢，谢谢叔。"青年揉揉眼，把那张纸条贴身收好，"叔，不管你信不信，我刚才真没有要拿包的意思，我就是觉得，有点想不通……"

"什么想不通？"

"没了，遇到您，现在都想通了……"青年露出灿烂的笑容，朝葛永安深鞠一躬，"谢谢！"

青年转身离去，葛永安看着他的背影逐渐变小，抬头看看彩色霞光。

"看来，没事真得出来走走，也能捡着几件有意义的事。红娟，你说是不是？"

朝霞漫天，霞光中，他脸上的皱纹舒展开来。

14

"天气真不错。"看着霞光的一点"尾巴"，保安刘强在鉴定所门口长长伸了个懒腰。

可就在此时，一阵"汪汪"声响起，一只泰迪狗朝他飞奔而来，在它身后，老太太正嚷嚷着追赶。

刘强无奈道："张阿姨，又是你？说好的狗绳呢？"

老太太气喘吁吁："我就准备拴来着，可它撒腿就跑。我两条腿，又追不上这四条腿的小东西……"

两人正说着,那泰迪熟门熟路地在杆子下头一蹲,弯下腰就"努力"起来。用力挤出一节狗屎,它挑衅地瞥了刘强一眼,抖抖屁股,抬腿飞快地往前跑去。

刘强目瞪口呆:"好家伙,我看你是报仇来了吧!"

张阿姨不好意思地边说边溜:"小刘啊,不好意思啊!等我抓到宝儿,再带过来让你揍!"

"可别来了,这光拉了屎,再来不得补一泡尿啊?"刘强摆摆手,"您慢点追,可别摔着。"

"哎——哎——好——"张阿姨远远地回道。

刘强刚转身要拿簸箕,却见有个浑身黑衣的人正站在院里,抬头看着鉴定所的金字牌匾。

"你!什么时候进来的?"刘强吓得一身冷汗,上次红衣女子的事让他心有余悸,他忙冲那人喊道,"站着别动,别想闹事儿,不然我可叫警察了!"

见黑衣人并未冲着大厅去,反而朝自己看来,刘强宽心不少,他来到那人跟前,发现是一位跟他年纪差不多、穿着挺朴素的中年大叔。

见对方面善,刘强便换了态度:"您有什么事吗?有没有预约?"

"哦,我叫葛永安,有人通知,让我过来上班。"

"上班?"

"对,是这么说的。"

"哦,我想起来了。"刘强边说边往保安室走,"勤杂吴大姐前天辞职给她的闺女带孩子去了,你就是她介绍来顶班的吧?"

刘强拿起固定电话,并没注意到葛永安朝他投来饶有兴致的目光:"你好,人事吗?这有一个叫葛永安的,说是来上班的,对,就在门外,陈秘说让他直接进来?好的。"

电话挂断，刘强抱起一摞文件袋："行了，核对过你的身份了，老哥挺行啊，陈秘亲自吩咐，看来没人给所里收拾杂务是真不行，你这活儿，真挺要紧的。要是顺道儿，能不能替我把这些东西给送进去？"

"送东西？"葛永安挑起花白的眉。

刘强忙指着门口地面上的狗屎："你看，我得收拾这个。"

"行，给我吧！"

"真是麻烦你了。"刘强把文件袋递过去，"这封在快递袋里边的，是全国各地邮寄回来的鉴定回执，我都按照科室给分好了，送进去让他们签个字就行。另外，这里面还有一个私人快递单，上面是每个人的购物清单，您扔到前台就成。"

"私人购物清单？怎么还有这个？"

"哦，是这样的。"刘强朝所内一指，"里面全程信号屏蔽，快递小哥电话打不进去，保安室有个快递仓，平时他们购物，留的都是保安室的电话，我闲着没事，就把每人每天的到货情况抄录在纸上，前台会贴到通知栏，提醒他们下班从这拿。"

"那您可真是个热心肠！"葛永安拿起那张书写工整的A4纸，"佘小宇，护袖三条；王怡文，海蓝之谜高端套盒；汪鹏鹏，零食大礼包；李霄阳，复古哈雷头盔。真有意思。"

刘强迷惑地问："您笑什么？我哪儿写错了？"

葛永安解释："您别误会，不是说您，就是觉得年轻人网购的东西有意思。对了，您这字写得很工整，以前是在政府部门从事文秘工作的吧？"

刘强瞪大双眼："你怎么知道？"

"呃……"葛永安见刘强死死盯着自己，只好解释，"咱们中国有句老话，见字如见人。我正好也爱书法，懂点看字识人的门道。您看，您这字迹工整，显然文字功底不浅，而且你在写'机''告''通'

'议''函''复'这个几个字的时候，笔序规整，棱角分明，这明显是长期的书写习惯。而这些字，刚好是行政公文的常用字，可以拼凑成'公告''意见''回函'之类的行政文书。可这些文书，在政府部门之外，其实并不常用。加上您的年纪跟我差不多，咱们那个年代也没有电脑，全靠手写，长年累月才能写成这样儿，我就胡乱猜测了。也没想到，一下就说中。"

"唉！"刘强长叹一声，神情沉重，"要不是因为上头出了事，我也不会跟着受牵连。当时被辞退，家里上有老下有小，好几张嘴要吃饭，要不是龙所拉了我一把，可就……算了，男子汉大丈夫，伤心事谁没有啊，不能耽误你的时间，我干活儿了。"说完提着笤帚便走。

看着刘强扫狗屎的背影，葛永安摇摇头："又说错话了。不过这个龙梅，倒是挺有意思……"说完，他便朝鉴定所内部走去。

龙途司法鉴定所占地面积不小，虽说位置较偏，可也足足有半个足球场大小，但它的整体布局却很简单。主体只有一栋大楼，呈环形设计，高仅三层。按照不同的鉴定内容，在一层楼开有通往各科的入口。

葛永安把快递单交给前台，在那姑娘的热心指点下，来到正对大门的1号口。

"麻烦您登记，"电影院售票厅一样的接待处，工作人员满脸堆笑，"本来不至于，可昨天被人直接闯了进来，为了以后不打扰大家工作，龙所连夜让弄了这么一套程序。"

核对过登记信息，他刷了一下卡，才打开了那道通往内部的玻璃门。

葛永安抱着那堆东西，按照科室门前挂的"铭牌"，由近及远，一路送了过去。

敲开"行为数据分析组"的房门时，葛永安刚好和一名高个儿胖青年撞个满怀。

"抱歉，抱歉！"那人见是个老人家，连忙道歉。

"没事，这个麻烦签收一下。"葛永安把两个文件袋递给他。

男子看都没看，直接在单子上签下了"汪鹏鹏"三个字。

葛永安目光一闪："你叫汪鹏鹏？"

"对啊！有什么事吗？"

"刚才送私人快递单，看到你的名字了。"

听到"私人快递单"，汪鹏鹏的眼唰地亮了："这么快？"

"鹏鹏，又买了什么？"里边有人喊。

"这不要去出外勤了吗？怕哥哥姐姐们饿着，昨天专门从京东下的单，零食大礼包！人人有份！"

"快别说了，所长为什么偏选你啊？你要是被大魔王带走了，咱们科可就冷清了。"

"就是，鹏鹏可是科里的开心果儿，我们都舍不得你。"

"对了，鹏鹏，谁是你们的队长？有定论了没？"

"管他谁当！"汪鹏鹏没好气地把签名板递回去，"反正我想好了，龙所那暴脾气，咱是万万惹不得，她让我去，我就去呗！回头新队长受不了我，自然把我给退回来不是？总比跟所长对着干强。"

"以退为进，好办法。"葛永安跟着笑了。

汪鹏鹏有些得意忘形，忘了门口还站了个人，听他这么一说，忙道："大叔，我这就是开玩笑的，你可千万别往外说，回头零食大礼包到了，也有你和刘叔一份。"

"放心，只有我知道，不告诉别人！"

汪鹏鹏见他上道，也是一乐："得，您叫啥，回头我把零食大礼包给您亲自送过去！"

"送到保安室就成，我跟老刘分分，先谢谢了。"收起汪鹏鹏签好名的板子，葛永安随口问："痕迹检验综合专家组在哪里？"

"你是找李霄阳吧？"

葛永安惊讶道："你怎么知道？"

"那个什么专家组，平时就他一个人。"汪鹏鹏手指头顶，"在三楼右边走到底就是，上去就能看到。"

葛永安道了谢，上了三楼。

痕迹检验综合专家组门外，大门虚掩着，屋内传来了吱吱呀呀很有节奏的摇椅声。

葛永安轻轻叩门，声音戛然而止。

"谁？"

"有文件到了，请签一下。"

"来了。"李霄阳揉着那双微肿的睡眼，趿拉着洞洞鞋，拉开门。然而，看到葛永安的第一眼，他就目光一变："您是送文件的？"

"对，我确实是来送文件的。"葛永安递给他一个文件袋。

"没见过你啊！"李霄阳提笔签名，状若无意地问，"刚来？"

"刚来。"

李霄阳点点头，双手把签字板递还给他，勾起一抹笑意，"那请您拿好，我们回头见。"说完他便关上了门。

转过身，他挑起李家祖传的剑眉，耸耸肩："来送文件的？又是个妖怪啊！这下好玩了。"

15

所长办公室内，新换的香水百合散发着幽幽的香味，今天一身酒红色职业装，搭配整套翡翠首饰，为龙梅增添了更多成熟女性的风韵。她习惯性地抬手看表："说九点就九点，一分都不差，师兄真是准时。"

对面椅子上，葛永安闲适地拿起水杯，喝了一口："和龙所长这种习惯时间精确到秒的人有约，迟到就太没诚意了，不是吗？"

龙梅微微一笑："不错，所以我是不是可以认为，你已经答应我的邀约了？"

"不着急。"葛永安把杯子放在桌上，"虽然咱们一所学校毕业，但你考进来的时候，我已经毕业了。过去除了一起开过技术研讨会，私下也不算很熟，师兄就别叫了，叫我老葛吧！"

"也行。"龙梅道，"怎么，刚才你在所里转了一圈，该看的都看了，还没打定主意？"

"龙途确实不错，不管鉴定设备，还是鉴定人员配置，都是国内领先。想做任何研究，这里都能满足需求。"

"那你还在犹豫什么？"龙梅敲敲桌子，"组员的资料已提前发给你了，难道是人员配置上，有什么意见？"

葛永安嘴角一勾："没有，都是挺有意思的人。"

"那我就不明白了，让你带这个组，还存在什么问题？"

葛永安没有开口，从兜里抽出一支笔，起身拿了张纸，写了一行字，推到龙梅眼前。

龙梅看了一会儿，不多见地叹了口气："行吧，就先按你的意思办。"

她按下呼唤铃，对开门的陈秘书吩咐道："通知那四个家伙来我办公室。另外，马上联系昨天那个委托人，人到了以后，安排到接待室。"

16

走廊中传来嘈杂的脚步声。

"阳哥九四年的，王姐姐九五，佘姐姐九六，我九八，最小，既然咱们现在一个组，往后哥哥姐姐们多带带我，回头出外勤，吃的、喝的还有零食，都包在我身上。"

"放心，解剖尸体的时候，我肯定带上你。"

"王姐姐，这我可不行，当我没说，求放过啊……"

"这不是你自己说的吗？"

"佘姐姐你怎么也这样啊？阳哥，你别光笑啊，给我做个主……"

说着话，转眼就到了办公室门口，汪鹏鹏上前一步，谄笑着给大家推门，可刚看清里面的人，他就叫起来："怎么是你？"

葛永安微微一笑："怎么就不能是我？"

"你不是送文书的吗？"

"哦，顺带搭把手。老刘那会儿忙，走不开。"

"完了，"汪鹏鹏圆脸一垮，"以后没好日子过了……"

"怎么了？"李霄阳从后面伸出脑袋，发现是葛永安，抬手打个招呼，"哟！你在这儿啊？"

"阳哥，你们认识？"汪鹏鹏眼睛一亮，仿佛抓到了救命稻草。

"认识，今天早上刚认识。人家给我送材料呢！"

汪鹏鹏乞求地看着龙梅："所长，我能不能申请退组啊？"

"怎么回事？"龙梅看向葛永安。

"没什么，就是想多了。"葛永安笑眯眯地对汪鹏鹏说，"别怕，没做亏心事，不怕鬼敲门。你说是不是？"

汪鹏鹏被他说得泫然欲泣，王怡文推了他一把："别挡着，都进不去了。"

一群人依次进了屋，汪鹏鹏苦着脸，恨不得隐身似的，把身体缩起来站在队尾。

龙梅拍拍手："都到齐了！委托人很快就到，时间比较紧，你们需要尽快调整，进入新的工作状态。"

她介绍道："这位是葛永安，司法鉴定行当里的老前辈。今后就由他负责带领你们小组。"

王怡文刚要张嘴，龙梅犀利地扫她一眼："我知道，今天之前，你们从没听说过老葛，也不了解他。空降组长是我的决策，在我看来，老葛就是最合适的人。有什么意见，你们自己消化。今后这个组，所有人必须听老葛的。与之相对，龙途全所上下，会全力保障你们组的顺利运行。"

"我是没意见，"汪鹏鹏小声嘀咕，"可咱们组是不是也得有个名头？"

"李霄阳，你来起吧！"龙梅看向头发乱糟糟的青年，"你们封诊道，这方面一向有点意思。"

"那，就叫真探组吧！"李霄阳说着，却冲葛永安一笑，"真相的真，探寻的探。"

"真相探寻……"葛永安饶有兴致地咀嚼起这四个字。

"我觉得，新组长会喜欢的。"

李霄阳似乎话里有话，而葛永安微笑着，点了点头。

"就叫这个。"

17

"真相探寻小组，简称真探组，听着挺牛的……啧，阳哥真会啊！"接待室外，汪鹏鹏还在琢磨，接待室里边却已经炸开了锅。

用长条木桌隔出的接待单间里，有一男两女正在激烈地争执，或许正是预料到这种情形，接待室的隔音很好，在门外，只听得到一点声音。

李霄阳刚要拉开接待室后门，就被葛永安一把抓住胳膊。

"别着急,先听听。"葛永安抛给他一个眼神,"没外人的时候,人不会说客气话。"

李霄阳知道他说的没错,点点头,转身懒懒地背靠着墙,听了起来。

18

他动作麻利,门里三人并未察觉,仍在激烈争吵中。

一名打扮精致的中年妇女叉着腰,气势汹汹:"幺妹,你到底要干吗?今天咱们必须说清楚。"

"我?这事儿该我说清楚?"一身红衣的傅雨晴勃然大怒,"大姐,现在应该说清楚的是你和二哥吧!爸妈怎么会死?我回来过年之后,你们到底都干了什么?"

"警方调查都说爸妈是自杀的,跟我们有什么关系?"

"自杀?过年时爸妈开开心心的,一转头还没一个月,人就没了?说是自杀的,哄鬼都不信!"

傅超听得头皮都要炸了,伸手拦住二人:"幺妹,爸妈的事儿,我和大姐也很痛心。我敢保证,我们没做对不起爸妈的事儿!过年你回来的时候,不也和和乐乐的,二老有跟你抱怨过吗?"

"没抱怨就等于你们没做过?"傅雨晴冷笑,"咱妈瘫痪,咱爸身体也不咋的,我在国外,就指望你们俩照顾,怎么好跟我诉苦?"

傅超也急了眼:"那你也不能瞎说啊!你这意思,不就是我和大姐害死了爹妈?"

"我可没这么说。总之,我对死因有异议,现在申请第三方介入调查。既然你们觉得自己没问题,干吗这么怕查?"

"胡闹!"中年妇女一下子拔高调门儿:"亲爹亲娘尸骨未寒,你不让他们入土为安，你的孝心呢？再说了，论辈分，论年纪，都轮不到你这个老小瞎折腾！"

"这是论年纪的事儿吗？"

"你好意思？你在国外这么多年，谁照顾的老两口？你也配质问我？"

眼看两人公鸡打架似的，立马又要干起来，葛永安盼咐一句，推开后门，恰到好处地打断了气氛增温的态势。

李霄阳、佘小宇、王怡文按他的规定坐在门外的等待椅上，只有汪鹏鹏一个人站得老远，好像委托人会跑出来拽着他撒气似的。

葛永安在接待台前落座，手中委托资料一放，冲烫着波浪卷、穿着光鲜的中年妇女笑笑："您就是傅庆兰吗？死者的大女儿？"

"没错。"当着外人，傅庆兰有些介意起形象，把掉下来的头发捋到耳后。

"既然是大姐，那就跟您先聊聊。"

见对方很客气，傅庆兰点点头："行，你说。"

"那我就有话直说了，刚才我看各位好像不太愉快，是不是对于这次委托调查，您还有什么顾虑？"

"既然您问，我也不瞒着。谁家的老人走了，那都是讲究个入土为安的。现在我爸妈都在殡仪馆里头躺好几天了，发现时，我们就第一时间报了案，警方也说是自杀的。可现在我们家幺妹，非得让你们重新调查，我实在是搞不懂。"

旁边的傅超抠着工装服口袋，插话道："对，这不是折腾老人吗？"

葛永安打量他一下："您是傅超吧？家里排行老二？"

傅超没开口，勉强点了点头。

"我知道了，二位目前最纠结的，就是老人'入土为安'的问题。"

"没错！"傅庆兰连忙道。

"行,这情况我已经了解了。"

葛永安站起身,双手后背,在小腿高的桌台内略微踱了几步,突然回头看向傅庆兰。

"傅庆兰女士,您的手指上有老茧,身上有烟火味,但从您的打扮看,并非干重活的人,所以,我推测,您可能是餐饮行业的从业者,食指和拇指的老茧,是由于常年算账、戳计算器导致的,您的身份,应该是饭店老板娘。"

傅庆兰听完,诧异地看看傅雨晴:"你说的?"

"我说什么?"傅雨晴道,"我就填了个委托单,这几位我自己还是第一次见呢!"

"傅超先生,"葛永安转而对男人道:"虽说你今天穿的是深蓝色工装服,散发着洗衣液的香味,显然,这是一身刚洗干净的衣裳。但在你两边袖口处,还是可以看到点状机油斑。另外,我还注意到,你衣服后背有很明显的磨损,这种独特的职业特征,是由于长期钻车底造成的。所以,我可以推测出,您日常从事汽修工作。"

傅超听得合不上嘴:"你就看一眼,就能猜出来?"

对于傅超的问题,葛永安没回应,而是继续说下去:"既然各位对我们的专业性略有所知,那我就再说说警方的办案程序。通常而言,在发现意外后,警方接警,会尽快到场勘查,并给出案件定性。在确定不是案件的情况下,警方是无法继续立案侦查的。"

停顿片刻,等在场众人消化掉前一段,他才再度开口:"而且,警方出于工作纪律、技术手段之类的原因,也不能把调查过程和详细调查内容公之于众。以这桩案件而言,他们只会告诉各位最终的结论,也就是你们的双亲到底是自杀还是他杀。至于导致这个结果的个中原委,是不会有所说明的,这就造成了刚才各位的争执。"

"警方都不能说,你们就能?"傅庆兰皱着眉,不客气地质问。

"是的，我们能。"葛永安笃定道，"对那些死者家属有异议的非案现场，根据规定，可由警方出具法律手续，委托第三方鉴定机构继续深入调查，甚至，对尸体进行病理解剖，这些都是可以的。"

傅庆兰听到这两个字，唰地站起来："什么？还要解剖？"

"您不必着急，我只是举例说明。和警方不同，我们的调查没有强制性，解剖申请，也必须由死者家属来提出。"

傅超也涨红了脸，瞪着傅雨晴："绝对不行，绝对不能解剖，两个老的辛辛苦苦一辈子，人都死了，可不能再折腾他们了！"

后者没有吭声，只是沉重地点了点头。

看来，三兄妹在这个问题上有共识。葛永安衡量片刻，再度开口道："如果尸表检验可以解决问题，解剖就不是必须进行的步骤。"

"那就好，那就好……"虽然只有傅超开口，但很明显，三个人都松了口气。

见场面稳定下来，葛永安继续道："从法律关系上说，你们三兄妹都符合委托条件。其中傅雨晴女士对父母的死存在异议，她完全可以独立委托我们鉴定所进行调查。也就是说，按照程序，二位同意与否，其实起不了决定性作用。"

听到这话，傅庆兰脸色有点难看，她紧紧闭着嘴，不发一言，显然有些火大。

"而且，据我所知，本次调查的费用，将完全由委托人傅雨晴一人承担，并不会给二位造成额外的经济压力。"

说到这，葛永安诚恳地说道："最后，我想和各位探讨一下我的个人看法。目前三位之中，除了委托人傅雨晴女士外，你们二位都是生意人。而做生意，最讲究的，就是要顺风顺水。如果你们二位对父母的自杀，深知其中缘由，心中也的确没有任何疑问，那么我想，骨肉至亲之间没有什么不能聊开的。只要你们能够说服傅雨晴女士，我们的委托随时可以取消。"

见二人面露思索，葛永安继续说道："但是，如果连你们也不明白，二老好端端地为何突然选择离开人世，甚至让他们含冤而去，那今后逢年过节，祭祖上坟时，你们还怎么让二老庇佑子孙后代呢？"

"这……"傅庆兰与傅超面面相觑。

19

"厉害！"

听到这儿，门外的佘小宇一挑眉。

"怎么？"王怡文奇怪地看向她，"不就是在讲道理？"

"这种事需要技巧的，"佘小宇看葛永安的目光变得不同起来，"他每一句话，都在完成一个说服目标。这也太会了……"

"是吗？"王怡文狐疑地嘀咕，"可他都不让咱们进去。"

"要是咱们一大群人围观人家吵架，那这新任组长说话再好听也都没用了。"李霄阳一边闭目养神一边说，"要不怎么说咱们都干不来这个，这老葛头，确实有点儿意思。"

与此同时，接待室内幺妹傅雨晴来了劲："对，就是这个理儿。爸妈到底为什么会自杀，但凡你们俩老老实实告诉我，我就撤销委托。可要是你们自己都说不清楚，那就别指望拦得住我！"

傅超没了主意，下意识地看向大姐："姐，怎么办？"

傅庆兰咬牙切齿地盯着傅雨晴，"你看她那个劲儿，你觉得，咱们能说服得了？"

"这……"

"让她查！"傅庆兰气呼呼道，"我不拦着。反正我傅庆兰做事，对得起天地良心。"

20

虽然勉强,但三兄妹意见总算达成统一。幺妹傅雨晴留下来办手续,其他人则被请出了接待室。

"刚才谢谢您了!"傅雨晴面露感激地看着桌对面的葛永安。

"应该的,"葛永安道,"言归正传,在本所正式接受你的委托前,还需要逐条地履行一下接案程序。"

傅雨晴已经领教过葛永安过人的逻辑分析能力,她爽快地说:"行!"

"那就麻烦您先递交由警方给您出具的、认可第三方鉴定机构介入调查的法律文书。"

"这个我有!"傅雨晴立刻拉开挎包,翻找起来,"龙所长昨天答应接受委托后,我就联系了警方,他们给我出具了一份委托函。看,在这儿。"

"对,是这个。"葛永安接过,读出印章上的单位名称,"田佳安公安分局。"

"处理我爸妈的事儿的,就是这家单位。"

"有了这个,我们随后就会按照法律程序与警方沟通,调取相关资料,用于还原事发现场。"

"那麻烦你们了。"傅雨晴心事落定,脸上疲惫尽显。

"还有一些事需要向您确认。"老葛快速说下去,"我了解到,您是被派驻国外的,目前从事的是生物工程研究方向的工作,对我们司法鉴定行业,也有一定的了解。"

"没错。"

"警方虽然已经给出了结论，但您现在对您父母死在养老院中一事，仍然存在异议。"

"是的。"傅雨晴轻叹，"这些年来，我一直在外面，从大姐、二哥那边得到的都是好消息。据他们说，二老就住在二哥家里，而二哥每年都会给我发团圆照。所以，单说他们死在养老院这一点，我就无法理解。还有，虽然不能回家，但为了奉养爸妈，我每年都往家里打一大笔钱，可根据警方调查，我爸妈走的时候，养老院根本没有发现他们去世的事，被发现的时候，他们的尸体都……就这，我怎么可能没有异议？"

"所以，您是觉得父母的死，和您的兄姐有关？"

傅雨晴怒火中烧，猛拍桌面："他们脱不了干系！这些年来，他们一直在骗我，他们到底想干什么？"

"您的感受，我可以理解。"

葛永安抽了一张纸巾递给傅雨晴，等她拭去眼角的泪花，他才继续道："您这次委托我们全程调查您父母的死因，在国内这个领域，尚属首例。龙途决定成立这个组的时候，您也在场，具体情况应该比我更清楚。"

一想到之前大闹会议室的事，傅雨晴有些尴尬，默默点了点头。

"其实，我们做这件事，是要顶着很大压力的。接这个单子的性质，也不是普通接单创收那么单纯。作为独立的第三方司法机构，我们是不会采用警方任何结论的。也就是说，警方检验过的检材，我们会重新鉴定，并按照物价局的定价标准收取一定费用。"

葛永安侃侃而谈："而一般来说，对于大型现场物证分类鉴定，通常都按单件收费。这样一来，全套下来光鉴定费就是一笔不小的开销，其中还不包括外勤费、咨询费、差旅费之类的。但是本次调查，我们所长给您的，是一个极低的全包价，您清楚其中的意义吗？"

"我认识你们的国外同行,也确实打听过价格,"傅雨晴疑惑地问,"你们龙所长,给我的只有国外十分之一的价格,我也想问,这是为什么?"

"我也说了,这是一个全新的模式,你的委托能不能完成,不是钱的问题。它意味着,全面调查模式到底能不能查清一桩委托背后的所有真相。"葛永安的目光自信且坚毅,"这可以说,是每一个司法鉴定人所追寻的梦想,也是一个无法回避的疑问:秉持着求真的信念,我们是否能克服困难,揭开所有真相?"

说完这些,他平静地看向傅雨晴:"所以,您要有所准备。一旦签署了委托协议,我们就会本着实事求是的科学态度,查清一切,哪怕那很可能不是你想要的。而且必要时,我们还会对死者进行法医病理解剖。"

"还是要解剖吗?"

看傅雨晴为难,葛永安退后一步:"当然,作为民事委托,我们的调查不具备强制性。所以调查的前提,自然是委托人全程配合,您想中途放弃,我们就会终止调查,但您预交的所有费用,我们将不再退回。而且,由于这次我们也冒了很大的风险,如果真的发生终止调查的情形,那么龙途司法鉴定所从今往后也不会再接受与您相关的任何委托。"

傅雨晴思索片刻:"那……我想问,什么情况下,你们才会解剖尸体?"

"在从尸表及外围调查并不能解决问题的前提下,我们才会建议解剖,当然,对此您有一票否决权。"

听到"一票否决",傅雨晴的脸色明显好转,点头道:"我明白了。"

"有一点我还要特别强调,如果因你个人原因,造成真相调查受阻,我们对此也不负任何责任。自然,也不会退回任何费用。"

"好。"傅雨晴拿起笔,签下姓名。

"最后,整个调查过程,您都可以全程参与,并同时知悉调查结果。但按照法律规定，我们在调查中出具的检验鉴定结论，必须使用于司法环节。如果您本人不打算走诉讼程序，那么所有调查的影音、纸质文件，都要封存在司法鉴定所，并不能向您本人提供。这一点也没问题的话，请您在最下角签字，捺手印。"

"细致、专业、滴水不漏。我开始期待后面会发生什么了……"

看着傅雨晴拧开印泥，在委托书上按下指纹，李霄阳瞥着葛永安的背影，懒懒地拍了拍手掌。

21

小会议室内，葛永安与四位组员相视而坐。

"委托情况，你们在门外应该都听到了。"说着，他拎出一个黑色皮包，掏出四份文件逐一分发。

李霄阳看看封面，笑道："勘查计划书？葛老看来是早有准备啊！"

葛永安和他对视一笑："我自己做的固定模板，只要打印出来就成。"

"哦——原来是模板！"李霄阳跷起二郎腿，住了口。

"等等，葛头儿，按您列的计划，为啥飞无人机也是我的活儿？"汪鹏鹏道，"我就是个码农，做数据分析的。"

葛永安没纠正这没规没矩的称呼，而是亲切地拉起汪鹏鹏的胖手。

"你看，你这双手，拇指、虎口处蜕皮比较严重，这是因为你长期处在湿润恒温的环境里，不间断地使用双手导致的。平时拿游戏手柄玩游戏，把手磨成这样你都不怕，开个无人机，对你的操作能力来说，应该不算什么大事儿，对不对？"

"……呵呵，您可真绝。"汪鹏鹏尬笑，把手抽出来缩回身后，"游戏是第九艺术嘛！我就是消遣，消遣。"

"有没有其他问题？"

"没有。"汪鹏鹏脑袋摇成拨浪鼓。

葛永安又看向其他人："大家对于勘查计划，有没有疑问？"

"很详细，我这儿没有！"佘小宇第一个表态。

"我也没有！"王怡文刚说完，李霄阳就举手问："什么时候出发？"

"现在！"葛永安站起身来。

22

停车场，两辆印着"龙途司法鉴定所"图标的依维柯商务车已经发动。

停车场的东北角，大姐傅庆兰与二哥傅超站在一起，而三妹傅雨晴与他们隔着约莫半米的距离，显然三人之间，仍是势同水火。

葛永安上前招呼三人："为节省时间，我们调查组决定兵分两路，一路先去殡仪馆采集检验样本，另一路到养老院开展调查。"

他看向那对姐弟："二位谁对养老院的情况比较熟悉？"

傅庆兰瞥向弟弟傅超："你去吧！"

傅超小声问："那你怎么不去？"

"你是不是这两天被三妹给闹糊涂了，爸妈住养老院的手续，可是你经手办的。再说了，这些年我一次也没去过，我去了，谁认识我？我又该找谁去？"

傅超一拍脑门子："也对，怎么把这事给忘了。"

这些话顺着风灌入了傅雨晴的耳朵里，她跑到二人面前，冲着他们吼起来："好哇，难怪不让我查。敢情你们早就已经把爸妈送进了养老院。这些年，你们还口口声声跟我说，爸妈住在二哥家，还给我发什么全家福，你们为什么要骗我？"

见傅雨晴双眼通红，眼瞧着要失控，葛永安连忙拽住她的衣袖。

"傅雨晴，既然我们已经接受了委托，里面有什么内幕，就让我们来调查。"

"我才不想放过这两个骗子——"傅雨晴挣扎了一下，葛永安又劝道："如果你现在逼问，而他们不愿意告诉你，就是在浪费调查环节的时间。"

傅雨晴终于被说服，手指二人道："人在做，天在看！不说就不说，别以为查不出来。"

消弭了一场争端，葛永安对傅超道："既然是你经手的，那你就上前面那辆车，至于你……"

傅庆兰腰杆子一挺："没做亏心事，不怕鬼敲门，我跟幺妹一起去殡仪馆。"

"行，那你们俩跟我来。"李霄阳带头走开，他小声对傅雨晴说："一会儿到殡仪馆，二老的情况可能不会太好，你可以申请回避，我们来就行。"

这句话戳到了傅雨晴的伤心处，她忍不住抽噎起来："这些年，我在国外没日没夜做实验，就是想赶紧做出成果，早点儿回来，还可以孝敬父母，可我没想到，他们竟然……竟然……为什么？到底为什么会这样？"

她回头盯住大姐："这件事，不管花多大代价，我一定会查个水落石出！"

不敢直视妹妹的目光，傅庆兰上了车，她板着脸，沉默地坐在了前方靠窗的位置。

23

从地图导航上看，二老的养老院坐落于城市西北角，距离鉴定所很远，弯弯绕绕加一起有近二百公里，而殡仪馆相对却要近得多。

见车开稳，傅超和葛永安搭起话："对了，怎么称呼您？"

坐在副驾位，葛永安透过后视镜看了一眼，发现傅超一脸忐忑。他不露声色地说："傅先生就喊我老葛吧！"

"那你也叫我傅超就行。"傅超试探地问，"要不要，我提前和养老院那边打个招呼？"

"我们已经联系过了，那边会有人和我们对接。"

"哦……这样！那……那你们想得还挺周到。"

葛永安见傅超有些魂不守舍，想了想，回头道："既然有些远，你可以先休息，到了我喊你。"

"那行吧！"傅超发愁地搓搓脸颊，把头扭向窗外。

窗外似熟悉又似陌生的街景不停从眼前闪过，他的视线逐渐变得模糊，多年前的记忆，却在脑海中清晰起来。

破旧的四合院里，傅超叼着烟卷蹲在门口。昏暗的矮房内，他的父亲正在给行李打包。

地上已经有好几包东西，老头四面环顾空空的屋子，低头提起包袱，来到屋外，搁在车边。

傅超看着父亲来来回回，步履蹒跚，他却一动不动，似乎毫无帮一把手的想法。

最后一包东西放下，父亲回头问他："超儿，养老院那边……"

"你管那么多干吗？"傅超将烟卷往地上一丢，不耐烦地打开普桑车的后备箱，把行李挨个扔进去，"就跟你说都安排好了，你怎么还絮絮叨叨个没完？"

可能是听到了丈夫的话，傅超媳妇掂着锅铲从厨房里晃悠出来，冲他喊："喊什么，有什么话不能好好说？"

"哎呀，你挺着个大肚子，就不要出来掺和了，行不行？"

"我不掺和？我不掺和行吗？这家里，什么事儿都指望咱俩，你打算把我扔哪儿去？"傅超媳妇单手扶腰走到他跟前："老三在国外，八百年不回来一趟，根本指望不上，咱也就不说她了，不出力，人家出钱对吧！可大姐怎么回事？她人可就在跟前儿吧？这会儿影子都没有一个，光让你一个人把父母送到养老院，我这都快生了，跟前没人，她也不怕出事儿，真是不像话。"

老头瞧一眼儿媳快要临产的大肚子，叹了口气，劝道："你大姐也不容易，要不超儿你也别送了，我喊个车，我跟你妈自己去就行，这样谁都不丢人。"

"丢什么人？喊车不要钱啊？"傅超三下五除二把东西全塞进后备箱，猛地扣下车盖。

他冲妻子说："我跟你说，你少在背后说我姐的不是，她是什么样的人，我心里能没谱儿？她不来就不来，我这么大个男人，还搞不定这？"

"行！你们姐弟两个是好人，我挑拨离间，行了吧！"傅超媳妇的眼泪在眼眶中直打转，"这一天天的，你看看这屋，看看我，我跟了你，都过的什么日子！"

"好了好了，你们别吵了。"老头连忙从兜里掏出张叠好的红手帕，递过去，"我和你妈算好了，下个月五号就到预产期了，不管男孩还是女孩，媳妇儿，你都是我们老傅家的恩人。这张卡里头，还有几万块钱，我和你妈这进了养老院，也就用不到了，本来说等孩子生了，再拿给你的。我们这一去，怕是赶不上趟，今天就给你……"

见儿媳没伸手接，父亲抓起她的手，硬塞进她手里："银行卡密码是超儿的生日,知道你们平时都忙,养老院远,就不用来看我们了。专心养好身子,等娃生了,打个电话报个喜……我跟你妈,等你出月子,再抽空回来看你们。"

24

这座城市的殡仪馆,和其他地方的没有太大区别,内里遍植松柏,异常广阔安静,从远处的某个告别厅中,传来了隐隐约约的丧乐声,夹杂着一些悲戚的哭音。

但一切声响都无法传进尸体冷藏间内,在这里,一组组长方体冰柜如集装箱一般整齐排列着,后方的机组发出"嗡嗡"的声响,在空旷的房间中来回震荡。

王怡文扎紧头发,换上了白大褂,拿出殡仪馆出具的死者名单,来到贴有65、66两个数字的冷柜前。

核对过信息,她打开柜门,先后将两具装在淡蓝色裹尸袋中的遗体拉出来。

"我去,这里好冷,我出去晒晒太阳。"看着裹尸袋,汪鹏鹏肥肉一抖,转身走人。

这倒是提醒了李霄阳,他转身问傅雨晴:"你确定要待在这里?"

傅雨晴面色复杂:"他们临终,我都没见上一面,今天,我必须在这里。"

"好。"

李霄阳说完,和王怡文合力将遗体抬上移尸架。

汪鹏鹏此时已快步走出冷藏间,就在出门的刹那,他发现有个人正鬼鬼祟祟地透过窗户往里瞧。

认出那是傅庆兰，汪鹏鹏默默来到她身边，小声问："您在这儿看什么呢？"

"哎哟——谁啊，人吓人吓死人知道吗？"傅庆兰一下蹦起来，正要破口大骂，一看是汪鹏鹏，她捂着胸口，强压下怒火，"是你？我、我没看什么。"说着转身就走。可她并没走远，而是来到一株松树旁，又踮着脚朝那边张望起来。

与此同时，冷藏间里，王怡文已经穿上全套法医装备，并将两具尸体挪到傅雨晴面前。

李霄阳刚想开口，王怡文唰唰两下，就把裹尸袋完全拉开。

"还没解冻，所以看起来面目会有些狰狞，但就算这样，也能看出，两人走的时候比较痛苦！"

听见王怡文的话，李霄阳窒息地闭上眼，小声道："完了。"

"啊——"

一声惨叫划破宁静，傅庆兰浑身一颤，差点摔倒。

很快，她看见魂不附体的傅雨晴被李霄阳搀扶着，从冷藏室出来。

双腿发软、浑身哆嗦的傅雨晴好不容易找回眼神焦距，一看到大姐傅庆兰，她突然亢奋起来恶狠狠地朝她冲去："你和二哥到底做了什么？爸妈怎么会死得那么痛苦？"

"我做什么？"傅庆兰双手叉腰，腰杆挺得笔直，但如果仔细看，会发现她的小腿一直在打战。

"幺妹，你左一个公道，右一个真相，搞得父母是我亲手害死的一样。我有一说一，他俩可是死在养老院里，那地方我从来没去过，怎么害他们？"

傅雨晴状若癫狂，根本不听她说什么，兀自嘶喊："你们说——为什么要骗我？"

"我……"傅庆兰发现李霄阳和远处的汪鹏鹏正打量自己，欲言又止。

"我跟这疯子说不通！"傅庆兰冲李霄阳拍拍心口，"我问心无愧，那个谁，你带我去见爸妈！"

李霄阳见状，冲汪鹏鹏喊道："你跑那么远干吗？快过来。"

"我尿急，想找卫生间呢！来了。"汪鹏鹏连忙过来，李霄阳和他咬耳朵："委托人情绪不稳定，你看着她，别出什么事。我把这个刺激源领进去，分开她俩，情况能好点。"

汪鹏鹏想了想，觉得进去看尸体是更艰难的选项，便道："行，交给我！"

李霄阳转身就走，对身边的傅庆兰交代道："现在你父母的遗体已经取出来了，正在解冻中。希望你待会儿注意控制一下情绪。"

"小伙子，我吃过的盐比你吃过的饭多。那是我爹妈，又没做亏心事，我会怕？"

李霄阳摇摇头："但愿吧！"

站在门前，傅庆兰深吸一口气，装作气定神闲一般推门走了进去。

然而，当两具遗体出现在她面前，她整个人都僵住了，仿佛石化了一般，呆滞地杵在门口。

"可以了吗？"

"可以了吗？"王怡文走过来，挡住她的视线，"看好的话，我们就要推进里面的房间，做进一步检验了。"

见傅庆兰表情僵硬，李霄阳用手轻轻拍了拍她的胳膊。

"哦，我在！"她呆呆地回答。

"现在，我们要把遗体推进殡仪馆的检验间。"李霄阳手指冷藏室后门，"从那里出去，有一条小路，通往检验间的后方。如果你还想看的话，可以透过南墙上的透明玻璃窗，看到里面的情况。不过不看也没有关系，我们会全程录音录像的。"

"哦，好，我知道了。"傅庆兰总算回过神来，她发现年轻人朝她笑了笑，反应过来，对方让她去后门，其实是为了分开她和三妹傅雨晴。

她识趣地点了点头，转身朝后门走去。

离那扇双开铁门越来越近，傅庆兰也不知为何，忽然想起了父母刚进养老院那一年，她和弟弟打的那个电话。

"喂？超儿，爸妈送到养老院没有？"

"送过去了！"

"安顿妥当啦？"

"车只能开到门口的接待中心，就那才有停车场，我把东西搬电瓶车上了。接下来的事儿，养老院的人会安排。"

"你没跟着？"

"我也是借别人做生意的车，跟催命似的，看着没事儿，我就赶紧还车去了。"

"行，知道了，事儿办了就行，改天聊！"她把话筒用力拍回座机上，皱眉道，"这一天天的，真够闹心的。"

25

市殡仪馆尸体冷藏间呈现南北长、东西窄的设计，最南面直通一个约百十平的房间。这里是移动尸体时使用的金属床的安置室，这种床的下方四角带折叠式的滚动滑轮，不用的时候收起就能充当方桌，相当稳当。

大部分时候，殡仪馆的工作人员会在这里给遗体化妆。但这种情况大多只发生在上午，这是丧葬习俗所致，到了下午就会闲置下来。

殡仪馆只要能收点费用,就允许使用这间房间。

此时,两具遗体已被推到房间正中,落地玻璃窗擦得很干净,可以清楚地看见房间外的院墙。李霄阳来到窗边瞧瞧,没有发现大姐傅庆兰的身影。

"看来,还是没有办法面对啊……"李霄阳小声说着,王怡文突然在他身后问:"那谁来着?李……"

"李霄阳,"看着王怡文温度无限趋向于0℃的脸,他突然来了兴致,"不然叫我阳仔吧!"

王怡文没吭声,但眼神迷惑,李霄阳仿佛能看到她头顶缓缓冒出一个巨大的问号。

"称呼不能乱用,组里除了葛队,数你最大,还是喊你阳哥吧。"佘小宇给王怡文解了围。

"阳哥?"王怡文显然不适应同事之间这种常见的亲昵,不舒服地抬了一下肩,"你和小宇可以开始了。"

"这是真不喜欢团队工作啊!"脑海中的想法一闪而过,李霄阳提出疑问,"按葛老的勘查计划书,我们仨的检验不是应该同时进行吗?"

"没办法同时。"王怡文动作轻柔地抚着死者仍带硬度的皮肤,目光中微微有了温度,"低温冷冻六天,至少需要四个小时才能完全解冻。你们没必要等。"

"那好吧。"李霄阳问佘小宇,"我们俩谁先来?"

"你先,我还要准备工具,工作量不小。"佘小宇点头示意。

"那行,我就先上了。"李霄阳一抬手打开了自己的工具箱。

王怡文无事可做,便站在窗前看风景,屋内突然传来一阵异香,她扭头看去,发现佘小宇也停下了动作。

就鉴定所的工作交集而言,痕检、法医、理化毒物其实常常会一起搭班干活,而在警务工作中,这三个工种也都属于一个科室。彼此会用到的工具，大家也多少都见过，就连王怡文这种不怎么和人打交道的，也都心里有数。然而，李霄阳此时拿出来的玩意儿，她俩都没见过。

他先从金属箱里拿出一个粗约30厘米、颇具年代感的牛皮筒。拔掉圆形硬皮盖，在金属桌上滚动展开，刷子、镊子、尺子……少说也有百十样工具整齐地插在牛皮孔里。

这些东西和牛皮筒一样上了年纪，呈现氧化后的暗金色，但在拿捏处却大多呈现较为明亮的金色，显然工具的材质多为黄铜，相比所里常见的塑料工具，可谓精致到家了。

佘小宇更在意这一大包工具，但是王怡文却在追踪那种令人头脑一清的香味。她眼尖地发现，牛皮工具包的末端悬着一颗鼓鼓囊囊的香包，便好奇地走过去看了一下。

香包足有五岁孩童的拳头大小，而在莹白的香包正面，用金丝线绣着"封诊天干"几个字，而背面则绣着一个"霄"字，下方坠着七色丝线搭配的顺滑流苏。

在这种奇妙的香味里，因遗体解冻产生的腐败难闻的气味，似乎不知不觉地淡了许多。

李霄阳从左到右熟稔地依次抚过每一个工具下方，王怡文注意到，每件工具下面的牛皮上，也同样用金线绣着一些小字。

他的手停在绣着"安魂香"字样的一格，抽出一个小铜盒。

李霄阳打开铜盒，取出两根一拃长的线香，分别插进两个拇指大小的铜锭香插里。

点燃线香，把铜锭分别放在两名死者的头前，他双手合十，深鞠一躬，口中轻念："以封固本，以诊问案，以慈悲寻真，以怜悯问心，辨幽冥逝者之声，雪黄泉不白之冤。"

"这就是龙所说的'封诊道'？"王怡文很快想起李霄阳来自某个

有家传渊源的家族，疑惑顿去。而空气中飘来的"香烛味"进一步驱散腐臭，颇能令人定心宁神。

线香燃烧十分迅速，不到三分钟，屋内就充满淡淡木香，更神奇的是，屋里有一只嗡嗡叫的苍蝇，也如中了毒一般掉落在地。

祛除尸臭味，是困扰所有法医的一个难题，王怡文忍不住称赞："不光可以祛臭，还能灭虫，真是好东西！"

"谢了。"李霄阳摆摆手，"自己做的。"

王怡文惊讶道："你会做？"

"我倒也没这个本事，是家族里的老前辈做的，方子自古就有，亡人现场专用，能驱虫祛味。"

王怡文眼睛一亮："能不能卖点给我？价格好说。"

"卖？"李霄阳的手停在一把铜刷下方，露出大白牙，眯眼笑道，"那可就太见外了。咱们都是一个组的，这样，回头送你一盒吧，一盒一百根，够你用一段时间的。"

"一百？"王怡文摇头，"不够，快的话，最多能顶半年。"

"没事儿，用完再问我要，这东西，家里多的是。"

王怡文想了想，摇头道："长期用的话，我还是得给钱。"

"白送不好吗？"

她皱皱秀美的眉毛："我不爱欠人情。"

"那行，不然，我给你个成本价。"

王怡文固执地说："那你不是亏了吗？多少赚点吧！不然，我就不要了……"

"行，到时候我给你报个最低价，你看着给，怎么样？"

"这倒可以，那就说定了。"王怡文脸上绽开大大的笑容，宛若盛开的红牡丹，绚丽逼人。

李霄阳从盒里先挑出十根交给她，看着这位素有"高岭之花"盛名的女法医托着几根香，露出孩子一样的好奇眼神，他小声嘀咕："敢情这冰山只是冲着人来的，和传言的一样……"

龙途鉴定所是赫赫有名的大所，所里足有一两百号人，很多人彼此之间都算不上熟悉。但提起王怡文，却是尽人皆知。不过不是美名，而是怪名。王怡文长得堪比选美小姐，但她似乎对解剖尸体之外的事不感兴趣，而且也不怎么乐意跟人往来。就连干活的时候，旁边有人协助，她都觉得闹腾。

这么一来，熟知她怪癖的人都不会自找没趣，如今跟她搭班的，大多是刚拿资质不久的新人。在解剖过程中，这些人只要一边儿瞧着就行，她不用人帮忙，更不允许人插嘴。

虽然性格古怪，但王怡文的解剖技术确实是一流水准，就算新人啥也不能做，但跟着她光看也能学到不少。所以，她虽然不乐意，但带新人这个活儿牢牢地焊在她身上，怎么都甩不掉。

怪是怪，但人好看，技术牛，所以打从她进所以来，想征服冰山美人的可不少。但无一例外都败下阵来，可谓是全军覆没，于是王怡文的口碑越发"诡异"起来，甚至有人传她是不是有恋尸癖。

想到这个，李霄阳哂然一笑。很显然，这就是那种"吃不到葡萄说葡萄酸"的货色编出来的瞎话，只是好事不出门，恶事行千里，"小喇叭"们对传小话也是乐此不疲，即使他不八卦，也能听到不少。

虽然不明白为什么王怡文不爱跟人打交道，但从刚才的这些表现看，她可远远撑不上他们封诊道千年来记载中的那些"怪人"。

李霄阳寻思着，抽出那根颇有分量的铜刷，在指尖习惯性地旋了一圈。然后，他取出一个扁圆柱铜盒，在盒上用刀雕刻有一个"黑"字。

他小心打开盖子，露出一盒极黑的细腻粉末。持刷蘸取少许，李霄阳手指在刷柄上轻轻一敲，将多余粉末抖回盒内，瞥见毛刷前端已均匀沾满，他缓缓刷向死者的手指和掌心。

"你这个，好像比痕检常用的磁性粉还细。"佘小宇问，"这是什么东西？"

"木炭研磨精筛后得到的粉末，这种粉颗粒细，质地轻，吸附性会更好。"

"确实，"佘小宇点头，"粉末越细，越能清晰反映出指纹细节特征。"

李霄阳回头看她一眼："你很专业。"

"和你们痕检组的人出过不少现场，有一次我把磁粉误当毒物检验了一会儿，所以印象尤其深刻。对了……"

"什么？"

"听说粉末越细，做工难度会越大，你这个，也是家传手制的？"

"没错。"李霄阳动作不停，笑嘻嘻地露出两排大白牙。

"你真的很奇怪。"佘小宇不解，"不用单位采购的耗材，只用家传的，这费用该怎么出？"

"用不了多少嘛！"李霄阳不以为然，"我从小就接触这些，用惯了就很难再改。就像画家一定有自己钟爱的颜料品牌一样。活儿干得好是关键，所以这种事情，没必要计较。"

"这倒也是。"佘小宇说着，把自己的工具依次取出，一字排开。

见两位死者的双手已完全被炭粉涂黑，李霄阳抽出一块铜板，贴上白色硬纸。

他将铜板放在死者手掌旁，左手捏住死者一根手指的关节，右手捏住指甲两端。在他的操作下，一根原本弯曲蜷缩的手指绷得笔直。确保手指状况稳定，他娴熟地将死者的指关节在白色硬纸上缓缓滚动半周。

就这样，一枚清晰的"三面捺印指纹"被采集下来。他耐心地依次重复二十次，将两位死者的十指指纹全部采集完毕。

随后他又换上一块大号铜板，在死者掌心处进行按压，四枚清晰的掌纹印也被拓下。手部采完，他又按此流程，进行了脚部采集。

手、足印采集完成，李霄阳又取出一盒固体胶状物，先用酒精擦去死者唇上的血污，随后唇纹及齿印，也被他操作模具完整地取了下来。

做完这些，李霄阳拿出一块膏状物，轻轻擦拭尸体上被弄脏的部分，再用白布一抹，提痕处的炭粉及唇粉，被完整地擦拭掉，且散发出微微的香味。

"这个香膏也好用！"王怡文眼睛晶亮，又指指那个香包，"还有它，味道越闻越好闻。再加上线香，一共三样东西，我都要，钱不是问题。"

"知道你有钱，"李霄阳似乎有些为难，但他看着王怡文期待的眼神，还是点了头，"行吧！不过我得先回去问问，毕竟东西不是我做的，拿给外人，还得看老人家们的意思。"

"我知道我知道。"王怡文猛点头，"谢谢你了啊！"

26

相对痕检提痕工作操作必需的"慢而准"，理化毒物的提样程序相对要快捷很多。

李霄阳忙碌的时候，佘小宇也没闲着，她不但将相关工具准备妥当，甚至每份检材上需要记录的"样本名称、提取时间、提取方法、样本形态"等详细信息，也都预先填写完毕。

这些其实都被李霄阳看在眼里。

"严谨、高效，能在短时间内稳、准、狠地判断现场情况，全面配合工作，一丝一毫功夫都不白费，是个行家里手……"

李霄阳退到一旁，而佘小宇来到死者头前，用镊子在头顶的三个部分分别取了三份带有毛囊的毛发样本，装入塑料管中。

"多取点样，综合检验长发中的微量元素，既可防止误判，也能更准确地分析出死者一段时间内的生活状态。"

李霄阳一边看一边小声嘀咕，佘小宇又捏着死者皮肤，在鬓角处也取了三份毛发样本。

"鬓角能反映出死者短时间内的生活状态，如果死者死于慢性中毒，将长发样本与短发样本分开检验，可以得知中毒时间。"李霄阳不由暗赞，"细致周到。"

将毛发样本整齐存放，她又拿出十二枚圆锥物证管，每根管内放置一袋分装有棉签与蒸馏水的"提取袋"，只需用棉签用力挤压，便可戳破袋中内膜，使得棉签吸收蒸馏水，可以擦拭干燥血迹及固定颗粒状物证。

佘小宇将湿水棉签戳入口、鼻、耳，待棉头吸满血液，然后将棉签在低空轻甩两下，去掉多余血滴，再装入圆锥管。

随后，她对"鼻垢""甲垢"也进行了同样提取。

做完这些，佘小宇捏着最后一只圆锥管，来到死者的裆部。

她小心地将内衣脱去，由于人死亡后肛门括约肌会失去活性，因重力排出体外的粪便已沾满了老人的内裤。

面对这种肮脏，佘小宇却十分淡定，她用棉签在肛门附近取下一小坨黄色粪便，小心翼翼地装入了圆锥管。

"口、鼻、耳血，系器官腐败膨胀后被挤压出的内脏血，在无法解剖的前提下，可以用来判断内脏是否存在疾病。"

"检验鼻垢，可以分析死者生前呼吸外环境，有助于判断是否存在死后移尸的情况。"

"检验甲垢，则能看出死者生前触碰过哪些东西，分析其生前是否曾进行过反抗。"

"取肛门附近的粪便，一来可以观察死者的进食、消化情况，能判断食物是否含毒及死者最后进食的场所。二来还能辅助分析死者的胃肠功能，推断其身体状况如何。"

李霄阳在脑海里给出这一系列操作的评价："精准！"

封装好大大小小的物证盒，佘小宇又取出三个拇指粗的注射器，将两枚一指长的金属针管组装完毕。她将第一根注射器插入死者心脏位置，抽出一小管暗红的心血。她将心血样本转注到玻璃管中，又拿起一根新的，朝肝脏的位置戳去。

将两管血液样本装入带有冰袋的泡沫物证箱，佘小宇在第三个注射器上安装了一枚粗型针头，她这次的目标，是胃。

李霄阳默默看着佘小宇稳稳抽出一管满满当当的食糜。

佘小宇无损检验的手法已经足够惊人，但更令他惊讶的是，她居然对死者器官位置把控如此精准。

被千年封诊道家传渊源泡大的李霄阳很清楚，人的性别、身高、个体特征不同，内脏位置也会存在一些差异。

别看佘小宇用针管一戳一抽动作简单，其实这需要提前做很多工作。她必须根据死者的性别、身高、年龄、身体状况综合分析，得到其内脏所在的位置，只是一针就能戳到血液和食糜聚集的要害也就算了，这戳深戳浅，也有十足的讲究。深了插入组织，抽不出样本；浅了，那拔出的就都是空气，所以这一进一出，一浅一深，都是学问和实践堆起来的硬本事。

虽然事儿对李霄阳而言倒也并不难，但哪怕是他，也得借助一些家传的工具才能完成。而佘小宇凭肉眼就能达到如此精确的结果，这狠狠地震撼了李霄阳。

"这还是两具轻腐尸体，得历练过多少次，才能做到如此游刃有余啊！看来，龙所挑人确实有一手。"

他正想着，一个声音从门外传来："还没搞完？要是时间还长，我去买点饮料给大家补补能量啊！"

汪鹏鹏的脸出现在虚掩的门缝里，正好对上回头的李霄阳。

"阳哥，你看我干啥？你喝啥？要什么口味？"

"……也难讲，说不定龙所也会看走眼。"李霄阳寻思着，笑眯眯地说："谢了，给我来瓶果粒橙就行！"

27

葛永安的依维柯被一扇电动门挡了下来。

从后视镜中，他发现傅超还在发愣，只好喊了他一声。

然而傅超木呆呆地看着窗外，好像灵魂出窍。葛永安想了想，自己先下了车，将车门用力一关。

车门发出嘭的一声，傅超身子猛地一颤，回过神来。他茫然地抬头看去，前方大门上，"水家湖养老院"几个镏金大字映入眼帘。

那一年，他也是这样坐在车里，盯着这几个字愣神，和今天一样，车厢里无比安静，不过很快，那扇门就打开了，他还是把车开了进去……

傅超下车，看见一位西装革履，打着彩色条纹领带，梳着"五五开"的中年夹包男子，正满面笑容地跟葛永安说着话。他认得这张脸，这就是当年接待他的养老院业务员，夏明。

望着他，傅超心中燃起莫名怒火……

"哎呀，你们这真是兴师动众，要问什么打个电话不就成了，一会儿是警察，一会儿又什么司法鉴定所，现在这老两口不已经确定是……"

那两个字，夏明并没有说出口，他用手在脖子上比画了一圈，冲葛永安示意："对吧！"

傅超大步朝他冲过来，咆哮道："人是在你们养老院出的事，怎么就不能查了？"

"能查，能查！"见他来者不善，夏明连忙举起手，"想怎么查，我们配合还不成嘛，您先消消火。"说完，他冲保安室喊，"快，拿几瓶水出来，拿最好的！"

"我不喝！"傅超朝地上"呸"了一口，"谁缺你们这口水似的。"

葛永安也举着自己的菊花枸杞茶："不麻烦了，我习惯喝热的。"

"那行。"夏明挥手打发了保安，无奈地说，"养老院领导给我下了军令，这单子当初是我签的，出了事我必须得摆平。我说老实话吧，领导说，什么时候搞定这事儿，什么时候才让我开工。"

夏明朝两人拱拱手："二位爷，还真得劳烦你们快些查，就当给小弟我一条活路，家里几张嘴等着我工资吃饭呢。"

"你说这话什么意思？"傅超手指夏明，双眼一瞪，"我爹娘死你们这儿了，你家里怎么过跟我可没关系，告诉你，我们爱怎么查怎么查。"

夏明龇着牙花子赔笑："对对对，那咱就别浪费时间，赶紧查，要是真查出和我们养老院有关，就让老板赔钱，我他妈早看他不顺眼了！"

俗话说得好，伸手不打笑脸人，就夏明这个鬼样子，傅超有一肚子火，却也没法子往外撒，只好瞅瞅葛永安。

葛永安正要开口，李霄阳的电话就打了过来。

"按照勘查计划，我跟佘小宇这边已取样结束，王怡文要等尸体完全解冻才能尸检，考虑到单人尸检不符合司法鉴定程序，龙所又派了个新人过来，见证人聘请了殡仪馆的工作人员。"

"考虑得很周到。"

"我现在和佘小宇、汪鹏鹏往养老院那边赶，估计一小时能到，咱们怎么碰面？"

"稍等，我问问。"葛永安捂着电话，问夏明，"车能开进来吗？"

"可以的。"夏明手指身后那幢看来很像"景区游客中心"的牌楼，"那是我们院的接待部，进来的车统一停在那个停车场里。考虑到养老院中散步的老人多，院内是不允许行车的。"

葛永安松开话筒："这样，你们到了之后，沿主干道往里走，咱们在接待部碰面。"

夏明知道死者家属有气，所以不敢靠近傅超，等葛永安挂断电话，他连忙来到身边，点头哈腰地提议："那咱们赶紧开始，我先领您进去？"

"行，有劳了！"

夏明一路小跑，到门口打开移动门，众人上车朝接待部驶去，车程虽然只有一分多钟，但车速却有60公里每小时，换算成步数，也得走上一段时间，可想而知，这家养老院的面积不小。

到了跟前，葛永安发现，接待部一楼的大门和养老院前门采用了同样的设计，一辆辆六座电动观光车排着长队在门口等待。楼里时不时地会走出一对对老人，他们的行李被工作人员装上观光车后，就会被观光车送往他处。

在夏明的引领下，葛永安和傅超被请进了"VIP003"接待室。进门前，葛永安瞥见，一楼相似的接待室还有七间，有的房正空着，有的门里有业务员在拿着彩页宣传单，唾沫横飞地向别人推销着。

夏明给两人上了茶，问葛永安："大哥贵姓？"

"我叫葛永安，这次调查，由我带队。"

"乖乖，那我真是有眼不识泰山。"夏明一脸崇拜，"那小弟可就拜托大哥你了，抓紧点时间，否则我这不开张，光靠点儿基本工资，西北风儿都喝不着。"

"行，我尽快。"葛永安朝向窗外，"你们这个养老院，看来地界可够大的。"

说到这，夏明脸上闪过一丝得意："那可不，如果算上养老院中心的湖，占地至少上百亩。"

"能带我参观参观吗？"

"参观？"夏明迷惑道，"您不是来调查的吗？怎么，对养老还感兴趣？"

葛永安微微一笑："你也听到了，我的同事还有一个小时才到，闲着也是闲着。再说，你看我这年纪，也该考虑养老问题了，我看啊，你这环境挺好的，要是将来有需要，我就来找你。"

"哟！那我就按您说的，带您瞧瞧去。"来了活儿，夏明顿时化身"生意精"，"您放一百个心，虽然您是来调查的，但咱们既然认识了，这就是有缘分。我这人信佛，说话算数，葛队长，要是您或您家亲戚真有这方面需求，直接找我，给您打个'骨折'价。"

夏明双手递上名片，葛永安也双手接下，贴身装进上衣口袋。

眼瞧着二人真要出门，傅超终于绷不住了："喂，您这么做，不合适吧？"

"要不，您也一起？"夏明笑眯眯地问。

"我现在懒得跟你说话。"傅超起身走到葛永安跟前，"他是生意人，可你是来调查，还是干别的来了？"

葛永安看着怒火中烧的傅超，神情没有任何变化。他微笑着，平静地说："我的确是来调查的，但从程序上说，只有委托人，也就是傅雨晴女士到场，我们才能够正式开始。而您，并不是委托人。"

傅超被他这么一说，顿时傻了眼，只能眼睁睁看着两人离开。

28

出了门，夏明叫来一辆观光车，从包里掏出一块毛巾，把前排座位擦得干干净净，这才向葛永安做了一个"请"的手势。

葛永安饶有兴致地看着，点头道："谢谢！"这才上了车。

观光车缓缓发动，夏明试探性地问："葛队长，您刚才说，委托人另有其人？"

"傅超先生的三妹才是委托我们鉴定所的人。"

"傅先生还有个三妹？怎么从来没听说过？"夏明叨咕一句，讪笑着解释，"老人家入住咱们养老院，家庭状况都是要初步了解的，可我们只知道，傅先生有个大姐。"

葛永安点点头："她常年在国外，很少回来。"

"哦……那就难怪了。"夏明恍然大悟。

"对了，您待会儿有事儿忙吗？会不会太打扰？"葛永安问。

"我？"夏明哭丧着脸，"刚才不是说了吗，这段日子啊，我就跟着你们了。"

"看得出来，你也不容易，这皮鞋都开胶了，也不舍得换一双。"

夏明顺着葛永安的目光低头一看，有些不好意思地把脚藏了藏："媳妇儿贪图便宜，在网上买的，压根儿没穿两天，这就开了口。唉，要是傅老还在就好了，他补东西，那手艺真是一绝。"

"傅老？"

"就是傅超他爸，您别说，他这人可好了，还有他那老伴儿苗大妈，两个人都是那种闲不住的，成天帮这个帮那个，我个人感觉，要不是因为身体原因，傅老和苗大妈也不至于上咱们这养老来。"

"身体原因？"

"具体是什么病，我倒也不清楚。我是问过，可傅老也没说，我只知道苗大妈常年瘫痪在床，需要经常晒太阳。咱们这有规定，谁揽的人头，谁就得经常过去看看，一般我去了就搭把手，把大妈扶到轮椅上。不过每次我帮忙的时候，发现大妈看着都挺疼的，不好挪窝，苗大妈就只好常年卧床了。可他们住的那房子采光不怎么好，就为了让苗大妈能在屋子里晒到太阳，傅老还整了个小发明出来。"

葛永安顿时来了兴趣："什么发明？"

"他在院子里挂了几块镜子，屋里也放了几块，这样白天太阳一照，阳光照射到镜子上，就能反射进去。听起来倒是没有什么了不起的，可傅老这人是文盲，连自己的名字都不会写，他能捣鼓出这个，我觉得还是挺厉害的。"

"那确实。"葛永安若有所思，"对了，傅老自己有没有什么病？"

"这年纪，基础病跑不了，不过他除了有些高血压，好像没有什么大问题。"

"关于他们老两口，你还知道什么吗？"

"实不相瞒，像他们这种住'偏湖院'的老人没几对，那地方远，我也就是年节的时候过去问候一下，也就知道这点事儿了。"

"偏湖院？"葛永安疑惑道，"是地名吗？"

"哦，这个事儿，是这样的！"夏明拍拍司机的肩膀，示意他放慢速度，指着养老院中央那泛着波光的湖面道："我们院的房子分三个等级，以湖为中心，一等房都沿湖，是高档公寓，每间公寓配置有专门的护工，采取一对一服务，类似于家政。而公寓里，还设有医院，医生都是高薪聘请的专家，他们会定期在这里坐诊，相关的检验仪器，我们这边也是应买尽买。配置齐全，环境优美，那价格自然也就很高了。这一等里头，其实还细分了级别，最贵的每月两万四千八，而一等最低价，也得每月六千。

"二等房离湖就要远一些，配套的基础设施也差一点，从一万到三千不等，也分好几个档次。三等房离湖最远，条件也最差，位置太偏，所以我们都叫'偏湖院'。那里都是当初筹建养老院时，一并收来的老房子，也是我们养老院最原始的一片地块儿。本来股东们建议，干脆把那片地方给拆了，重新建。但我们老板这人心挺善，说那里还住着好些个老人，这种便宜院儿里边的，很多都是儿子不管、女儿不问的老人家，就靠着那点退休金。我们把房子给拆了，再修新的，这些老人也住不起，到时候总不能给人撵出去吧？这钱是赚不完的，不能为了这个就昧了良心，所以今年我们大老板拍了板，说从现在开始，偏湖院就不收人了，等那边的老人都走了，再说重修的事儿。"

葛永安挑眉道："这么看，你们老板还挺仁义的！"

"那可不，活该人家发大财！"夏明笑笑，"不然我这日子过得也不见得多好，可也没想过换个东家，也就是这个缘故。"

"不过我看，你们这里环境确实好，空气清新，鸟语花香，在这里住的老人们，生活应该都挺滋润的。"

"那当然，我们这两年主打高端养老，除了小桥流水、庭院深深什么的，这室内休闲娱乐也做得很到位，什么麻将、棋牌、电影院、健身房等等，应有尽有，就连想唱K都有包房，和外边一样一样的。"

葛永安叹道："以咱们国家人口老龄化的速度，将来高端养老产业确实有很好的发展前景，不过，话又说回来，还是得有钱才能好好养老啊！"

"那确实，"夏明显然很赞同，"俗话说，有钱走遍天下，没钱寸步难行！干了这行，看多了为钱翻脸的事儿。什么血浓于水，养儿防老，在钱面前，多的是翻脸不认人。尤其是这个偏湖院……"

"怎么？"葛永安面露好奇。

"也就是您，我才多说两句，"夏明压低嗓音，"那块儿住的老人，很多都是被当作子女的负担，硬塞进来的。虽然不像那老两口那么惨，可咱们养老院给送终的不少，通知家里人过来，有的居然说什么太忙，走不开，联系拉殡仪馆就行。您听听，这说的是人话吗？"

"久病床前无孝子啊……"

"可不是？"夏明唾了一口，"要我说，养大这种白眼狼，真不如养块叉烧。说到这，我又想起傅老他们老两口了。"

他看看司机，见对方认真开车，便回头和葛永安咬耳朵："自打他们入院，这么些年我就没见过傅超来过几次，他送两人来时，我印象特深刻，直接把父母撂在接待室，东西往地上一放，开车就走。苗大妈要是个全乎儿人，我也就不说啥了，她连坐都坐不稳，交给我们，我们当然得好好对待，可你说哪有当儿子的，连父母都不给送到屋里，转身就走的？他还好意思跟我们撒气。"

夏明恼火道："说句不该说的，要不是我们老板心善，偏湖院还开着，还能往我们这儿送，指望这种儿子，老两口怕是都活不到今天！"

葛永安瞅瞅他："您跟我说这个，不怕我告诉傅超？"

夏明打量着他，咧开嘴："您刚才不是说了，请你们的不是他嘛，再说了，这话也就您一个人听见，下了这车，我可不认账。"

"行！明白了。"葛永安点点头，"其实，我能看出来，您也是很有血性的一个人。"

"没有的事儿，我就不能有那玩意儿。"夏明乐呵呵地摆手，"上有老下有小，不配有这个。让家里人吃饱穿暖就行了，我要血性干啥？说出来不怕您笑话，我这辈子，最大的愿望，就是把生我的人好好送走，把陪我的人给照顾好了，再把我生的人养大成人，不说成龙上天，能遵纪守法，做个大写的人我就心满意足。至于我自己，怎么都行。"

这番话真正触动了葛永安，他仔细瞧着夏明，第一面时油滑的印象，已在不知不觉中彻底改变。显然，这是一个认真活在当下的男人。

自知话说得太多，夏明后边没再吭声，等看到"偏湖院"的指示牌,他手指前方一处小院:"葛队长,前面就是傅老他们住的地方,要不要过去看看?"

"迟早要看的,就麻烦您提前介绍介绍。"

"不麻烦,不麻烦……"夏明道,"您看这些四合院,其实都是建在八十年代末,那个时候,最流行这种两间平房一个院儿的布局。这偏湖院,都是这种小院儿,一共有五十四套,现在房屋年久失修,阴冷得很,所以就算价格低,也很少有人住。去掉傅老那套,目前还剩二十二套有人。"

说着,夏明回头看看他:"葛队您这人面善,瞧着就亲切,我也不瞒您,老板前几年虽然没说偏湖院不再收人,但这里提成太低,一般我这样的业务员,不会把人往这里带,所以,这里的老人越来越少,再过几年,恐怕留下的人,平时找人说个话都不容易。"

夏明下了车,领头往前走,经过有人的院落前,他就会停下脚步,往院子里瞅一眼。见葛永安注意到自己的举动,他笑笑:"都是上年纪的,家里没人管、没人问,就在这耗着,也是挺可怜的。"

"是啊。"葛永安跟着他,走在悠长的水泥小道上,看着那些依山脚而建、明显破败的院落,他询问,"那这里是不是也分不同价位?"

"是的。"夏明回应,"不过户型都一样,区别在采光上。左手边那些,建在山脚下,常年见不到光,价格便宜些,每月五百,右手边的能晒到太阳,是七百。"

说着,夏明将葛永安领到了挂着"18"牌号的院落前,透过双开门的门缝,葛永安注意到,里面两间房外面,还缠着带"POLICE(警察)"字样的警戒带。

夏明指着门牌道:"这就是我们养老院最便宜的那种屋,不过我记得,傅老来的时候,本来想订七百的来着,但是苗大妈反对,说是省下二百,就够缴他俩饭钱了,所以最后订的就是这种最破的。"

"他们自己订的？"葛永安似乎抓住了关键信息。

"我也不清楚他们怎么谈的，傅老是别人转给我的单。"夏明老实回道，"其实一开始跟傅超对接的，是另一个业务员，他现在已经离职了。据说，他跟傅超谈条件谈得挺久，可傅超一直犹犹豫豫，没给答复。直到他快离职，傅超才定下来，具体他们怎么谈的我不清楚，但那天的情况，我刚才也跟您说过了……后面的手续，都是我陪着老人办的。不过……"

葛永安挑眉："不过什么？"

"如果我没记错的话，签合同时，我问了句，您子女是什么意见？当时傅老说，就是他儿子让订这种便宜的，要是价格高了，出不起钱。"

"你确定问过？他们当时就是这么说的？"

"肯定会问，合同上就有这句，我们还得记录在案的，这个你们可以查，就是为了防止子女来找麻烦。而且傅超到这里，迫不及待地把爹妈给丢下，这种人我见多了，就是又嫌爹妈碍事，又嫌送来咱们这儿丢脸。"

"唉……"夏明说着直摇头，"人生八德，孝、悌、忠、信、礼、义、廉、耻，有些人啊，爹生妈养的，却连最基本的'孝'都不讲，这样的家伙，还能有什么德行？"

29

等二人回到接待大厅，李霄阳一行也赶到了。

葛永安与傅雨晴简单沟通了一下二老的居住情况。她顿时压不住火，质问兄姐："你们嫌弃爸妈就算了，送到养老院，要是照顾得周到，我也没什么意见。可我每年往家打十几万，你们就给安排最差的房子，我看你们是盼着爸妈死，好昧了我的钱去，可以尽情干你们的生意，赚你们的大钱是吧！"

"简直是胡说八道！"傅超冲过去揪起夏明的领口，吓得他连声大叫："有话好说——"

"姓夏的，你给我说清楚，当初我跟你们养老院怎么谈的，说好住六千一个月的，怎么到你这，就成了最差的房了？你今天必须解释清楚。"

夏明见他这副模样，忙赔笑道："傅先生，您消消火。那您还记得，当初是跟谁谈的吗？好像不是我吧？"

"这……"傅超想起当初的事，顿时傻了眼。

"您就是说您订的是十万一月的我都信，可跟您联系的那人，他早就离职了。我从他手里接的单子，人着急走，压根儿没提住啥屋。那天你送人过来，也不知什么事儿那么急，把二老丢在这里就走，手续都没给办。我呢，又是打扫屋子，又是收拾铺盖，前前后后可是忙了几个小时。我不是做不得这些，只是这其实都不在我的业务范围内呀！后来住什么屋，这就都是二老说了算，您换位思考一下，我还能怎么办？硬给客户来个贵的？那我要被投诉的。"

傅超被他说得哑口无言，缓缓放开了手。

"好啊！二哥，你好狠的心，就把爸妈丢在这儿，你就走了？这么多年，你都不去他们住的地方看一眼，不知道他们住得这么孬？"

傅雨晴不可思议地瞪着傅超，眼泪顺着姣好的脸簌簌滚落。

夏明眼珠子转转，已经拎清了这里头的干系。难怪之前这个"葛队长"对自己客客气气的，原来委托人和自己兄姐不合。这么一说，他觉得自己应该和这边是一头儿的。

再说他本身对傅超的做法就颇为不满，加上他还这么吆五喝六，夏明也有点裹不住火，在一旁帮腔道："我夏明在这干多少年了？行不更名坐不改姓，我敢为我说的每句话负责，要是有一个字是假的，天打五雷轰。"

傅雨晴瞥一眼夏明，见他态度认真，不像说假话，又怒视起兄姐："他敢发毒誓，你们敢吗？"

"发什么誓？我们为什么要发誓？"大姐傅庆兰双手掐腰，大声反驳。

"好，那你们就是做贼心虚！"

"你说谁是贼？我偷你什么了？"

"不怕丢人是吗？记着，这是你逼我的。"

傅雨晴走到接待大厅的正中央，运了运气，冲来往的人大喊起来："来来来，大家都来看看啊！这穿红戴绿的女的，傅庆兰，就是我的亲大姐，开饭店的老板娘，说不定你们还在她那儿吃过饭。这位身强体壮的男的，是我的亲二哥傅超，在城里开着一家汽车修理铺，刚花了八十几万，给闺女买了一套学区房！可能还给你们修过车。而我，家里最小的闺女，在国外为国家项目奔命，几年回不了家，每年给他俩打十五万，指望他们能安心赡养父母，替我尽孝。"

傅雨晴洪亮的声音，成功吸引了周围人的注意，有的人可能嗅到了八卦的气息，甚至偷偷拿出手机，开始拍起了短视频。

看到人群围过来，傅雨晴话锋一转："可他俩丧尽天良，不但把亲爹亲妈扔到这家养老院，还给老人住最便宜的房子。我爸妈死在屋里三四天，才被发现。我就想当着这么多人的面问问你们，你们良心是给狗吃了吗？"

傅庆兰挂不住脸面，一边挡自己的脸，一边喊："幺妹你疯了，家丑不能外扬，你不嫌丢人我还嫌丢人呢！"说完，她又冲人群吼："拍什么拍，不准拍！"

"哦？现在知道丢人了，早干吗去了？"傅雨晴冷笑。

"幺妹，别闹了！让外人看笑话。"二哥傅超也着急地喊。

傅雨晴眼神冰冷："我给过你们机会了，你们这是自找的。"

见事态愈演愈烈，葛永安不得不开口："傅女士，既然你找我们，就是需要科学的调查结果。我保证，会竭尽全力，查清真相，没有人能够轻易掩盖已经发生的事实。可是你也要理解，在没有实际证据的情况下，这种意气之争，对真相的发掘不但没有推动，还可能起到反效果。"

夏明也没料到傅雨晴来这一手，他可不想影响养老院的声誉，忙道："对对对，为了洗清我们养老院的嫌疑，我也请求尽快彻查！"说完，他转过身，把围观的人劝开了。

"查就查，身正不怕影子斜。没做的事，我怕你们什么？"大姐傅庆兰也来了脾气，气哼哼地跺脚。

傅雨晴笃定道："必须查！不管花多少钱，我就是要看看，你们俩到底都作了什么死！"

见事态控制住了，葛永安点点头："行，既然意见统一，我们就别浪费时间了。现在，就前往中心现场。"

30

"怎么一遇到人多，你就躲那么远？"

李霄阳突然出现，让正在刷手机的汪鹏鹏吓了一激灵："阳哥，不要用'躲'字好不啦，我在干活儿。"

"干活儿？不是刷手机吗？"

"不信？"汪鹏鹏打开相册，数十张真探组的工作照赫然在列。

"偷拍我们？"李霄阳乐了。

"什么偷拍？是光明正大地拍。"汪鹏鹏收起手机，"大魔王让我弄的，她还让我以'真探组'为名，给大家开个社交媒体号，让我负责运营。龙所的脾气你是知道的，我敢说个'不'字？这不是忙着收集账号运营素材吗？"

"你这也算是君要臣死，臣不得不死了吧……"李霄阳摸摸下巴，"不过有一说一，这网络发布的东西，你得先给我看看，有的东西涉及技术规范。再就是，我们的形象问题。"

李霄阳冲他眨眨眼，露出"你懂的"的表情。

"懂！给哥选个帅的嘛！"汪鹏鹏恍然大悟，拍拍李霄阳胸口，居然感觉很结实，"我去，看不出，阳哥还有胸肌呢？"

"练过的。"李霄阳笑笑，转身走了。

汪鹏鹏看着他那万年站不直的身条，一脑子疑惑："练过？他不是成天睡觉吗？什么时候练的？"

31

偏湖院18号外围，葛永安把傅雨晴请进了鉴定所勘查车。

"在开始勘查之前，按程序，我还得跟您交代一下，我们的这次谈话，也会同步录音录像，如果你对我说的问题有异议，我们可以随时终止调查。"

傅雨晴本身也是研究工作者，深知程序的重要，对这种不厌其烦并没感到不适。她很快首肯："没问题！"

葛永安手指车窗外的傅家姐弟："一旦进入勘查程序，我们就需要绝对的安静，你是搞生物科研的，做实验需要无声的环境，才能集中精力完成工作，这一点，你应该可以理解。"

"行，没调查清楚之前，我会和他们保持距离，至少……不吵架，不打扰你们工作。"

"那就好，"葛永安道，"我们言归正传：这个原始现场，警方已经勘查过了，并且进行了封存。之前也和您说过，我们作为第三方机构，不会采纳警方的任何结论，所以，整个现场我们需要重新勘验，这是其一。

"其二，我们和警方那边提前对接过，按照法定程序，从接警单位获取了现场原始照片，以及他们已经处理完毕、不需要留存的物证。而对于警方因办案需要进行了登记保管的物证，无法获取实物，我们只能拿到物证照片、清单及鉴定结论复印件。不过，如果我们在勘查中，仍需要对该物证进行鉴定，我们同样可以申请对警方保留的物证进行重新检验。"

傅雨晴消化了一下这些话，问道："还有呢？"

"其三，依照公安机关办理案件程序规定，警方出具的现场原始照片，和部分物证、影像资料，我们将无法对委托人公开，只能由我们司法鉴定所内部掌握。这一点希望您能理解，假如违反程序规定，造成后果，上级主管部门会吊销我们的经营执照。"

傅雨晴默默地点了点头："用人不疑，疑人不用，请你们来，需要遵守规定的地方，我不会给你们找事儿的。"

"谢谢，"老葛道，"还有，其四，在现场勘查开始之前，我们会根据现场原始照片，对物证进行还原，并在屋内的四个角落安装网络摄像头，对现场勘查的过程，进行全程录音录像。这个影像，您是可以随时调阅的。

"其五，我们司法鉴定所是营利性机构，对您这种系统性勘验的委托，一般收费都比较高。虽然这次龙所给您折扣，但我们的勘查程序仍然需要分阶段进行，且每个阶段都要缴纳一定的费用，在阶段性勘察结束,另外一个阶段开始之前,如果您觉得不妥,可以随时终止调查。我们会尊重您的意见。

"其六,调查正式开始后,我会在这辆车中指挥勘查进度,这个调度过程,您不得进行干扰。与之相对,一旦有了阶段性结论,我就会向您通报。

"最后,也是第七点,按照现场勘查制度规定,我们是需要聘请见证人在场,对整个勘查过程进行监督的。而依照物价局定价,对见证人需支付一定的费用,不过价格不高,通常每人每次三百块。鉴于夏明对养老院情况较为熟悉,我们决定,这次就聘请他作为见证人。"

葛永安将平板电脑划拉到最底端:"如果您对以上七点没有异议,请签名确认。"

傅雨晴接过平板,将条文又仔细地核对了一番,拿起电容笔,果断地签下了自己的姓名。

32

车尾空地上,夏明搬来折叠椅,让傅雨晴坐下休息。大姐傅庆兰和二哥傅超则躲在足足五十多米开外的地方,两人蹲在马路牙子上嘀咕。

"你到底怎么回事,怎么把爸妈弄到这么差的地方来了?"

"哎呀,不是我弄的,我谈的分明是一等房嘛!"

"放你娘……放你的屁!"大姐指着破烂小院,"这砖墙,风一刮都能倒了,别说幺妹了,连我都看不过去。你傅超好歹也是个有里有面的老板,这事儿你办得,你自己觉得能说得过去?"

傅超脑袋垂得越来越低,几乎夹在膝盖里,长叹了一声。

傅庆兰白他一眼:"你还好意思叹气,我问你啊,每年过来接爸妈回家过年演戏的，是不是你？这屋你怎么就没来过？"

"外面的车不让进，只能停在接待中心，每次爸妈坐观光车，早早就在接待室那等着。哪回他俩不是乐呵呵的，我寻思人面貌挺好的，就没想起来这个。"

"你呀你，最起码来一次，看看环境！你就是养个狗养个猫，扔给别人照顾，你还得送上门不是？"

"我心烦着呢！不想说这个……"

傅超话音未落，嗡的一声，一架无人机从院里垂直飞上半空。

司法鉴定所的依维柯里，葛永安戴上耳机："鹏鹏这飞行技术相当不错！很平稳，再高5米，拍一张现场方位照发过来，我来传到你们的智能眼镜上。"

汪鹏鹏被夸，乐呵呵按住智能眼镜上的蓝牙对讲机："得嘞，放心吧葛头儿，马上就好。话说，咱们大魔……那个……龙所这次可真下了血本，用这种设备勘查现场，真太酷炫了。"

汪鹏鹏马屁照拍活儿照干，很快，一张高空俯瞰的现场远景，出现在勘查组员配备的VR镜片上，经葛永安电脑系统的处理，18号院落已被红色完全覆盖，有了颜色的对比，中心现场的方位变得十分醒目。

从航拍照片上看，整个偏湖院呈椭圆形分布，被一条只容得下观光车单向行驶的水泥路一分为二。

路北面有二十多座院落，除了破败些，采光倒是相当充足，大多种有绿植，居住环境还是很不错的。照片上有一些老人，正在北面的院落中惬意地晒着太阳。

相较而言，南边的二十多座院落，就要冷清得多，旁边的山上，随处可见坟圈和墓碑，无论是从地理位置还是风水布局上说，都绝谈不上是合适的居所，也看不见什么人在外头。

无人机放低，拍摄了几座附近的院落，院内杂草丛生，显然有些年头没人住了。

被标红的中心现场，就是小路西南边的一座院子。

这是一座坐南朝北的院落，和其他院落一样，是两间平房搭一个小院的结构。其中东侧房间一分为二，靠北半边是茅厕，靠南的一半屋顶上竖着烟囱，应该是厨房。

而西侧的那间屋外绑着警戒带，可见，西屋正是两人日常起居的地方，也是老两口生命最后所在之地。

从平房房顶，向外延伸出一大块彩钢板，在门前形成一块阴凉地，一辆车胎干瘪的轮椅，正静静地停放在阴影里。

"现场方位显示完毕，大家还有没有不清楚的？"

"没有。"

得到答复，葛永安注视大屏幕，指挥道："鹏鹏，我刚才发现，偏湖院有很多角落都安装有监控设备，你收掉无人机，去和夏明对接一下，把监控全部调取。"

"葛头儿，全部调取要做到什么地步？"

"就是从现在开始往前，只要是硬盘中保存的全部影像资料，全部拷贝回来。"

"用得着这么多吗？"

不光汪鹏鹏，李霄阳和佘小宇也有同样的疑惑。

然而葛永安并没继续给出任何解释，尴尬片刻后，通话里响起汪鹏鹏有些无奈的声音："明白了，收到。"

当航拍画面从智能镜片上消失，葛永安发布了第二条指令："接下来，由汪鹏鹏安装室内监控设备，还原现场原始概貌，并使用三维扫描仪，对现场进行全景扫描。从现在开始，各位记得打开智能眼镜上的录像功能，本次调查所有勘查影像，需要进行永久保存。以上做完之后，由李霄阳带队，佘小宇随行，对现场进行勘验。"

33

养老院里,组员在老葛滴水不漏的指挥下依次行动。

与此同时,殡仪馆内,王怡文已将尸检工具准备妥当。而被喊来当副手的实习新人胡雪,此时正坐在房间角落,连大气都不敢出。她脑子里塞满"倒霉"二字,王怡文的脾性和诡异习惯她刚来实习时就知道了,只是一直没撞上。这回通知她来,心里面一万个不乐意,可谁让她资历浅呢?

帮着王怡文脱去两具遗体的衣物,她就很自觉地跑到房间最远的角落坐了下来。反正她的作用,就是走个法律程序,充人头的,她可不想在王大法医跟前找不痛快。

王怡文把法医装备穿戴齐整后,把两具遗体缓缓推到一起。

轻触智能眼镜腿,一张现场原始照片,出现在了她右眼的镜片上。

"大爷一定很爱大妈吧!查记录时我发现,你们走的时候,手还紧紧地握在一起。"王怡文抬起男尸僵硬的手,轻轻放在女尸手中。

"你们看,这样是不是会觉得安心些?"

"大爷,大妈,你们别怕。接下来的工作,我一定会很小心的。"王怡文低声说着,来到侧边桌前,"不如,我们放首音乐,舒缓一下心情?您和大妈这个年岁……那就选一首梅艳芳的《一生爱你千百回》,你们看,怎么样?"

音乐响起时,胡雪浑身一颤,她回头看去,发现桌子上还放着一个音响,上面那个明晃晃的"LV"标志和特殊的印花,更是让她大吃一惊,她打开淘宝一搜,两万块的价格和相同型号的音箱一起蹦出来,她不由自主地张大了嘴。

"我去,都是真的啊?"胡雪偷偷瞥着王怡文,"跟死者对话,给死者放音乐,还用那么贵的音箱,难怪都说她思维异常,今天真是开了眼了……"

胡雪嘀咕着,把板凳往门口挪挪,努力和王怡文拉开距离。

王怡文并不关心胡雪的行动,她来到两具遗体前,跟着哼唱:"我要飞越春夏秋冬,飞越千山万水,带给你所有沉醉,我要天天与你相对,夜夜拥你入睡,梦过了尽头也不归……大爷,大妈,你们的表情,怎么好像一点儿都不开心?在自己家里,自己的床上,有什么能让你们这么难受?"

王怡文动作轻柔地用夹子从男尸鼻腔、耳道、躯体上,分别取下九只蛆虫,将它们一一放入蒸馏水中洗净,平铺在一个带有刻度的透明塑料板上。

"平均长度约1.3厘米,未化蛹[1],看来,以当下17摄氏度的日均气温,你在屋里最少躺了三天,才被人发现。"

王怡文又在女尸身上重复操作一番,看着面前的第二排蛆虫,她眉头一皱,察觉了异常之处。

"大妈身上这九只样本,平均长度比大爷身上的长2毫米。同样的外环境和食源的情形下,大妈身上的蛆虫长得更快……"

她挑眉看向男尸:"大爷,您的身体内环境,是不是不太好啊?这可不是一朝一夕能造成的。我一直挺奇怪的,您和大妈临走时,为什么不给孩子打个电话呢?是不是你们对他们很失望?还是说,另有隐情呢?"

将蛆虫样本放入物证盒,王怡文用毛刷将尸表的虫卵和污物彻底

---

[1] 人死后,只要气温达到苍蝇的产卵温度,苍蝇可在几分钟内在尸体的眼角、鼻腔、外耳道、嘴角、肛门、外阴伤口上产卵,8~20小时,卵会孵化成蛆虫,蛆虫会在尸体上疯狂啃食,经过4~5天的时间化蛹,蛹经过1周,便可破壳成苍蝇,完成此周期,则为一代蝇。倘若尸体还有足够的养分,一代蝇仍会在尸体上产卵,再完成整个孵化过程,就是二代蝇,以此类推。所以根据蛆虫的长度,可以推测死亡时间。

清理干净。完成这一步，她端详着两具尸体，露出笑容："大爷，大妈，你们看，这是不是就清爽多了？"

她说着，拉开卷尺："那咱们接下来，就先从大爷开始吧。"

"您叫傅俊能，身高一米六五，身材消瘦，看着都快成皮包骨了。看来，您生前营养可没跟上。再来看看您的牙……"

掀开死者的嘴唇，捏开牙关，她观察片刻，微微捏住牙齿摇晃："果然，牙齿松动，也有脱落，其中切牙的磨损尤为严重，看来您经常用这个牙咬东西。"

她又举起死者的右手触摸、观察："老茧厚重，可见皲裂。您是常年从事手工劳作吧！靠这样一双手，养家糊口，可不容易。"

她摸摸死者的脸："皮肤干燥、粗糙、毛细血管扩张，有色素沉着，面部出现黄褐斑，脖颈、胸口处有多形日光疹。这些都是紫外线长年累月照射所造成的皮肤损伤，看来，您成天都在户外讨生活。风吹日晒的，大爷您真的很辛苦。"

"胸腹部有大量蜘蛛痣，"她又翻开死者手掌，"虽说已经没了血色，但也可以看到丝丝红肿。您的肝很不好，可能还有严重的肝功能损伤。"

"膝盖拉伸困难，且有关节脆响，说明您的膝关节曾长期处于弯曲状态，导致血液循环受阻，落下了病根，想必这让您平时走路也比较痛苦吧？"

"脚后跟皲裂严重，这是脚后跟常年暴露在空气中失水所导致的，您是不是平时有不穿袜子的习惯？可为什么不穿袜子呢？难道说，您的病情，已经到了弯不下腰，穿不上袜子的地步？"

王怡文看向男尸弯曲得有些畸变的下肢，沉默片刻，她才继续道："正常方面已经观察完了。大爷，接下来，我可得说说你不正常的方面了。"

王怡文碰一下挂在左耳上的录音耳麦，确定它开始工作才继续："死者十指甲床发绀，双眼球结膜下点片状出血，双瞳孔等大，直径约5毫米。口、鼻、耳有深褐色柱状血液。大爷，您这就不对了，是不是吃了什么不该吃的东西？您不说话，那就是默认了？"

说话间，她拿出"翻身枕"。这种工具的造型很像是汉字"山"，为方便用力，"山"的下方被设计成弧形。

王怡文将"翻身枕"卡在死者双腿间，然后她用力向上推，尸体随着枕头的侧翻，缓缓立了起来。有了这个，原本需要两个人才能搬动的尸体，现在只靠她一人也能轻松翻身。

"驼背，腰肌劳损，尸斑呈暗紫红色，沉积背部，挤压不褪色，处在浸润期[1]，结合蛆虫生产的时间，您走后，就一直安静地躺在床上，其间应该并没有人打扰您。

记录完毕，王怡文缓步绕到了女尸旁，对男尸说道："您的已经检验完了，我要换到大妈这边了。您的手可得牵好，给大妈一点力量，我感觉，她好像有些紧张。"

"我是有点紧张！"房间内突然响起一个声音。

王怡文抬起头，看向坐在墙边的胡雪，后者慢慢起身，满脸苦笑："王老师，我有个请求。"

"啊？请求？"王怡文纳闷地看着对方，"你要干什么？"

"我在外面等您行不行？不然，我打电话给组长，让她再派个人来，我实在、实在是……"

---

[1] 尸斑是较早出现的尸体现象之一，通常是在死亡后 2～4 小时出现，经过 12～14 小时发展到最高程度，24～36 小时固定不再转移，一直持续到尸体腐败。尸斑形成和发展分为坠积期、扩散期、浸润期。浸润期是扩散期的延续，持续时间较长，以后由于细菌的作用而转为尸体腐败。在浸润期内，压迫不能使尸斑消退，更不能形成新的尸斑。用刀切开尸斑处，可见组织呈紫色或浅紫色，血管中无血液流出。

胡雪说到这里，看起来已经快哭了。

"不用解释了，我这个习惯很多人受不了，你也不是第一个。"王怡文泰然自若，"你就在门外吧，反正有全程录音录像。我的检验，不会有任何问题。"

"哎，谢谢谢谢！有什么您叫我，我就在门口蹲着，哪也不去。"

看着胡雪走出门，王怡文低下头对女尸道："我刚才差点儿真以为是您呢！哈，有意思。"

门外的胡雪听见这一句，左脚绊右脚，好险没摔一大跤。

而屋里的王怡文浑然不觉，她掰开女尸的双眼，又瞧瞧她的左手："大妈，你俩到底是谁先提出喝这东西的？我看，大爷一直握着您的手，他这么爱您，不会是他主动的，他舍不得，我猜得没错吧？"

"您脸上也有黄褐斑和少许多形日光疹，程度也和大爷相当，看来，您和大爷平日里会一起出门干活儿。那您具体是做什么的呢……等我看看您的牙齿。"

女尸的切牙并不平整，在内侧，王怡文看到一些凹线。

"切牙内侧呈斜线状磨损，您是做缝补的，不过习惯不太好啊！经常用牙齿咬线，久而久之，这样会让牙釉质磨损，导致您患上严重的牙周炎，恐怕平时吃饭都疼。所以说人啊，保护牙齿很重要。"

她托起女尸的手，抚触着："您的手也很粗糙，不过比起大爷来说，还是要好很多，看来，脏活累活儿，可都让大爷干了。"

王怡文活动了下女尸的双腿，感到明显的阻滞，她皱起眉头："大妈，您的双腿是不是……"

取出"翻身枕"，她将遗体翻立起来，右手扶着枕头，左手则抚摸着死者身后错乱交织的疤痕："存在多处不规则组织挫裂伤，大妈，您之前是被某种快速移动的物体撞击过，才会导致大面积钝器撕裂伤，从手术缝合处判断，您当时腰椎骨已完全粉碎性骨折，这直接导致了您下肢瘫痪，长期卧床不起。"

她说着，眯起眼睛："是什么，把您给撞成这样的？"

34

二〇一一年，冬。

"转角街"这条颇具历史的老街，就像一条蜿蜒前行的长虫，横趴在整个卢阳村上。

这条"蛇"很长，由东向西，一共盘了四道弯，而"蛇头"的部位，也正是村里最大的出口。

这条街连上了一条南北向的主干道，沿着这条双向四车道，可以直达镇中心。

而俗话说："想致富，先修路。"交通越便捷，人群也就越密集。卢阳村里的人家，也免不了在靠近"蛇头"处更多、更热闹。

越是到"蛇尾"，人烟就越发稀落，就连走在街上的人，都少了很多。

在"蛇尾"的转弯处，却有一个常年开张的露天摊位，招牌是一块用铁丝捆绑的白色三合板，上面用红色油漆写着歪歪扭扭的"修车""缝补"四个大字，并不好看，但隔着大老远就能瞧见。

摊位一间平房的墙根下，从房顶处延伸出的一大片瓦，刚好能给这个小摊遮风挡雨。

瓦片下头，就是紧紧凑凑的一堆"家当"。年过半百带着护袖的妇女，此时正脚踩着缝纫机，一上一下颇有节奏地给一件破洞的棉袄补上一片大花绣片。

外头飘着冰冷的毛茸雨，这种雨落地就没，但落在身上十分阴冷。

瓦片遮头的女人不会被淋到，但旁边头戴的确良老军帽、身穿破旧军大衣的老年男子则不然。

他所在的地方没有任何遮蔽，但他没有怨言，正眯眼忍耐着针扎一样的寒雨，蹲坐在水盆边，用磨平的金属棒把自行车外胎扒开，从里边掏出淡红色的橡胶内胎，把它分段按压在水盆里。

此时室外气温又到了零摄氏度以下，水盆上结出了薄薄一层冰碴，老头似乎不以为意，粗糙的手掌摁着橡胶内胎，将它们一段段闷在盆里。

运气不佳，直到一圈闷完，他才找到那个冒泡的缺口："扎得还挺深呢，德宝儿，你这去哪儿了？搞成这样？"

对面马扎上坐着个约莫十五六岁的少年，他挠挠头皮，不好意思地说："傅爷爷，我也不知道。您看还能不能修好？这自行车还是我借同学的呢。"

"那你打哪儿骑过来的？"

少年一指东面巷口："打镇上大马路骑回来的，去的时候刚打的气，回来还没走到巷口就瘪了。"

"气泡还不小，可能是扎到钉子了。奇怪的是，你外胎上也没发现钉子，要不给你找出来？我担心补好了，这内胎还得被扎。"

"钉子？"少年想了想，恍然道，"我想起来了，骑回半道时，我听到了刺啦刺啦的声音，不过之后就没有了。"

老人"嘿嘿"一笑："那估计钉子是被你半道给甩掉了，行，那我就放心了，现在给你补上！"

"谢谢傅爷爷！"少年说着就去掏兜儿，"多少钱？我找给您。"

"就冲你叫我爷爷，这钱也不能收，你爸跟我家老二还是一块儿玩到大的发小呢！"

"那怎么行？"少年不好意思地说。

"怎么不行，爷爷说了，你就听着！"

老头从身边堆起的物件中捡出一块废内胎，用剪刀剪成个圆形，用磨刀把内皮磨糙，涂上胶水，再对准原先冒泡的孔洞一粘，等胶水阴干，老人把补好的内胎充满气，再次闷在水里，等到确定没有气泡后，他才把内胎重新装了回去。

见少年的脸冻得通红，老人笑眯眯地把车子推到少年跟前，用冒着白雾的手拍拍自行车坐垫："赶紧回吧，马上要吃晌午饭了。瞅你冻得！"

少年搓搓冻木了的脸颊，不好意思地接过了车子："谢谢傅爷爷，那我走了。"

"去吧，路上慢点，注意安全！"

听着"嘀零零"的脆响远去，傅俊能回到了自己的摊位前，见暂时无客人上门，他把自己的折叠马扎拉到老伴苗翠英身旁，一屁股坐了下来。

"超儿发小家的孩子，大名叫啥我给忘了，他爸当年对超儿可好了，在学校还帮超儿出过头，揍过几个坏小子呢！"

"这钱咱确实不能收。"看到老伴的手湿漉漉的，苗翠英伸手把自己怀中的热水袋拉了出来，"快，赶紧焐焐，别回头生冻疮了，那痒得可心慌。"

傅俊能翻转着自己的双手，嘿嘿一乐："那哪儿能？你看这手，老茧可比铁皮还硬，想生冻疮，我看难着哩！你赶紧把热水袋揣好，你那胃不好，要是冻坏了，我可就没主心骨喽。"说着，起身又把热水袋拿起来，塞回妻子怀中。

苗翠英埋怨地瞥了一眼老伴，继续赶制手上的衣物，没有说话。

傅俊能歪头看着忙碌的妻子："哎，我说翠英，你跟了我一辈子，有没有觉得日子过得苦啊？"

缝纫机的踏板声戛然而止，苗翠英责备地看向傅俊能："你今天是怎么了？吃错药了吗？"

"没事，就随口问问。"

苗翠英边踩着踏板边道："俗话说，嫁鸡随鸡嫁狗随狗，我跟你的时候，你有啥？我不图你这个人，干啥找你当我男人？"

见傅俊能没有说话，她继续念叨："人这一辈子，说简单了，干啥不都是为了糊住一张嘴，钱是个好东西，可也生不带来、死不带去。依我看，吃糙点，穿旧点，这其实都不叫苦，有句话说得好，男怕入错行，女怕嫁错郎，这女的要是跟错了男人，找了个没德行的王八蛋，那这辈子，可才真叫苦呢！你是王八蛋吗？"

傅俊能沉默地听着，把旱烟锅子拿在手里，没有点燃，也没有说话。

见他这样，苗翠英彻底停下了手中的活儿："说吧，到底怎么了？我看你今儿心事不浅。"

老傅蹲坐在马扎上，叹了口气。

"咱俩都老了，就这么过着也就一辈子，还能有什么让你为难的？你这是又愁娃呢？"苗翠英扳起手指，"庆兰是最操心的，现在也成了家，咱那个女婿马雷，别的不说，对咱大闺女也真心实意。超儿呢，你也说过，他只要平平安安，健健康康，咱就满足了。老么么，现在既然去了国外念书，算是给咱俩长了脸，将来也没啥好愁的……"

"算了，不说了！你赶紧干活。"老傅在鞋底上敲了敲烟锅，"儿孙自有儿孙福，我现在最大的念想，就是不拖孩子的后腿，等咱俩老了，走不动了，我就……"

"你别瞎琢磨，好端端的日子都给你想坏了。"苗翠英翻翻塑料袋，拿出一件花棉袄，"快看看，这衣裳咋样？"

"谁家在咱这给娃定做的？"

"谁家也不是，咱外孙今年三岁了不是？男娃三岁以后，个子蹿得可快了，我得趁着现在还能干，抽空把外孙明年穿的衣裳给赶出来。"

"那这是个正事儿，情愿不赚钱，也要把咱外孙的衣裳做出来。"

见老头眉眼舒展，嘴角挂着笑，苗翠英又接着踩动了缝纫机踏板。

可就在这时，一声嘶吼突然响彻整个巷子——

"俊能叔——快闪开！！刹车失灵了！！"

傅俊能抬眼一看，一架眼熟的摩托车突突地冲他直冲过来。

他蹲在马扎上，双腿已经麻了，此时眼瞧摩托车到了跟前，他站不起来，只能本能地举起双手护住头部。

"老头子——"

就在那一刹那，苗翠英从缝纫机后跳出，一把抱住傅俊能，转过了身。

她用瘦小的身躯，护住了相濡以沫的老伴。

"嘭"一声闷响，两人一起被撞飞出去。

傅俊能的后脑磕到了地面，他感到眼前一黑，什么都看不见。他摇了摇头，视线逐渐亮了起来，可当他看到面前的一切，便声嘶力竭地喊了起来。

"翠英——"

苗翠英倒在地上，鲜红的血从她身下缓缓漫出，逐渐变成一个小小的水洼……

"爸妈出事那年，我读大三，在国外留学。接到消息，我马上请假回家，到家时，我妈虽然脱离了生命危险，但医生说，从今往后，她没希望再站起来了。"

傅雨晴双目微红，缓了缓，对手机继续说下去："医生还说，要不是我妈帮我爸挡了这一下，那辆摩托车前面的货架，就会直接戳进我爸的脑袋，那样的话，我爸铁定活不了。"

电话那边，王怡文低下头，温情地看着眼前的"两个人"："难怪大妈瘫痪多年，身后却一点褥疮都没有，原来，他们换过命。"

听到电话那边王怡文的话，傅雨晴再也抑制不住情绪，低声抽泣起来。

35

王怡文把整理的尸检报告发送给葛永安时，李霄阳和佘小宇提起勘查工具箱，走进两间平房。

摘掉警方留下的警戒线，李霄阳走进中心现场。不知为何，虽然是第一次进入这座院落，但他总觉得这里很熟悉，他停下脚步，定定神，来到卧室木门跟前，嘴中喃喃道："先下后上，由地而空，秩序不乱，殊痕不漏。"

"你在说什么？"身后的佘小宇问。

"家族口诀。"

李霄阳从挂在后腰的皮包里抽出一块黄铜放大镜，他用这个手柄上刻着古朴纹路的放大镜对门框及门锁仔细观察一番，打开录音设备。

"房间坐南朝北，窗户上安装有固定铁栏杆，房门北开，为唯一进出口，门框及锁芯油污面完整，未发现撬别痕迹。"

他站直身子，问道："葛队，死者被发现时，是什么情况？"

"据夏明所说，按照规定，每隔几天，养老院清洁工就会来收一次垃圾。由于住的都是老人，如果没人回答，清洁工都会多个心眼，进院问问。这次敲房门也没有人应，清洁工就从窗户往里看，发现异常后叫来了保安，用备用钥匙打开门后，发现尸体已腐败。他们当场就报了警。"

"收到，"李霄阳用手轻推那扇木门，门轴发出令人牙酸的吱呀声，薄薄的门缓缓敞开，屋里情形二人尽收眼底。

还没来得及留意屋内布局，李霄阳的目光就被一个老式菜橱给完全吸引了过去。

那个菜橱仿佛暗藏魔力，只是一眼，就将他的灵魂瞬间抽离，一切都开始疯狂扭曲，他在一瞬间坠向黑暗。

突然，眼前出现了一个中年男子，背对着他，右手不停地挥舞着一把明晃晃的染血砍刀。

随着砍刀每次抬起，鲜血顺着刀柄飞出，被甩在墙上，溅开一片血花。

一片，两片，三片，血花越积越多，最终在墙上形成了柱状的血流，宛若有生命一般，缓缓向下延伸……

似乎意识到有人在自己身后，男人猛地转过身来，遍布血丝的眼珠死死盯住他，发出一阵十分享受的邪恶笑声……

"喂，喂！你怎么了？"

一道清亮的女声打破幻境，转瞬间，不论是男人，还是鲜血，全都从他眼前消失了。

李霄阳愣愣地转动着异常漆黑的双眸，看向面前的佘小宇。

"怎么了？突然站这不走了，是不是发现了什么异常？"佘小宇问。

"没、没有……"李霄阳深深地吸了口气。

"真的没什么？"佘小宇狐疑地打量，显然不信，"你刚才，浑身都在发抖。在殡仪馆没见你这样，按说你已经习惯了，不会是晕血吧！"

"出来得急，没吃早饭，有点低血糖。"

这个答案对佘小宇显然有效，她露出了然的神情："我兜里有巧克力，要吗？"

"谢谢，我缓过来就好了。人体还可以分解脂肪作为身体供能。"李霄阳拎起勘查灯，"不浪费时间了，我们这就开始吧。"说完，他给葛永安发了一个信号，以自己的智能眼镜作为主摄像头，开始观察起屋内布局。

36

正所谓一分钱一分货，五百块就能住的房自然好不到哪儿去。

这屋内面积不大，最多30平方米。进门靠左手并排摆放着菜橱、衣柜，靠北的窗下有张长条桌，桌子上零散安置着锅碗瓢盆之类的杂物。

靠东墙放了一张带有床头柜的老式双人木床，床和南墙的空当位置插了一张方桌，桌面上整整齐齐地码放着一排排药盒。

虽说警方已对现场做了一次勘查，但显然无损提取的意识，在警队中也贯彻得非常到位，按照汪鹏鹏提供的原始照片，李霄阳只需稍微动几个物证，就把现场还原到了原先的百分之九十。至于剩下的百分之十，则在移走尸体的双人床上。

他先是用特殊的遮光布蒙住窗子，再用黑布彻底堵住门缝，屋内瞬间伸手不见五指。

李霄阳打开了匀光足迹灯，这时地面上留下的脚印在光线漫反射的作用下，瞬间变得清晰起来。

"警方都穿着鞋套进来的，没有干扰鞋印。"李霄阳来到一串足迹旁，抽出黄铜折叠尺，拉开摆在其中一枚鞋印上，"白色地板砖上，有一层水渍干涸后留下的浮灰层，这是在拖地时，拖把没有清洗干净造成的。在此之上的成趟鞋印只有一种，为灰尘减层鞋印。鞋印为42码，胶底布鞋，鞋底花纹系格块状，前脚掌部位磨损严重，鞋印中后段花纹不明显，可见此人行走时重心前倾，怀疑走路有弓腰的习惯。"

李霄阳又另抽出一根黄铜折叠尺，将它打开，呈"V"字形放置在鞋印上："步角很窄，步长数值不大，步宽数值也不稳定，说明其迈步很费劲，且重心不稳，推断此人下肢承重力很差，膝关节灵活度也不足。"

"这是怎么形成的？"手指鞋印旁的一处呈弧线形的模糊痕迹，佘小宇问道，"是脚底打滑吗？"

"不。"举起足迹灯，李霄阳将室内那串足迹照亮，"在成趟足迹中，有多处鞋底拖痕。如果是脚底打滑，模糊痕迹会出现在鞋印中后部位，不会出现在前端。"

为了让佘小宇听明白，李霄阳比画："假设说，我的左手是地面，而右手是脚，放慢动作的话，可以看出人在落地的时候，其实是后跟先着地，再全脚掌落地，然后，后跟先抬起，带动重心，前脚掌也抬起，这样双脚交替才完成走路姿势。可是我刚才也说了，这人走路时，习惯身体前倾，当一只脚抬起后，另一只脚无法支撑身体重量，就会出现落地重心不稳定，形成这种不规则的弧线痕迹。往往这种足迹，都伴随着疲劳、疾病、醉酒、眩晕等不良状态出现。"

"你觉得哪种状态的概率更大？"

"得再多看看才能确定。啊对了，男性死者的鞋子在哪里？我记得，应该是在殡仪馆。"

"我给带回来了。"

李霄阳欣赏地道："我从不随便夸人，你心很细。"

"分内工作而已。"佘小宇解释，"鞋底也有需要提取的检材，可以用来分析死者生前去过哪儿。"

"原来如此，那你在鞋底上提取到了什么？"

"黑色混合泥土样本。具体成分要等回去检验才知道。"

李霄阳打开智能眼镜的对讲功能："葛队，能不能传一张死者的鞋底花纹照片过来？"

"可以。"

"记得放……"

提醒的话还没说完,照片已打在了镜片上,而鞋印照片的旁边,还加了一根笔直的物证软标尺。

这雷厉风行的完美,让李霄阳把话咽了回去,对鞋印花纹逐一比对后,他点头道:"现场足迹特征与实际照片吻合,可以确认这屋内的鞋印都是死者傅俊能所留。"

他轻触眼镜腿,将镜片上的照片放大,细致地观察起鞋底磨损特征。

当照片在他眼前慢慢变大时,一些幼年时的记忆也突然冒了出来。

37

二〇〇二年,夏。

古朴的家族祠堂里,天井射入的光亮,正好照亮了祭台上方那尊巨大的造像。

那是一位身穿道袍、仙风道骨的老头,面容清癯,神情却格外慈祥。他手中握着一把怪异的长柄柳叶形小刀。在前方厅堂上,悬挂着写有"封诊道"三个行书大字的木匾。

木匾也有些年头了,木头被擦拭出自然的润泽光芒,此间的一切都散发着岁月悠悠的气息。

"霄阳,作业做完了?"身着蓝色长衫的白胡子老人慈爱地看向跑过来的少年。

"老祖,作业周六就做完了,今天我有一整天时间,可以跟您学习技法。"

李霄阳来到他面前,恭敬地行了个弟子礼。

"如此勤勉技艺，难怪我霄字一族晚辈里，只有你考核为优。"老人欣慰地捋着白胡须，"来，先给祖师爷上香。"

"好。"李霄阳手法娴熟地点燃三炷香，恭敬地跪在蒲团上，"俞跗祖师在上，弟子来祭。闻音听训，谨守心规。岁岁年年，持之以恒。封诊有道，传承不息。"

李霄阳将香插入香炉之中，老人却神情一肃："霄阳，你刚才可做错了一件事。"

"错？"李霄阳歪着脑袋，困惑地道，"从门口到老祖面前，我什么都没做，如果说有错，难道是我的走路姿势有问题？"

老人嘿嘿一笑："你说呢？你还记得自己最大的梦想吗？"

"我要当警察，要做像我爸那样优秀的刑侦专家！"

"所以走路姿势重要吗？你看运动员跑步，都是前脚掌着地，还有那些时装模特走路时，也是脚尖朝前，这是因为脚掌落地对人体的冲击力较小，可以很好地保护人的膝关节。所以，你要养成习惯，走路时收腹，迈步时避免脚尖向内或者向外偏，前脚掌先落地。刚才你那像什么样子，跑得跟个鸭子似的。"

"哈哈……"想着鸭子一摇一摆的样子，李霄阳也乐了。

"祖师面前，不得失态！"老人用戒尺轻敲李霄阳的头，趁孩子捂头，他继续说道，"光前脚掌着地还不行，还得注意走路的节奏，不能趿拉鞋，不能甩胯步，你还小，这样会影响骨骼发育，都记下了吗？"

"好的老祖，都记下了。"

见李霄阳乖巧，老人满意地点点头："既然话说到这，那么今天就来学一个新名词，鞋底的磨损特征。"

"磨损特征？"

"人穿的鞋子，就算鞋底工艺再好，时间长了也会在鞋底上留下磨损的痕迹。因为人在运动的过程中，鞋底必然会和地面形成一定的摩擦，这就是痕迹特征产生的原因。"

老人看向李霄阳脚上的运动鞋："如果把咱们的脚比喻成车轮，那么鞋子就是轮胎，车轮在转动的过程中，会因为路面状态、制动情况、转向频率等情况的不同，对轮胎造成不同程度的磨损。换成鞋底也是一样。对了，霄阳，老祖考考你，人的走路姿势可以大致分为哪几个阶段？"

"起步、落足、支撑，三个阶段。"

"很好！"老人点点头，"每个人的生长发育不同，所以足部的骨骼形状、大小、足弓的结构，都存在很大的差异，正是这些差异的存在，导致脚在行走过程中所承受的压力也不同。压力传导到鞋底时，鞋底与地面就会产生摩擦，从而形成稳定的磨损特征。如果一个人，长期生活在一个固定的区域的话……"

李霄阳抢答："那么，他每双鞋的磨损特征必然高度相似。如果磨损特征有所改变，那就说明，很可能在某段时间内，他居住的环境也发生了改变。"

"没错！"老人欣慰地摸摸他的头，"带你这孩子就是省心，一点就透。"

李霄阳吐吐舌头，老人跟没看见一样，继续道："通常来说，鞋底的磨损特征又可以分为好多类，最常见的是摩擦、挤压、镶嵌。通过三种磨损特征，还能分析出行走者的性别、年龄、身高等，这些理论我不赘述了，回头把我们封诊道族内自己编写的《痕迹解析大全》一书拿给你，你自己参悟，不懂的再来找老祖问就是。"

"弟子明白了！"李霄阳一听书名，眼睛晶亮。

"但有一点，你一定要给我牢记。"

"您说。"

"这是我们封诊道的规矩。任何事情，不可由心猜想决断，必须以物还原，尤其你以后想当警察，警方在案件侦办上，更不能凭个人经验去猜测，推理只是一种协助方法，哪怕再可行，也必须找到能支撑观点的物证，因为人会改变，记忆会被加工，但物证却不会撒谎，明白了吗？"

"是，老祖，弟子记下了！"

"好，那我们就进入附加题环节了。"

"还有附加题？"李霄阳疑惑道。

老祖慈祥地道："学习可不能不求甚解，既然鞋底磨损特征能反映出人的行走习惯、年龄等，那么，发现一些异常情况时我们可不可以借此反推呢？"

"异常？"李霄阳了悟，"老祖您是说，疾病？"

"聪明！"老人手捻须髯，"今天老祖教你通过鞋底磨损特征来判断疾病，这可是书本上学不到的，至于你能学多少，全靠你的悟性。"

"听起来好厉害！"

"也没什么玄妙的，主要还是靠观察。"老人在祠堂中缓缓踱步，"先说一种常见的情况。假设说，一个人的鞋印，可以完整反映出前掌、中宽、后跟，那么说明这个人……"

"足弓不明显，扁平足。"

"没错。那么表现在磨损特征上，就是鞋底呈现全磨损状态。"

老人停下脚步，回头道："其实不难理解，有的病理因素，会直接影响人的行走习惯，从而在鞋底上反映出特殊磨损。那么，两只鞋子磨损特征不对称的话，就极有可能是膝、腰、髋等关节出了问题。而靠近鞋底内侧磨耗较重，则是因为人在行走的过程中，重心靠内，表现在行走习惯上，就是膝关节向里靠拢。"老人双膝一碰，脚往外撇，"这是什么腿型？"

"X 型腿。"

"没错,这种走路姿态,严重的话就是 X 型腿,长期受力不均,会导致膝关节软骨磨损,引发关节炎。再说一种相反的极端,那就是鞋底外侧磨损严重,这个你来吧!"

李霄阳想了想:"外侧磨损,自然说明重心靠外,行走时,膝关节会向外弯曲。"李霄阳双腿打弯,缓慢往下蹲,比画了一下:"情况严重的话,那就是 O 型腿。"

"对了!"老祖深入分析,"X 型走路时呈外八字,O 型呈内八字。严重的内八字,往往都和脊柱侧弯、腰肌劳损、腰椎间盘突出等症状有关。"

"老祖,其实……"

"其实什么?"

"我感觉,这还是太简单了,有没有更厉害的?比如,通过分析磨损特征,发现更精细的病情?"

老人猛地回头,眼神微闪:"怎么?你想学?"

"想,做梦都想。"李霄阳用力点点头。

"好!那老夫就把毕生所学,都传授给你这个小娃娃!"老祖笑眯了眼,回头看看那尊造像,"祖师爷,看来咱们封诊天干李家,又要出个小神童咯!"

38

"腰肌劳损、腰椎间盘突出,他有中度的强直性脊柱炎,顽疾潜在下肢,我大概看出了一点苗头。"

见李霄阳收掉了黄铜足迹尺,佘小宇问:"地面鞋印勘查就这样了?"

"就这样了。"

"确定？"

"当然确定，"李霄阳反问，"怎么了？"

佘小宇看他片刻，发现他没开玩笑，才指着床里侧说："你没发现，那边还有一串鞋印，而且鞋底花纹也不一样吗？为什么不进行分析？"

"这个啊！我该怎么跟你解释呢……"

"你不会是看漏了吧？"佘小宇挑眉，"其实看漏了也没什么大不了，毕竟我们第一次以这种模式出现场，有疏漏很正常。不过话又说回来，就是因为是第一次，必须更细致，否则万一出了问题，对委托人没办法解释，龙所那里也难交代。"

李霄阳盯着她看了一会儿，揉揉鼻子："你说得没错，虽然不好听，不过我明白，这是忠言逆耳。"

说罢他来到床里侧，指着那串鞋印："没做手续，不等于我没看见，也不等于没判断。你仔细看，这串鞋底虽然花纹不同，但磨损特征和之前那串几乎一模一样，可以判断属同一人。床里侧空间狭窄，人行走过程中比较拘谨，是没有办法表现出完整步态特征的，所以，这串鞋印从各方面来说，都不具备分析价值。"

佘小宇认真聆听，冲他点点头："只要不是因为粗心忽略了就行。还有，就算没有分析价值，也需要进行相应的记录。"

"我明白，"李霄阳笃定道，"放心，我不是好面子硬掰扯的那种人，咱们头顶上还有全程录音录像设备，勘查疏漏导致最终结论出现偏差的话，我第一个倒霉，你说呢？"

"你清楚就行。"佘小宇应了一声，取出两管棉签，分别从床头和床里侧鞋印上擦取灰层样本。

在把两根黑乎乎的棉签装入物证盒时，她发现，李霄阳正用奇怪的眼神盯着自己。

佘小宇提醒道:"我这边取样结束,可以开始下一步了。"

"哦,好的。"趁着收拾足迹灯低头的空当,李霄阳又扫了一眼在他看来几乎一模一样的两组灰层鞋印,接着他皱起眉,不解地摇了摇头。

他不动声色地顺着床边,来到内侧那个摆满药盒的木桌前,大致看了一眼,从挂在腰间的皮袋中摸出三只铜刷以及一深一浅两种粉末。

佘小宇看见李霄阳用蘸上粉末的毛刷,极快地在每个药盒上轻轻刷过,而每刷出一枚指纹,他都会仔细观察几秒钟,随即放置一边,待他把全部药盒处理完毕,佘小宇发现,李霄阳已经将药盒分成了两摞。

"为什么这样分?"佘小宇不解。

李霄阳手指左边的一摞:"这边只有男性死者的指纹,且有大量新旧重叠,说明这药盒只有他自己碰过。而右边不一样,这边药盒上有两位死者的混合指纹,且女性死者的指纹多为陈旧指纹。根据指纹的分布情况,左边这一摞,应该是男性死者的常用药,右边的则是女性死者的。此外,两个药盒上,还出现了第三人的指纹,按正常推论,可能是拿药时,医生或药剂师所留。而这些最初的指纹,后因药盒被使用,被最终指纹所覆盖。从指纹分布至少可以证明,这些药除了两位死者,应该没有人动过手脚。"

直到李霄阳说完,他才注意到佘小宇惊诧地看着自己。

"……怎么了?有问题?"

"你确定你分类没错?"

"百分之百确定。"李霄阳从左边拿起一个药盒,向佘小宇展示,"药盒盒身两侧留下的多是男性死者左手五指指印,盒盖则以右手拇指印居多。他每次吃药时,习惯用左手捏住药盒两侧,右手扣出盒盖,然后取出药品。"

他又从右边拿起一个:"而这上面,女性死者的指纹多在药盒的上下两个宽面上,且存在不规律、反复叠加的情况,男性指纹分布依旧是在药盒两侧。这说明，在吃药前，男性死者肯定是为求证该药是不是女性死者所服，所以才递给她，让她确认。两人拿药的用途不同，所以会在药盒的不同部位留下指纹，我也是根据这个习惯，来区别男女服药的种类的。"

"不不不，我想说的其实不是这个。"

李霄阳一愣："那是什么？"

佘小宇摇头："其实你刚才说鞋底磨损特征时，我就想反驳。你凭什么只看一眼，就确定不同鞋子的磨损特征一模一样？按照程序，难道不应该先拍照提取回去，然后在电脑上做比对吗？"

李霄阳听完一乐："那你当时为什么不问？"

"因为女性死者常年卧床，并没有在屋里留下脚印，而男性死者的鞋子也就那两双，都在现场，这种情况下，就算是我这样的外行，拿鞋子一对，也能看出个所以然来。可药盒就不是这么一码事了。"

佘小宇十分认真地继续说道："从建组到现在，工作性质使然，咱俩始终没有分开过。你在殡仪馆提取死者指纹时，才第一次获取了指纹样本。我虽然不清楚指纹鉴定的具体细节，但我跟痕检一起出过现场，也听说过，一枚指纹有数百个细节特征，每一枚指纹要想认定同一，都要录入电脑，标注出十个以上同样位置、同样图案的细小特征点，比中了才能确定是同一个人。就算是电脑，有时候，一枚指纹都得比对半天。你一双肉眼，是怎么做到精确分辨指纹的？尤其，这上面还有身份不明的第三者指纹。"

"这个……"李霄阳无奈道，"我该怎么解释？童子功可以吗？"

佘小宇神情严肃："我知道，你有一套独特的方法，但是，我们的工作毕竟要和委托人交代，什么事情都必须有证据、说清楚，所以，我得把我的担忧说在前头。"

佘小宇的话很直接，但李霄阳恰恰很欣赏这一点。他当然很清楚自己存在的问题，这位女同事对待勘验细致入微的专业精神，正是他的弱点所在。李霄阳温和地问道："除此之外，你还有什么担心的？有话直说就是。"

见他没有动怒，佘小宇直爽地说："我们现在是一条绳子上的蚂蚱，和以前在所里各自为政可不同，你的判断，很可能会影响我后面的检验结果。比如说，这个药品分类，在你没有给我一个确切的检验报告前，我绝对不敢仅凭你的一句话，就简单区分是谁在用的药。"

按照药盒的数量，她取出一大摞物证盒："我相信你有独门本事，但我只能按照单个分类的方法去逐一提取，等你检验结论出来，我再进行细分。请见谅。"

"没关系，你做得很对，在这份工作里，严谨是必要的。"李霄阳瞧着佘小宇将他辛苦分开的两摞药盒重新打乱，装入物证盒中，微微一笑。

39

距小院两百米远的破旧廊亭下，大姐傅庆兰手搭凉棚，面色焦急地朝院里看去。

"哎，这么长时间了，怎么一点动静都没有？不然，咱们过去看看？"

傅超一屁股坐在台阶上，点了根烟，长吸了一口，缓缓吐出白色的烟雾："就幺妹那脾气，去了铁定又得和她吵起来。"

"少抽点。"傅庆兰一脚踢在弟弟屁股上，"不是早就戒了吗？什么时候又抽上了？你忘了你上次干活儿熬大夜，抽一晚上烟，晕倒直接送医院那次了？要不是你小子还记得给你姐打电话，小命估计都没了。"

"我知道……"傅超不耐烦地说。

"你知道个屁!"傅庆兰一把拽掉香烟,扔在地上使劲踩了几下,"弟妹当时在娘家坐月子,到现在都不知情,不然你俩能跟现在这么好?听姐的,以后坚决不能抽了。"

"姐,我是真戒了。就因为这事,你把俺外甥报辅导班的钱都花给我住院了,我又不是小孩子,哪能不长记性?就只是心里烦的时候会抽上两口,不往肺里带。"

"我管你往哪里带,总之以后不能抽了!"

"行行行,我知道了。"傅超把兜里的烟盒掏出来,想了想,一把扔进旁边一个掉色的青蛙垃圾桶里。

见弟弟服了软,傅庆兰的火气消下去一点,她又踢了一下弟弟的屁股。

傅超头也没回:"又怎么了?"

"你说,他们要是查到钱的事该怎么办?"

"该怎么办怎么办呗,这么一大笔钱,把我给卖了这窟窿也堵不上。被查到是迟早的事儿。"

"要不,我把店给盘了,然后再去借点爪子钱[1],提前把这窟窿堵上?"

"还借爪子钱啊?"傅超扭头冲她摆手,"绝对不行啊!你和姐夫现在全靠那个店吃饭,而且你公婆身体也不好,哪儿哪儿都需要钱。再说了,当年你和姐夫就因为借了爪子钱,差点连婚都没结成,可千万不能再碰高利贷了。"

"可到时候该怎么办?"傅庆兰火急火燎地说,"你瞅瞅幺妹那个样子,她现在就跟母大虫似的,到时候知道了,不得生吞了咱俩?"

"唉,走一步算一步,等查出来再说嘛!"傅超无奈地道,"我现在

---

[1] 指高利贷。

已经是黄泥掉裤裆，不是屎也该我兜着了，干脆就随他们去得了。"

两人正说着，一阵微信语音视频特有的铃声传来。

大姐催促傅超："是你的。"

傅超拿出手机，发现是"老婆"二字，连忙接了起来，妻子的脸出现在屏幕上。

"都几点了？还没完事儿呢？"

"这块儿远，刚到，还早呢。"

"你和大姐都在？"

"大姐在我旁边。"

"大姐那饭店开了外卖业务，忙得不得了，要不你让大姐先回去，有你在那看着不就行了，咱们修理铺最近也没什么生意，怎么都不影响。"

"行，我知道了，一会儿我跟大姐说。咱家甜甜呢？"

"在旁边！甜甜，快过来，跟你爸说话。"

一阵小跑的脚步声，女孩清秀的小脸蛋占据了整个屏幕，傅超一看见宝贝闺女，心情顿时好了很多。

"爸爸——你吃饭了没有啊？"

"还没有呢，甜甜吃了吗？"傅超眉开眼笑地回答。

"吃了，我吃得可多了，肚子都吃得鼓鼓的！"

"哎呀，我们家甜甜这么厉害呀！"

"爸爸，你什么时候回来？我感觉我都有点想你了。"

"再等等，爸爸忙完就回！"

"那好吧，那我等你吃晚饭好吗？"

"行，爸爸晚饭之前一定回家。"

"行了，你去玩吧！"把孩子拽开到一边，傅超的妻子再次回到画面中，"幺妹那儿怎么说的？"

傅超脸一垮："司法鉴定所接了她的委托，现在正查着呢！"

"警察都给结论了,还查个啥?有钱人就是会作怪。"

"哎呀,你少说两句吧!"

"行行,我不说了,你一会儿早点回来啊!闺女等着呢。"

"看情况吧!"

"什么叫看情况?"对方有些不悦,"你刚才答应了,晚饭前回来。当爹的人了,说话要算话!"

"这不是陪人家吗,我哪知道啥时候算完。"

"好好好,你别生气,我不说行了吧!挂了。"

见他收起手机,大姐傅庆兰走过来:"不然你还是回去吧,我那饭店有你姐夫他爸妈帮衬着,没啥忙,可你那个修理店,离了你可不行!"

"说真的,我不想回去,"傅超看着远处的院落,轻叹,"活着的时候,也没怎么好好瞧瞧,人都走了,我就多陪一会儿是一会儿吧!"

40

"有些奇怪。"蹲在四层鞋架旁,李霄阳左右手分别拿着两只鞋子,陷入沉思。

"怎么了?"佘小宇凑了过来。

"刚才王怡文说,傅俊能脚后跟皲裂严重,可能是因为蹲坐困难,无法正常穿袜,脚后跟长期裸露在外导致的。"

李霄阳把两双鞋鞋跟部位给佘小宇看:"不光这两双,其实鞋架上的所有鞋,都没有脚后跟被踩踏的迹象,他如果连袜子都穿不上,是怎么把鞋拉上去穿好的呢?"

"这个我知道。"

佘小宇起身朝门外走去,再次回来时,她手中多了根带树皮的木棍：“这东西就放在门外，我刚才进门时就注意到了，你来看这端。”将木棍掉个头，佘小宇把削平了的那边给李霄阳看，见后者用手轻轻握了一下有半个小臂粗的木棍，她又道：“如果单纯当鞋拔子，可能有些粗了。”

"没错。"李霄阳拿过木棍换到另外一头，指指菜花状的顶端，"虽说被清洗过，没有什么泥沙附着，但压力导致的木纤维变形，还是很明显的。"

"也就是说，这不单单是鞋拔子，还是拐杖？"

"没错。"李霄阳摸摸鼓起的另一端，眉头微皱。

"新发现？"

李霄阳从鞋架上取出一双鞋底带有凸点的运动鞋，先将鞋垫抽出，又将鞋子倒扣，露出鞋底。随后，他将傅俊能临死时所穿的鞋子也这般摆设。

"这是干吗？"

"现在我基本可以确定了。"李霄阳看着地面那串蹒跚的鞋印，"但我还是有些想不明白。"

"什么意思？"佘小宇听得莫名其妙。

"他明明腿脚不方便，为什么还经常去野外走动？"

"野外？"

"确切说，是爬山。"

"爬山？"佘小宇惊讶地问，"你怎么知道的？他不是腿脚不方便吗？"

李霄阳举起木棍："从表皮特征看，这是一棵杨树。断面上有完整的年轮特征，说明是主树干，而从年轮看，已经生长了有四年，如果是人工培育的，四年不可能只长这么一点粗细。"

他摸摸树皮上的凸起："这棵树会这么细弱，是因为患有很严重的溃疡病。杨树患上了这种病，就会出现圆形或椭圆形病斑，呈水疱状，有点像人脸上的青春痘，用手按压，会有褐色的黏液渗出，并带腥臭味。后期病斑会扩展成长条或不规则形状，并导致树皮发黑腐烂，最终树木彻底枯死，进而出现树心从年轮处裂开的情况。这是一种杨树常见的病虫害，一般在早期用药水涂抹在树皮表面就可避免，可这棵杨树长了四年多，因为没人打理而最终枯死，显然，它原本生在野外，枯死后被傅俊能发现，才做成了这个鞋拔子兼拐杖。"

"单靠这个，也不能说明他经常上山吧？"

"自然不能！"李霄阳手指鞋垫，"人在运动中难免出脚汗，汗液浸渍鞋垫，就会形成这种鞋内足痕，而傅俊能有不穿袜的习惯，可以在鞋垫上表现出更清晰的印迹。"

佘小宇仔细观察，很快发现了异样："两双鞋垫上的印痕不一样？"

"不光是鞋垫，还有鞋底的磨损特征。"李霄阳拿起鞋垫解释，"在痕迹学上，最常见的伪装鞋印，就是'小脚穿大鞋'和'大脚穿小鞋'。有经验的前辈判断伪装时，不是分析足迹，而是把鞋垫取出，观看内痕。"

"当小脚穿大鞋时，由于脚在鞋内有灵活的空间，可以蹿动，如此一来，在鞋垫上形成的印痕就会有重叠，外形模糊，边缘不清，脚趾印痕粗大，脚后跟印痕靠前，压痕不实。"

"而大脚穿小鞋时，脚在鞋内处在约束状态，会使得脚趾不得不缩在一起，出现不自然的弯曲，表现在印痕上，就会出现严重的脚趾挤压痕，且脚后跟印痕极重。所以，鞋垫内痕，可以更清晰地反映出一个人的行走环境，以及行走习惯。"

李霄阳掂掂左手的布鞋鞋垫："这一双，脚趾呈平展状，重压点、脚掌后缘、足迹长宽、足弓形状都与刚才地面所留鞋印吻合，所以这双胶底布鞋，应该是傅俊能在家中所穿。"

李霄阳又掂掂右手的运动鞋鞋垫："这双就有些不同了。从鞋垫上可以明显看出，重心集中在前脚掌，且五根脚趾呈蜷缩状。"

见佘小宇听得认真，他微微一笑："这说明，他穿这双鞋子行走时，身体前倾，足底十分用力。"

他指向鞋底："你看，鞋底有凸起的硅胶鞋钉，前段磨损严重，这完全不符合老人平时的走路习惯。所以，基于鞋内、外印痕，可以很容易判断，他时常穿这双鞋进行攀登。由于磨损特征不规则，也可判断出，他行走的路面，应该也是凹凸不平的，按照我以往的经验判断，只有未经开发的山体表面符合这种特征。"

"傅俊能在平地上行走都很艰难，为什么还要坚持不断地爬山？"佘小宇疑惑不解，但手上动作却不停，将鞋底所黏附的泥土迅速刮进了物证盒里。

41

中心现场，有检验价值的物证已被佘小宇整齐分装。

他俩终于来到了屋内的重点区域——那张头东脚西的双人床前。

三月份虽然明显回暖，但气温尚不算炎热。李霄阳触碰眼镜腿，将原始照片调出。

透过镜片画面与现场重合，可以看出两名死者被发现时，就躺在一床破旧的红色棉被下，被子的印花已被洗得有些褪色，但还能看出印花的款式。他调取照片输入软件，查找同款，得出的均是七十年代时流行的凤凰花鸟被。

他选取其中一张重合率几乎百分之百的照片，同步显示到了佘小宇的镜面上。

"花丛中间有两只凤凰，看起来很喜庆。"

李霄阳点点头："七十年代受印花设备的限制，被面款式不多，像这种款，基本都是结婚时才会用。"

"所以，这是他们的……"

"没错，是结婚时的喜被。"

"临走时盖上这种有特殊意义的被子，这说明，他们对即将到来的死亡，应该存在一定的预见性。"

李霄阳欣赏地看佘小宇一眼："说得没错，据王怡文推算，死亡的具体时间，是二老被发现的三日之前，当时室外气温在17摄氏度上下，远没有冷到需要盖厚棉被的程度。"

李霄阳手指衣柜："那里有叠好的薄被，上面还粘有毛发，显然那才是他们近期常盖的被褥。所以，他们是特意选的这床被子。"

李霄阳不说还好，一提有毛发，佘小宇取了一个物证盒就走过去："还是那句话，一切猜测都需要验证！"

李霄阳听乐了："我感觉你要是我们封诊道的人，那些老头绝对能乐疯！他们经常念叨我们家一个唐代的祖宗，那人就是你这种性子，只相信证据，一根头发丝儿都不放过。"

"只是正常操作而已，为什么会乐疯？"佘小宇扔过来一个不解的眼神。

"你说得对。我好像突然明白了，为什么他们会嫌弃我。"李霄阳蹲下来，视线与床面平行，此时尸体虽说挪走了，但白色床单上留下的痕迹清晰可见。床单上有几处点状破洞，旁边均贴有软标签，这是警方取证后留下的痕迹，不过，这并不影响李霄阳的判断。

李霄阳看着床单上两个重叠的人形"血痕"，一边缓步一边说道："人死之后，新陈代谢会停止，体内的有害微生物开始由内而外地腐蚀尸体。在腹部压力增大的情况下，血液会顺着七窍流出。当蝇蛆到达尸体表面后，滚落的蛆虫，会沾染血液，在床单上沿着尸体蠕动，从而形成人形痕迹。通过该痕迹，可以分析出是否存在移尸的情况。另外，根据痕迹的面积大小及血液附着的浓淡程度，也能辅助判断死亡时间。"

瞧着李霄阳一直在变着方位观察，佘小宇合上手上的物证盒，问道："站在痕检角度，你得出什么结论了吗？"

"从原始照片看，床单平整，无任何反抗、移动迹象。而搬走尸体后，蛆虫及浸染的血痕也十分规整，无明显异常。"

李霄阳从腰间抽出一节细软尺，将之截断，逐个贴在床单上几处米粒状的血痕旁："这是蛆虫从尸体上掉落后形成的，测量它的长度，对应血痕状态，也可以得出蛆虫在某段时间的生长情况，用来判断死亡时间。"

他看了一眼测出的长度："均值 1.5 厘米，说明他们是在被发现的三天前死亡的，这和王怡文的尸检结果差不多。"

说完，他退开一步，给佘小宇腾出操作的空间。后者手持剪刀，分别在死者的头、脚、身等处剪掉床单上的血痕，装入物证盒。

趁她忙碌的空当，李霄阳调出原始照片，结合目前的现场情况对比："屋内并无明显被盗痕迹，一切都与两位死者生前情况相符，中心现场的痕迹检验工作，可以告一段落了。"

"我这边也结束了。"佘小宇将封装好的塑料物证盒收起来，"接下来，去厨房看看。"

"厨房？"李霄阳诧异道，"去厨房看什么？"

佘小宇早就迈开步了，李霄阳追着她到了门外，佘小宇手指厨房地面："需要处理吗？"

李霄阳瞥一眼，摇摇头："砖石地面，留不下脚印，无须处理。"

"那行！"佘小宇来到灶台前，她把每个调料罐都打开，并从中取出少量样本分装，这也就罢了，可当她用刮刀去刮灶台上方的油烟时，李霄阳终于憋不住了:"我说,这些就没有必要提了吧?"

佘小宇并没有停下手中的动作,反问道:"你是不是以为,我这是为了增加鉴定量,多赚提成,所以才在现场什么都提,什么都检?"

"我可没这么说……"

"不,你就是这么认为的。"佘小宇淡淡地道,"刚才在屋内,我分别擦取了地面上的两组鞋印样本,那时候你就这么想了。说实话,你这么想很正常,在所里,你既不是第一个,也不是最后一个。"

她起身来到李霄阳跟前,二人四目相对,佘小宇道:"你这么年轻,就能进痕迹检验综合专家组,技术当然不一般,其实不管是鞋印分析,还是药盒分类,你的判断,我是相信的。而且当我提出,一切都需要明确论证时,你的眼神告诉我,你是真诚地认为这有必要,并不觉得我是在故意找碴。这一点,我还是看得出来的。"

李霄阳尴尬地挪开眼神,但片刻后,他意识到这样显得不太尊重,又将目光挪了回来。

"我觉得你很细致,"他说,"但是不是有点过分敏感了?老两口就算给自己下毒,又有什么必要放在调料里?"

"我明白你的疑惑,"佘小宇点点头,"其实平时我很少解释自己做事的原因,但现在毕竟我们是同一个组的人,需要互相配合工作。那我就跟你解释一下原因……"

佘小宇来到锅灶旁:"在毒理学研究中,有这么一句核心总结:'所有毒物都是相对的,而非绝对的。'古代著名的毒物鹤顶红,其主要成分是砒霜,毫无疑问,这是剧毒之物。但现代医疗中,已将微量的砒霜用于治疗癌症,并且取得了不错的效果。"

说着,佘小宇从灶台上将装着味精的瓶子拿起:"味精,学名谷氨酸钠,在120摄氏度以下时,它的化学成分较为稳定,而水的理论沸点在100摄氏度,所以,在煮汤、熬粥时放入味精,不会对身体有什么危害。可爆炒中放入味精，问题就来了。谷氨酸钠在 120 摄氏度会转变为焦谷氨酸钠，并释放出二氧化碳，经实验，把焦谷氨酸钠直接注射到小鼠大脑中时，就会产生神经毒性。虽然没有焦谷氨酸钠在人身上实验的相关报道，甚至还有专家称，吃焦谷氨酸钠可以促进大脑发育，但可以查出相关反面案例。

"我曾经经手一个案例，委托人在饭店食用了用旺火炒制的蔬菜之后，出现了恶心、呕吐、心悸等症状，他怀疑是菜品有问题。在报警后，警方联合市场监督部门把菜品封存，送到了我这里，检验发现，蔬菜、油品等等都没有任何问题，只是检出了过量的焦谷氨酸钠，于是我查阅了很多资料，发现类似案例还有很多，不管商家怎么解释，我始终认为，过量的焦谷氨酸钠对人体有一定的毒害作用，尤其是对儿童。"

"也就是说，在炒菜时不要过早添加味精，要等菜品烹饪结束，关火之后再放。"

"对！"

"长知识了。"

"而这只是其中一个常见例子。"佘小宇继续道，"上年纪的人过过苦日子，饮食习惯与年轻人有很大不同，经常会忆苦思甜，挖野菜、做酱货或风干熟食。这个手艺，是一直传承下来的还好说。就怕那种很多年没做，突然想吃的情况。往往这个时候，就很容易出现食品安全问题。"

她手指灶台上的油烟："这些可以帮助我分析，死者的最后一餐大致放了哪些调味料，食材中是否存在毒物，便于印证法医的尸检结论。"

"原来如此，果然没有白用功的地方！"

"还有，"佘小宇走出厨房，"屋内的两组鞋印，虽说是同一人，但鞋底花纹不同，说明鞋子功用不同。加上男性死者的鞋子本来就不多，那么他在同一环境中，其实不会轻易更换鞋子，所以，两种鞋印从宏观上看，虽然都是灰尘鞋印，但从微观来说却不一定。因此，我提取两组鞋印，是为了进行对比。"

"看来，是我草率了……"

"你不必这么想，每个人有自己的习惯。团队工作，是需要磨合的。"佘小宇抱着装满检材的物证箱，吃力地走向院门。

"以你的专业素养，自然不需要做如此细致的检验。再说，平时我们接的都是一些有定论的案件，现场检材也没必要一丝不落，毕竟我们是营利性质的，每多做一份检材，委托人就要多付一份钱，像我今天这样的做法，遇到的委托人明事理还好，不然，可是很容易被投诉的。"

"看来，小宇你这方面的经验堪称丰富啊！"李霄阳道，"箱子我拿吧！"

"没事，我拿得动。"佘小宇停下脚步，把箱子换了个手，扭头看向李霄阳，"你知道，我为什么会答应进组吗？"

"为什么？"

"就是因为，每次我被投诉，龙所详细了解情况后，都会支持我的做法，委托人不愿意做的检材，其实都是由我们鉴定所来兜底。"

"还有这种事？"李霄阳面露惊讶。

"对。"佘小宇感慨地看向院外车上"龙途司法鉴定所"的图标，多年前的一幕，在眼前逐渐浮现……

42

二〇一八年，夏。

龙途司法鉴定所二层，会议室外走廊上，一群身着职业装的大学毕业生正在求职应聘，佘小宇却穿着T恤衫、牛仔裤、帆布鞋，质朴的打扮与她本人的气质相符，但和其他人站在一起，就显得格格不入。

等待面试时，她显然感受到了这种"鹤立鸡群"的不适，有些不安地把那个装着简历的印花无纺布袋抱得紧紧的。

在这之前，她觉得自己希望不小，可现场看到一个岗位有十几个人竞争，她不敢再多期待。或许是这些人等得无聊，彼此攀谈起发过的 SCI 论文，这一下，她觉得希望更加渺茫了。

发论文她不是没那个本事，而是她的环境，压根儿就不允许。要不是这里太偏，就连公交车也得一个多小时才有一趟，她可能也不会破罐子破摔地留下。抱着"来都来了"的心态，佘小宇焦灼地等待着自己的号码被叫到。

时间慢慢过去，身边的人越来越少，她被喊到时，才发现手里拿的是今天最后一号。

一进入会议室，对面三人中坐中间的那位女子轻瞟了她一眼，一股强大的压力扑面而来。

佘小宇定定神，坐了下来。生活中很少看见气场强势到这个地步的女性，或许因为对自己被留下没抱希望，她没有感到胆怯，而是用有些歆羡的目光好奇地看向那名女子。

"各位好，我是佘小宇。"

"你好，我是本司法鉴定所的所长龙梅。"

所长？那就难怪这么厉害了。佘小宇心里想着，听见龙梅说："你大学学的是检验专业，奇怪的是，和其他应聘者相比，你在整个大学期间，并没有在专业领域内发表任何 SCI 论文。"

佘小宇心中一沉，但她还是不卑不亢地答道："是的，我没有发表过。"

"为什么？"龙梅翻阅她的简历，"你在校时成绩很好。"

"没有时间。"

"没时间?"龙梅抬起双眼,盯住她。

佘小宇仿佛被针扎了一样,下意识反问:"对不起,这也是面试题吗?"

"你可以这么理解。"龙梅微微一笑。

"那,我能不能拒绝回答?"

"如果你不介意,你的拒绝会影响这次面试的结果,那你可以拒绝回答。"

听了这话,她已经知道自己没希望了。然而,或许是因为结局已定,她反而放松下来,做了一个深呼吸。

"就算我回答了,说到底,我还是一篇 SCI 论文都没有。作为面试官,您觉得,这样的我和别人竞争,就能有机会了吗?"

"为什么没有?"龙梅手中的笔在桌上有节奏地轻点,"如果没发表的理由充分,完全可以说服我。但是看来,我还没有做出决定,你已经打算放弃自己了。这么看来,你倒是确实不太适合我们鉴定所。"

龙梅的话重新燃起了佘小宇的希望,也似乎唤醒了她的顽强:"古人云:'尽吾志也而不能至者,可以无悔矣。'我既然来了,就应该做最大努力。关于这个问题,我之前不想说,是因为涉及我的私人生活方面,我不想靠卖惨来获得机会。所以我有一个要求,我可以说,但希望贵所是本着专业能力,基于公平公正的原则,决定是否录用我。"

龙梅淡淡地道:"没问题,这一点,我可以向你保证。"

佘小宇坦然与她对视道:"我和其他同学不一样,我爸妈都是清洁工,所以自小家庭困难,四年大学的学费,全靠助学贷款。在整个大学期间,我都在勤工俭学,没有时间搞学术研究。而且,要竭尽全力学好专业知识、打好基础的同时注重实践,同样需要耗费大量的时间。我相信,如果我得到符合专业的工作机会,我会在实践中研究,那时候再来发表论文,我有信心可以成功。"

她说着，脸上的神情也逐渐放松、平和下来："我没有一个富裕的家庭，但是爸妈把能给的都给了我。我很清楚，没有发表论文会降低我的竞争力，但是每个人都只能基于自己的现状做出努力，我想，我已经尽我所能地做到最好了，这就足够了。"

龙梅安静地听到最后，微微点了点头："我能看出来，你的意志力很强。"

"谢谢。"佘小宇露出笑容。

"面试结束，你可以出去了，结果可能会晚一点……"

"没关系，你们通过程序告知我就好。"佘小宇落落大方地起身，"我还得坐最后一趟公交车回家，没有办法等。"

她朝三位面试官点点头："无论结果怎样，我都很感谢贵所给了我这次面试机会，这对我而言，也是一次难忘的经历。"

"不用客气，希望你将来能继续发扬你的顽强意志，让它成为你工作的动力。"

"工作的动力？"佘小宇疑惑地眨眨眼，"什么意思？"

龙梅合上笔记本，微笑道："你已经被录取了。不过，人事部门的正式通知，确实还得走一下程序。"

"为什么？"她愣愣地看着这个精致、锐利的女人。

"因为，你是一个精神富足的人。突如其来的打击和挫折，以及落后于人的困境，都无法打败你。而且你办事很注重程序性和公正性，我们做鉴定工作，也是法律工作者，我想，你这样的人，可以干好这份工作。"

想起那段过去，佘小宇抿紧的唇线松弛下来，露出一抹笑意。

"有什么好笑的？我脸上有东西？"李霄阳摸摸脸，他的动作将佘小宇的思绪拉了回来。

"没什么，就是想起了一些过去的事。"她拎起物证盒，"阳哥，有个问题，我想问问你。"

"什么？"

"你之前能在短短几分钟内，看破龙所的想法，那你觉得，她到底是为什么要成立咱们这个组？"她若有所思地道，"我总觉得，不是开设一种新的调查方式和服务那么简单。"

"咱们龙所向来深不可测，我只能看到最浅薄的部分。"李霄阳帮她抬起半边箱子，"你的问题，恐怕只有她自己清楚。"

43

返回所内之后，真探组提取的全部检材，都得送进相应的检验室。

按照老葛要求，必须在一天内做出结果。这么一来，四个人里，压力最大的莫过于取样最多的佘小宇。她好像压根儿没意见，只是申请先回一趟家，返回后就一头扎进了检验室。

第二天清晨六点，佘小宇在真探组微信群里发了条消息，告诉众人，所有的检材均已处理完毕，她会睡三小时，组内会议可以如期举行。

老葛那时醒着，他本想告诉佘小宇会议延期，让大家好好休息。但由于要补证的情况可能存在，这么一来剩下的时间就会不够，想了半天，他只回了句："收到。"

44

九点，龙途司法鉴定所三楼，小型会议室里，老葛接过所有调查结论，把封面写着"法医组"的那份最先抽了出来："尸检先说说。"

"好。"王怡文翻开笔记本，那本子封面上，"LV"两个大字闪烁着七彩荧光，显得异常浮夸，但搭配她冷若冰霜的俏脸，又怪异地相得益彰。

"委托人不同意解剖，目前能做的，就是简单的尸表检验。从口、鼻、眼及尸斑可见，傅俊能和苗翠英是死于中毒。小宇，你检出什么毒物？"

"四亚甲基二砜四胺，也就是常说的'毒鼠强'。"

"那就错不了了！"王怡文接过话茬，"从两人的死亡特征看，确系毒鼠强中毒而死。死者身体表面并无新鲜抵抗伤，也没发现致命病灶。其中，傅俊能下肢关节弯曲困难，在没有进行解剖前，无法判断体内是否存在病症。而苗翠英腰部有陈旧性撞击伤，通过询问委托人，得知在二〇一一年，两人在摆摊时，一辆摩托车刹车失灵撞向摊位，苗翠英为保护丈夫，用后背替丈夫挡住了最大的冲击力。这场车祸，也导致其永久性下肢瘫痪。"

葛永安同步翻阅《法医组报告》，在确定现阶段没有问题后，他看向佘小宇："说说你的发现。"

佘小宇点点头，拿起一份报告，肃容道："先说尸体。首先，两人的胃内容物和十二指肠内发现的食糜均遇碘变蓝，说明他们死前吃的是淀粉类食物。我从其中检出了毒鼠强成分，死后灌毒无法进入十二指肠，所以，可以排除死后灌毒的可能性。其次，从他们的口鼻血、心血样本，也均检出同种类型的毒物。而两人粪便样本无明显异常。这一切说明，毒物刚到两人胃部就已毒发，可见毒物药力较强。之后，我发现傅俊能右手指甲样本上，残存有毒鼠强。而这在苗翠英双手上并未检出。最后，在两人的发根处，也检出了少量的毒物代谢，可以确定，毒物刚到体内不久，两人便毒发身亡。"

说完,她又拿出了另外一份报告:"再说室内。根据警方提供的物证,他们最先赶到现场时,在屋内提取到了一个瓷碗,在碗中,还残存有少量的粥。警方在瓷碗上找到了傅俊能的指纹,并且在粥内检验出了毒鼠强成分。我申请了对该碗进行复检,警方将该物证移交到了我们鉴定所,通过检验,我得出了与警方一致的结论。"

"现场发现两组成趟足迹,我分别对鞋印附着物进行了提取,在靠近床尾宽阔地面上的鞋印,系死者死前脚穿的那双鞋所留,我在现场地面上提取到的鞋印附着物,与死者鞋底附着物完全吻合,其中均检出了新鲜油菜花的花粉。而另外一组于床南侧狭窄过道中发现的鞋印,则只检出了室内尘土。"

"油菜花花粉?"老葛在这个结论上重重地画了一个圈,"你继续。"

"另外,死者傅俊能还有一双运动鞋,经检验鞋底泥土样本,得出主要成分是赤红壤。这种泥土分布在海拔500米以下的山地基部,黏粒矿物组成比较简单,其中高岭石占很大比例。伴生黏粒矿物,有针铁矿和少量水云母,极少的三水铝石、埃洛石和蒙脱石等。阳哥从鞋垫、鞋底上分布的印痕推断,傅俊能经常爬山,这和检验结果可以相互印证。另外,通过分析各矿物质的含量配比,他爬的这座山,山上的赤红壤较为纯净,没有被污染。很显然,他去的那个地方,是鲜有人迹的地带。虽然山体不高,但傅俊能在平地行走都比较困难,在山中走动,一定更是难上加难。他到底去那里做什么,从证据上暂时还找不到什么线索。"

她又拿起第三份报告:"通过痕检组给的指纹报告,现场桌面上发现的药品可以分为两类。其中,苗翠英平时所接触和服用的,均为低分子量肝素钙类药物。它的主要功效是抗凝血。这是因为,苗翠英瘫痪后长期卧床,极易形成静脉血栓,而这种药物,刚好可以很好地进行预防。"

说到这，佘小宇看看软绵绵靠在椅子上的李霄阳："我要补充一点，其实阳哥在现场，仅凭肉眼，就将药盒做了分类，而且和现在的结果一模一样，但为了以防万一，我又做了更为细致的检验，才确定了这个最终结论。"

李霄阳忙摆手："你做得对，小心驶得万年船，我要是弄错了，龙所绝对会把我挂在门口旗杆上祭天。"

佘小宇想了一下那个情境，有些想笑，好不容易憋回去，才继续道："再来看傅俊能，他服用的药物多为止疼类。他家里开了个修车行，从年轻时开始，他就常年坐在钢板打制的马扎上，风吹日晒地给人修车，也因此患上了风湿性关节炎、腰肌劳损、腰椎间盘突出、中度强直性脊柱炎等一系列疾病。这些病一旦到阴雨天或环境潮湿时，就会让人浑身酸痛难忍，所以，他常吃止痛药，似乎也很合理。"

"接下来是垃圾桶内的样本。"她又换了一份报告，"桶里除了少量的生活垃圾外，有价值的检材只有两个，均被警方提取，我申请进行了重新鉴定。其中一份为带毒的卫生纸团，经分析唾液样本DNA，确定为苗翠英所留。还有一份是拆开的毒鼠强包装袋，检验残留毒物成分，与死者生物样本一致，可以确定，他们服下的就是这包毒药。除此之外，我在现场提取的其他样本，也都已检出结果，综合分析看来，基本可以排除外人投毒的可能。"

葛永安点点头，问李霄阳："痕迹检验什么情况？"

后者终于坐直身子："相关报告都在你手上了，大家的平板上也都有，就不赘述了。直接说重点，根据我的调查结论，大致还原一下现场情况。

"在案发时，屋内并无第三人，按照痕迹推断，整个案发过程应该是这样：上午大约八点钟左右，傅俊能从厨房端了一碗热粥，粥里放了两勺白糖。随后，他将毒鼠强撕开，倒入并混入粥里。他端着碗，来到苗翠英身旁，将她扶起，把带有毒药的米粥喂了下去。在确定苗翠英毒发身亡后，傅俊能用餐巾纸擦去苗翠英因为中毒而吐出的嘴角白沫，把尸体摆正，衣服整理好，最后还在尸体上盖上了他们结婚时用的喜被。

"做完这一切，傅俊能才将剩下的米粥喝了下去，由于在碗口发现的唇纹未发生重叠，所以，他仅仅喝了一口，便在苗翠英的身边躺下，握着老伴的手，等待毒发。

"傅俊能在毒发时，应该十分痛苦，所以他躺的那边床单，有很深的褶皱痕迹，就是在这种濒死的情况下，傅俊能还是没有放开手，在苗翠英的手面上留下了他拇指指甲的掐痕，这是人在身体极度痛苦下的应激反应，说明他握得很紧。从痕迹上判断，以上所有过程，均系主观行为，没有第三人参与的迹象……"

"鹏鹏，你有什么要补充的吗？"

汪鹏鹏正听得脑子里全是画面，葛永安的召唤让他回过神来，他连忙翻翻自己那份报告："死者居住的偏湖院虽然位置偏，但监控分布也不少，虽说没有画面直接对着中心现场，但是有几枚摄像头可以拍到现场的外围院墙，用行话说，就是有一定的可参考性。根据文姐提供的确切死亡时间，我分段查看了监控，发现在重点时段内，中心现场没有任何可疑人员进出。而据养老院的人说，这段视频，警方也拷贝了一份，它也是警方排除他杀最为直观的证据。"

"我让你拷贝的，应该不止这些。"葛永安挑眉。

"放心吧！葛头儿，您是老大，我肯定听您的，不可能把你的话当……"

汪鹏鹏"屁"字都到了嘴边，回过神，意识到这不是他天天可以开玩笑的数据分析组，连忙把那个字硬生生地给咽了下去，嘴上却结巴起来："不可能当……当……"

"耳旁风？"葛永安替他接上话。

"对对对，耳旁风，耳旁风，这个词好，准确！要么怎么说是葛头儿呢？"

"行了，言归正传，那些东西里面，有没有找到有用的？"

"好嘞！"汪鹏鹏忙道，"养老院里都是老人，磕磕碰碰在所难免，用夏明的话说，为了规避一些责任，院里才装了很多监控。再说老人出了事，都是家里人出面解决，有时一拖就拖很久，他们之前也出现过一次纠纷，就是因为监控保存时间短，养老院赔了一大笔钱。后来为了避免这种情况，他们加大了硬盘存储量，前后可以保存半年。"

"知道了，"葛永安扶了一下额，"说重点。"

"重点……"汪鹏鹏表情尴尬，偷眼瞄他，"重点就是视频太多了，我还没看完。"

45

听完所有人的汇报后，葛永安并没有下达任何指令，而是又翻看起纸质报告来。

会议室内的气氛有些沉郁，李霄阳瞥着葛永安，汪鹏鹏刷手机，而佘小宇在敲电脑，写着什么文章的样子。王怡文最离谱，她竟掏出镜子，补起了妆。

不久后，葛永安抬头，正对上李霄阳的目光。后者冲他一笑："葛队，是不是发现了什么？"

葛永安起身，将尺寸半个巴掌大、写着"杀鼠剂"字样的塑料包装袋用投影打在墙上。也许是年代太过久远，袋上的字迹已有些脱落，而整个外包装上，除了用喷印技术印上去的字迹外，看不出任何其他信息。

他起身操作时，每个人都停了下来，王怡文也迅速收起手镜，看向投影。

葛永安问："杀鼠剂的源头找到了吗？"

佘小宇摇头："两个月前，我也接到了一起毒鼠强中毒的委托，当时有做过相关溯源调查，所以我知道一些相关信息。从购买渠道上说，在二〇〇二年前后，国家就把毒鼠强列入禁止使用农药名录，但实际上，这东西目前在农村小集市上还是能买到。不过，这种'三无'产品，要想彻底查清渠道比较困难。好在阳哥在勘查现场时，还发现了一些信息。"

"李霄阳，"葛永安看看他，"你查出什么线索？"

"就是抓着鹏鹏多跑了点地方。当时不能确定和案件的具体关系，所以暂时没有写进报告里。"

李霄阳似笑非笑地和葛永安对视片刻，才挠挠乱七八糟的后脑勺，调出汪鹏鹏用无人机拍摄的现场方位照。

"大家可以看到，整个偏湖院建在山脚下，在住宅区与山体之间，除了一张孔洞很大的钢丝网防护掉落的碎石外，几乎就没有别的阻挡。在小宇确定中毒物是毒鼠强之后，我意识到，偏湖院这种环境，很适合老鼠获取最喜欢的食物——厨余垃圾。于是，我和鹏鹏又回现场查看了一趟。"

46

偏湖院，中心现场外围。

汪鹏鹏拿着雪糕边舔边问："阳哥，你是准备学电工吗？"

李霄阳正忙着用卡片相机拍照,也没多想:"电工?我为啥要学那个?"

"咱俩到现在,挨家挨户查了好久的电路,你这是要干啥呢?"

"我?我在找一种痕迹。"说着,李霄阳将照片分享到汪鹏鹏的智能眼镜片上。

"这是……"汪鹏鹏本就不大的眼,缓缓眯成了一条缝,"牙印?"

"确切地说,是鼠咬痕。"李霄阳说,"你看到的,就是我在中心现场的主电路上发现的痕迹,不过目前看,整个偏湖院,也不只死者居住的地方会有,其他地方也有,尤其是无人居住的房屋,咬痕尤其集中。"

"这儿靠着山脚,有老鼠不是太正常了?我家有时零食堆多了,还生老鼠呢!我奶天天让我抱个猫回去,况且这地儿。"

"理儿是这么个理儿,但我还要确定一件事。"

雪糕已吃完,汪鹏鹏嘬嘬木棍,意犹未尽地问:"什么?"

"老鼠的种类。"

"啥?"汪鹏鹏拽出已被咬成花的木棍,他瞅瞅上面的牙印,不可思议地问李霄阳,"阳哥,你寻我开心呢!就靠这电线上的鼠咬痕,还能判断种类?"

"一个肯定不行,所以要多找点。不然咱们来回跑这么多家,难道是为了让你运动减肥?"

"多几个就能看出来了?"

李霄阳上下打量他:"怎么这么热情?想偷师?"

"我?"汪鹏鹏手指自己,连连摇头,"我是哪块料,我自己还不清楚?你手把手教我也不一定能学会,还偷师,可真是高看我了。"

"确实,你也没必要。你这身都是名牌吧!偷学我这手艺,赚那点钱你可看不上。"

"不是,钱买不到的东西多了去了,哥你这手艺就是其中一种。我就是好奇，瞎问。"

李霄阳拍了拍手上的土，找一个马路牙子坐下，冲汪鹏鹏招招手："歇会儿，看你跟我跑了一身汗，讲给你听。"

"那敢情好！"汪鹏鹏屁颠屁颠地在李霄阳身边坐下，后者拿出卡片相机，调出一张照片点击放大："老鼠，是咱们最常见的哺乳动物，关于它的咬痕，痕迹学研究也相对比较透彻。"

"那确实，谁还没见过几个耗子？"

"老鼠的牙印其实和人的齿痕类似，虽然不能像人那样精确锁定个体，找个种属还是不难的。"李霄阳将照片继续放大，"你看，这电线上最大、最宽的两个凹槽，其实是老鼠的门齿印。"

"门齿？"

李霄阳无奈："就是大门牙和下门牙。"

汪鹏鹏恍然大悟："哦，这么说，我就明白了嘛！"

李霄阳接着道："老鼠的门齿，上下各两个，下面的比较长，上面的比较短。上下门齿在咬合的过程中是不对称的，上门齿往往是外突，下门齿内收，咬合面是上钝下锐，这四颗牙，主要的功能是咬断物体。"

"你这么形容，是不是有点像黄飞鸿电影里面那个牙擦苏？"

"确实，"李霄阳嘿嘿一乐，"不过，人的牙齿到了一定年龄，就不会再生长了，可老鼠不是，它们的门齿只要不磨，就会不停地长，所以老鼠必须啃咬硬物来把门齿给磨短。"

说着，他指着门齿印旁边不起眼的凹痕："大门牙是为了咬掉东西，咀嚼靠的就是臼齿，臼齿分布在上下门牙的两侧，咬面呈波纹状，上下相对，功能就是磨碎食物。一般家鼠，只有门齿和臼齿，如果出现了犬齿，那么就可以判断是野鼠。比如说，豚鼠就有犬齿。"

"那咱们发现的齿印里有没有犬齿？"

"都没有，全是家鼠，俗称的耗子！"

"忙活了半天，就这？"汪鹏鹏摇摇头。

"当然不是！"李霄阳嘴角一勾，显然很喜欢汪鹏鹏这种直脾气，他用手点了点相机屏幕。

"老鼠在撕咬物体时，会在被咬物体上形成凹痕，凹痕的深度与被咬物体的材质、形状还有老鼠自身的咬合力大小有关。我刚才已经说过了，咱们可以通过门齿的长度，来判断是大鼠还是小鼠，经测量，偏湖院出现的，多为小鼠。可矛盾的地方在于，这些电线上的咬痕却很深。"

"小老鼠，咬东西的力气却很大？"

"没错，以汪少爷的聪明才智，不妨想象一下，在什么情况下，会发生这种事？"

"如果我是老鼠，那只有一种可能。"汪鹏鹏拍了拍自己肚皮上的"救生圈"，"饿急了呗！"

"没错！"李霄阳点头，"所以，养老院应该是早就注意到了鼠患问题，并且做出了应对措施。老鼠没有食物，才会竭尽全力去啃电线。"

"养老院住那么多人，食物应该不缺啊，老鼠为啥会没吃的？"

李霄阳抬头环视周遭沉寂的小院："如果……老鼠知道，食物里下了毒呢？"

47

"所以你认为，毒鼠强应该来自养老院？"葛永安道。

"没错！"李霄阳肯定地回答，"对老鼠来说，养老院的生活环境优越，但在这种环境中，我并没有发现大体型的家鼠牙痕，这说明，养老院此前有过专门的灭鼠行为，很可能是大面积消杀，否则不会导致老鼠种群里只剩下小鼠。这是其一。其二，小鼠集中啃食电线，也说明它们曾一段时间断粮严重，或者说，是不敢去尝试人类的食物。由此可以推断，养老院采用的灭鼠方式，大概率是用毒。"

"的确有这个可能，"葛永安点点头，"这件事，你有没有去问夏明？"

"找了。"

"他怎么说的？"

养老院接待室外，李霄阳拦住了夏明的去路。

"吓我一跳，我当是谁呢，原来是你们。"夏明脸上满是营业性笑容，"怎么了？"

"有件事想向你咨询一下。"

调出手机相册，李霄阳点开一张"杀鼠剂"的外包装给夏明看。

后者松了口气："我当什么事呢，这个东西警察来调查时已经问过了，现在不好买这玩意儿，但以前哪哪都是，你看这包装也有些年头了。我也不知道哪儿来的。"

"你们养老院经常闹老鼠吗？"

"有是有，但不是经常。"夏明寻思，"我们养老院的老人，都吃食堂，自己不怎么生火，要是远一些的，比方说偏湖院吧，我们也会有专门的餐车开到那儿，一日三餐供应十分充足。这样一来，餐厨垃圾我们都是集中处理，至少老人们住的地方，都是很少有老鼠的。"

"你说得不对。"李霄阳道，"傅俊能的住处就开火，灶台上还有新鲜的油烟。"

"那是特殊情况，苗大妈常年卧床，吃不了硬食，只能喝点粥。所以傅老每天得开火变着花样给她熬稀饭，什么皮蛋瘦肉粥、蔬菜粥，傅老都会弄。另外苗大妈还养了一只流浪猫，所以傅老偶尔会上厨房弄点剩肉剩鱼，煮给猫吃。"

"养了猫？"李霄阳捕捉到了一个关键点，"现在那只猫呢？"

"那猫本来就是只老猫，好几年前就老死了。"

"如果有猫，应该会抓老鼠吧！"

"也不是。"夏明摇摇头，"这猫是只瞎猫，眼睛不知被谁戳瞎了，又或者是打架弄瞎的，一路跑到了傅老院里，傅老觉得它可怜，就养了下来，这猫可抓不了老鼠。"

"也就是说，你也不知道这袋老鼠药从哪来的？"

"确实不清楚，我也不负责这事儿。"

"那你们养老院有没有集中消杀过老鼠？"

"这个……我不太了解。"

"夏明是这么说的？"葛永安问。

"对，我可以做证！"汪鹏鹏举手，"阳哥说得一字不差。"

葛永安看向李霄阳，察觉对方在沉思，便开门见山："怎么，你觉得有问题？"

"确实有。"

"在哪里？"

"整个偏湖院很多户外墙电线都被老鼠咬过，说明那里发生过鼠患。而且少部分鼠齿印相对新鲜，说明时至今日，那里还有老鼠出没。我查了相关资料，很多依山傍水的养老院，鼠患都是一大顽疾，有不少养老院会花钱请专业的灭鼠公司定期灭鼠，这些都是常规操作，但夏明说自己不了解，有点奇怪。"

葛永安思索道："但是他的确不负责饮食和环境工作，万一不知情呢？"

"可您觉得，他是这样的人吗？"

"确实，他这个人，一直有些热情过度，而且这次我们调查时，虽然对养老院和他的工作来说是个麻烦，他整体还是显得很配合……"葛永安皱眉，"如果他真的不知道情况，按照他的个性，一定会帮忙找人询问，再不济，也会指个道。"

"对！"李霄阳赞同道，"冤有头，债有主，夏明单纯地声称不知，却没有其他反应，我觉得，这使用违规剧毒灭鼠药的事儿，很可能与养老院有关。"

"他不想掺和，就是因为他清楚，如果搅和进来，可能对他的工作造成实质性影响……"葛永安抬起头，二人的目光对视在了一起。

"看来……"李霄阳目光微冷，"这个委托的疑点还不止一处。"

48

龙途司法鉴定所接待室里，傅家兄妹三人一大早就已经赶来。

傅雨晴脱去那身红衣，收敛张扬，整体做了素净的打扮。黑色外套的左肩上用别针卡着黑底白字的"孝布"，她面容憔悴地呆坐在接待室东侧，一双兄姐则坐在相隔十余米的西边。

葛永安带队走进来，三人同时起身，傅雨晴问："有结果了？"

葛永安点头："第一阶段的调查已基本结束，所有物证也均在昨天处理完毕，综合各组意见，我们已经有了一个初步的结论。"

"我爸妈……他们到底是……"

看着双目微红的傅雨晴，葛永安先请众人坐下，才说道："二老是在服下毒鼠强后中毒身亡，根据我们的调查，他们的整个服毒过程，并无第三人在场。确实是二人的自主行为，并没有任何直接证据可以证实，这件事与你的大姐和二哥有关。"

听到结论，傅庆兰、傅超同时舒了一口气。大姐傅庆兰很快回过味儿，不满地嚷嚷："那这不就是跟警方的结论一样嘛！"

傅超双手一拍："就是，折腾了这么久，花了这么多钱，搞得爸妈还不能准时下葬，幺妹你说你这么折腾，到底图个啥？"

"你们够了！"傅雨晴唰地站起来，大吼一声。

她手指二人："就算爸妈的死不是你们直接下的手，可这么多年你们把二老送进养老院不闻不问，还一直在我跟前演戏。他俩要是活得开开心心，有人眼前尽孝，儿孙满堂，为什么还会自杀？你们敢不敢对天发誓，爸妈自杀，和你们一点都不沾边？"

"这……"傅庆兰不知想到什么，竟一时语塞。

傅雨晴见状，更是泪如雨下："我就是咽不下这口气！从小，爸妈为了供我上学，甭管黑夜白天，刮风下雨，他俩蹲在巷口，一忙活就是一整天，一天也就赚几十块钱，连自己吃饭都是问题，还是好不容易把我给供出来。你们不想赡养爹妈，我想啊！背着我送二老进养老院，害得我和他们阴阳相隔，子欲养而亲不待！你们就一点儿不亏心吗？"

傅雨晴来到傅庆兰跟前，一把抓住她的手，近乎哀求地道："在这个家里，你的话没人敢不听。二老的事、骗我的事，铁定都由你做主，你就跟我说句实话，爸妈做错了什么，你要这样对待他们？你也是他们生的、他们养的，你到底从哪儿来的这么狠的心？人都走了，大姐，在你嘴里，到底能不能有句实话？"

傅庆兰挣扎了一下，但妹妹的手冷得像冰块一样，她愣了愣，一句话也说不出来。

强撑着说完这些，辗转从国外回来的傅雨晴已经是强弩之末，来劝架的傅超还没碰到她，她就松开傅庆兰的手，整个人滑坐在地上，像个孩子一样抬起手擦着眼睛，撕心裂肺地号哭起来：

"我没有爸妈了，我再也没有爸妈了……我打回来的钱不要了，可你们把爸妈还给我，还给我呀……"

49

"喂，阳哥。"躲在门板后面的汪鹏鹏悄悄拉了拉李霄阳的胳膊，见对方回头看自己，他小声问，"葛头儿葫芦里卖的到底是什么药？明明开会的时候，我们说了这委托有很多疑点，他怎么一声不吭？"

"那，你觉得，他是怎么想的？"

汪鹏鹏仔细琢磨了一下，摇头："事出反常必有妖，我说不好。虽然跟葛头儿接触时间不长，但就看他调配咱们那个利落劲儿，就知道他肯定经历过大场面。也不知道他到底什么来头。"

李霄阳把汪鹏鹏拽到一边，鬼鬼祟祟地咬耳朵："我听说，你计算机技术很好，对吗？"

"还行。你想干啥？"

"不然，咱俩摸摸老葛的底。"李霄阳直挤眼睛。

"怎么摸？"

"知道撞库吗？"

"那不行，那不行！"汪鹏鹏手摆成雨刮器，边说边往后退，"那是违法的，不能干！"

"我就这么一说，你跑什么？给我回来！"见汪鹏鹏撒开丫子，李霄阳无奈地靠在墙上，"得，当我没说。"他叹了口气，"这家伙，怎么胆子跟芝麻粒儿似的，难怪都说他难成大器。"

接待室内，傅雨晴的哭声渐渐变小。佘小宇扶她坐下，葛永安见她没事,这才继续道:"抱歉,我能看出各位现在情绪都不太好,但有件事,现在必须要强调一下。"

傅雨晴抹着眼泪问:"什么事?您说。"

"我刚才所说的,其实只是第一个阶段的调查结论。按照委托程序,整个案子可以分为多个阶段调查。在第一阶段,我们只会分析表面物证,即现场肉眼可见的直观物品。而在接下来的第二调查阶段,我们会对本案的关联物证进行溯源追踪。"

听到这,大姐傅庆兰第一个不乐意了:"还查?花了这么多钱,和警方说的一样就算了,关键是我爸妈尸骨未寒,还等着入土为安。你们就为了这点钱,还要恁恿幺妹调查?你们到底安的是什么心?"

她手指墙上的标语:"什么'司法公正,服务于民'?我看你们就是一帮骗子,专门骗钱的!"

"你怎么说话的?谁是骗子?"王怡文怒道,"就你们这样的儿女,也好意思指责别人?你们知道吗?大爷大妈浑身都是日光疹,而且非常严重,只要再进一步,那就是皮肤癌。他俩风里雨里忙了一辈子,图个什么?"

王怡文双手抱在胸口,冷冷打量傅庆兰:"我可告诉你,第一阶段的调查只是皮毛,和警方的结论一致,那基本是可以肯定的,否则,就是警方办了冤假错案,这责任他们可担不起。警方并不是全知全能的,你爸妈是自杀,他们没办法立案,这里面的蝇营狗苟,也就不好再继续追查下去。可人自杀,终归是有原因的,说不定就是给逼死的。我们的委托人刚才说得很对,不是亲自动手,也不证明你们就不是造成结果的原因。你搞清楚,我们可不会就此罢休,只要委托还在持续,我就一定会查个天翻地覆。我倒要看看,这里面到底是谁在作妖!"

"王姐姐牛呀!"汪鹏鹏溜回来,刚好在门口看到这一幕,佘小宇转过身,显然听见了这话,却朝他点了点头。

汪鹏鹏一乐："佘姐姐也这么想啊！哈哈。"

王怡文看看傅雨晴："喂，你也别发呆了，不打算查父母自杀的原因吗？告诉你，第二阶段才是这次调查的重点。你要的答案，就算她不说，我们也会全部查出来。"

"对了，不怕现在告诉你，"王怡文又补充道，"从法医专业的角度，我也发现了你爸妈的死有疑问。"

"有疑问？"傅雨晴瞳孔剧烈地一缩。

"对！"王怡文不是没有感受到投注在身上的目光，但她向来不怎么在乎别人的看法，便继续说下去。

"我解剖过很多自杀者，总结出一个规律。通常而言，有轻生念头的人，他们会早有准备，比如把自己珍贵的东西送给别人、写遗书、换上新衣、口含铜钱之类。而你的父母，临走时，穿的是平时的衣物，连澡都没洗，虽说他们是自杀，但能看出，他们走得很匆忙。我想这里面，一定发生了什么事，让老两口受到了极大的委屈，着急要赶紧告别人世。否则，他们不可能在临死关头，还让自己走得那么邋遢。"

"发生了什么事？"傅雨晴的目光转向兄姐。

"没错！"王怡文字字诛心，"而且，我认为，这件事，正是导致老两口自杀的真正原因。就是不知道，到时候咱们扒出来，有些人还敢不敢站在这里，跟咱们说风凉话。"

50

按理说，王怡文让真探组硬气起来是好事儿，可李霄阳却没放松下来。

待三人离开，接待室内独剩葛永安在整理委托资料。

"葛队，接下来，打算怎么做？"

葛永安投来诧异的目光，李霄阳费解地问："怎么这么看我？"

"龙所说你平时做事很懒散，能躲就躲，躲不了的才会干。主动两个字，跟你李霄阳好像没有什么关系。"

"她真这么说？"

"对啊！"葛永安饶有兴致地打量他，"你们龙所还说，让我盯着你点儿，让你勤快些。"

"您跟我漏了这口风，不怕得罪了龙所啊？"

"你在这个所时间可不短，龙梅能说出口的话，就不怕被人知道，这一点，你应该很清楚。"

一老一少两人目光在半空相聚，李霄阳仿佛能听到电流的"滋滋"声。

"确实，龙所不会在意这个。不过……您新官上任，就不怕我记恨？"

葛永安一笑："无事不登三宝殿，你不会计较这个的。你难得主动，是因为你知道，我会和你一样关注那个最大的疑点。"

"养老院？"

"对，你有什么怀疑，可以说来听听。"

李霄阳闻言，正色道："夏明说得很清楚，如果偏湖院的老人死完，那块地就可以重新修建，然后高价出租。对养老院的经营来说，这显然是十分有利的。虽然我从痕迹上分析，两人肯定是死于自杀，但我没办法保证，他们是不是被情感操控了，或者用时下最流行的话说，就是被 PUA。"

"你为什么会这么想？"葛永安问。

"别的地方都还好说，可偏湖院里住的都是收入低、子女也不管不问的老人，常年生活在这种凄风冷雨的地方，没有儿孙绕膝之乐，难免产生悲观情绪，加上老人身患疾病，如果在这种状态下，有人再给他们灌输悲观厌世的思想，而他们又能获取到老鼠药，您猜，这些老人会做何选择？"

葛永安思索片刻，缓缓摇头："从大概率上说，也许会出现极个别极端情况，但傅俊能夫妇却不会。"

"为什么？"

"你现在还年轻，可能不懂，等你为人父母时，自然就会明白了。"

李霄阳面露费解："有没有子女和会不会自杀之间有什么必然关联？"

"我换个说法，"老葛道，"根据我的经验看，傅俊能夫妻不像单纯因为别人的蛊惑而走极端。"

"有证据能证实他们不会吗？"

葛永安叹了口气："也没有证据能证实你的猜想。"

他轮流指了指李霄阳和自己："零比零。"

"这没关系，"李霄阳咧开嘴，"我们封诊道也老这么说，经验之谈不靠谱，只有物证是永远不会说谎的。"

"怎么，想好怎么查了？"

"老一套呗，"李霄阳耸耸肩，"找旁证查毒鼠强的来源；到警局调取相关报案记录，看养老院此前有没有发生过类似的事情；查养老院的购买记录，看看他们有没有买过老鼠药，证明夏明到底有没有说谎，还有……"

"如果你是个警察，这的确是标准程序。"葛永安一盆冷水浇了上去。

"我……"李霄阳挠了挠脑袋，把后脑勺弄得更乱了，"不然怎么办？"

"我们的模式和警方调查虽然类似，但你不能忘了，我们没有强制力，养老院可以不配合，而你我一点办法都没有。就像夏明说了谎，但你只能听着,根本没有任何办法。"

葛永安继续道:"退一万步说,就算你知道了老鼠药来自养老院,现在两位老人已经没了,不可能亲口告诉你他们是被人蛊惑。现场你也勘查过,服毒确实是他们的主动行为,不是吗?"

见李霄阳有些泄气,葛永安打开手提包,掏出一份盖章的文件递给他:"看看这个。"

"这是什么?"他狐疑地接过来。

"我通过夏明获取了一份偏湖院入住老人的名单,由于涉及个人隐私,他只备注了姓名和出生日期。这里面带有灰色阴影的老人,都不在世了。在你和佘小宇勘查的过程中,我让王怡文从殡仪馆查询了这些人的死因,除了傅俊能夫妻俩,没有一个人是死于中毒,如果是你猜想的那种情况,同样的致死方法,不会只用一次,你说呢?"

"这只能算是侧面证据。"

"但也是目前我们能查到的极限。"

"我还是觉得,不能这么早解除养老院的嫌疑。"

"还是那句话,"葛永安道,"有的调查,我们做不了。"

"确实,我不是警察,"李霄阳冲他诡秘一笑,一个字一个字地说,"但我是纳税人。"

51

回到办公室,李霄阳思考片刻,抬腿把门关上。听见锁门声,他旋即掏出手机,点开被屏蔽新消息的"高中同学"群。

找出名叫"高俊"的人,李霄阳留言:"加我好友,有事找。"

这条消息刚发,高俊的语音就在群里接二连三弹了出来。

李霄阳皱皱眉，依次点击语音记录后的"转文字"。

"李霄阳，你个王八羔子，把我删了。现在倒好，有事找我又让我加你，怎么那么大脸呢？

"有事你想起我来了，没事你拿我闹着玩？看你那副欠打样儿我就火大，多大岁数了，留个燕尾头，穿个骷髅衫，你是个混子？说你两句还删人，没厉害死你，滚！

"李霄阳，知道你在看，开口说话，正大光明地在群里讲，找老子到底啥事？

"赶紧的，黄鼠狼给鸡拜年，没安好心，兔崽子不说老子撂手机了。"

李霄阳一句没接茬，等对方吼完一阵子，再没有语音冒出来了，李霄阳才贱兮兮地在群里扔了一句话。

"有大事，一小时后，老地方见。"

王麻子烤串店里，下班时分。

这家本地著名的烤串店里已经宾客满座，服务员忙得跟陀螺一样转来转去。李霄阳是这里的老熟人了，从小吃到大的那种，他就站在烤串儿的地方，等着自己点的餐。

服务业最会看人下菜碟，过来站着的客人最急，坐着的大多可以等，可以得罪坐着的，不能惹站旁边的，烤串儿的人对站着的客人下的单子更上心。

串儿一烤好，他就自己上了手，完了还冲烤串小哥点点头，路过那些久等串儿不来、开始伸着脖子吆五喝六喊服务员的客人，李霄阳钻进了 V1 包间。

他刚把六十根焦香的牛肉串儿搁桌上，一名皮肤黝黑、身材壮硕、留着板寸的青年男子就风风火火地推开了包间门。

"嗨！高俊。"

高俊拽下脖子上的警官证，怒视李霄阳："说，你删我好友干吗？"他一边说，一边毫不客气地抓了一把串儿吃起来。

李霄阳笑笑："吃，多吃点，拿人手短，吃人嘴软。"

"你小子做事真不地道，"高俊撸完一根，用竹签指李霄阳，"别以为我不知道，你就是不想看我朋友圈，羡慕嫉妒恨是吧！谁让你不当警察的？是我吗？还删我，你也好意思？"

李霄阳叼着串儿，眼珠子转转："你那朋友圈，看得我眼疼。你说你们公安局是没有保密纪律吗？朋友圈一天发十几条，整得跟警务直播一样。"

"少哔哔！我闲出屁朋友圈发那些？那都是单位宣传口审核过的，带着任务呢！"

高俊把吃完的竹签扔在盘子上："你还好意思说我，当年上学，你怎么说的？你说咱俩以后要一起考警校，将来大家都当警察，做搭档。我当真了，嘿！你倒好，填志愿就放我鸽子，你小子脑子没毛病吧？还删我，要删也是我先删你。"

李霄阳拿起一串牛肉，慢条斯理地道："你现在不挺好，都干到刑警中队长了。"

"别以为我听不出你那些阴阳怪气，酸得要命。"高俊猛灌一口王老吉，"我现在破案用的那些手段，还是上学那会儿你教我的。实话实说，你小子要是上了警校，估计已经是公安部最年轻的刑侦专家了，绝对比你家老爷子履历还牛逼！"

发小面前，李霄阳更没形象了，他朝后靠着，整个人窝在沙发里，呵呵笑道："那又怎样？一个月不还是就开五千不到。人要活得现实点，当警察没年没节，天天值班五劳七伤，就赚这点，还不够老了吃药钱的。"

高俊目光一冷："放你的狗臭屁，少说套话，我第一天认识你？你这就是自己劝自己想开点，理由还越整越充分了是吧？"

"拿刑侦心理学对付我是吧？"李霄阳似笑非笑地朝盘子里扔竹签，"我告诉你高俊，人都是会变的，你看少儿节目，哪个小学生没有远大理想？科学家、医生、警察，完了长大有几个实现的？都搬砖呢！人得向现实低头，我没你那狠劲儿，当警察太累，不行吗？"

"滚，你当老子死了吧？上坟烧报纸——糊弄鬼呢！"

李霄阳双手一摊，一副摆烂的姿态："承认吧！我就是不当警察，现在不也过得很好？"

"放的什么屁，臭不可闻。"高俊捏鼻子，另一只手直扇风。

"得了，我今儿不是来跟你掐架的！说正经事。"

"我不跟说谎的人打交道。"高俊把饮料一口闷完，擦擦嘴，起身就要走。

"不是，"李霄阳一把拉住他，"你吃我的，喝我的，吃饱了嘴一抹，就开溜，像话吗？"

"那你说，你真不想当警察吗？说实话。"

"你就放过我吧！"李霄阳捂着额头，"再加六十串，你先吃。"

"那我确实还有点饿！"高俊重新坐下，"说，到底什么事？"

李霄阳把一个牛皮纸信封丢到他怀里："我们所接了个委托，老两口死在了养老院里，你们警方已经勘查过了，系服毒自杀。"

"我去，你们鉴定所还有这项业务？"高俊翻阅着资料，惊讶道，"这跟我们警方的调查方式很像啊！"

"像是像，但差别很大，"李霄阳撇嘴，"你们警方有国家强制力保证，我们的调查都是民事委托，人家不配合，就一点儿招儿都没有。"

"你别说，有时候还真就警官证都不好使。"

"都说有困难找警察不是？我今儿就是给你提供线索来了。"

"你小子就是无事不登三宝殿，有话快说，有屁快放。"

见高俊把那份带着红色标志的"指纹鉴定"报告挑出来，李霄阳道："我在垃圾桶里，找到了毒鼠强的外包装，并从上面处理出了一枚仅残留四分之一的指纹，经分析，是一名二十岁左右的青年男性所留。"

高俊眉头紧锁，盯着报告："我听着，你接着说。"

"我们可以确定，老人的确死于服毒，但进一步追查毒鼠强的来源时，我们就遇到了阻力。我通过痕迹，分析出养老院进行过灭鼠行为，起先因为怕事，相关人员都不敢承认。可后来，我们还是发现，其实这家养老院每隔一段时间，就会请灭鼠公司集中杀鼠。在杀鼠时，老人们都不允许留在现场，所以他们并不清楚，灭鼠公司到底是用什么方法来杀鼠。于是，我顺着鼠爪印，找到了多个鼠穴位置，检测其附近泥土样本时，均发现了'毒鼠强'的残留。很显然，这家灭鼠公司至今还在使用违禁药毒鼠强，这种药在刑法上属于'剧毒化学品'，倒卖是要入刑的，这一点就不用我提醒你了吧，高大队。"

高俊丝毫不理李霄阳的怪腔怪调，表情严肃起来："依你判断，他们用量大概有多少？"

"你上网查询一下水家湖养老院的面积就明白了。他们一次杀鼠收五千元，你猜，这得多大用量？"

"确实不少！"高俊把资料装回牛皮袋，"行，这事交给我去查。"

"等等。"李霄阳叫住他。

"你又干吗？"高俊回过头。

"作为线索提供者，我有知情权，我想知道，那老鼠药到底是怎么落到死者手里的，这点要求，不算过分吧？"

高俊眯眼扫视着李霄阳："我感觉你小子是在利用我。"

李霄阳呵呵一笑："那，你想不想被利用？"

"行吧！但也不能就这点肉串就打发了。"高俊道，"欠我六十串，下次见面'付账'。"

说完，他转身而去，毫不拖泥带水。

"真是个案疯子……"李霄阳幽幽地说着，带着似有若无的羡慕。

52

傅雨晴的崩溃，换来了傅家兄姐对开启第二阶段调查的默许。

葛永安抓紧时间重新对线索进行了梳理，最终确定第二阶段的调查方向——围绕傅俊能夫妇，开展关联线索核查。

最先被拉出的线索，来自佘小宇。她在死者的足底和鞋印上都发现了新鲜的油菜花花粉颗粒。而剥离鞋底泥土样本时，佘小宇还同时发现，土样曾被人用粪便浇灌，也就是说，傅俊能死前去的那片油菜地有人打理，而不是种子散失到野外自由生长的。

带着这条线索，李霄阳和佘小宇很快来到偏湖院西南角。

站在油菜地里，他看看地里的一串土坑，打开录音笔："虽然说看不清楚鞋底花纹，但从步长、步宽、步角的状态来看，这就是傅俊能留下的。"

佘小宇凝视挂在李霄阳屁股上的工具包："不用再测量一下吗？"

"我能确定就是他，"他咧嘴笑笑，"我这双眼睛，应该还算准。"

见李霄阳开始沿着土坑往前走，佘小宇点点头："那好吧！要是出错了，算你的。"

油菜地面积不大，最多百步就能走完，在足迹消失处，李霄阳发现了一个只有铁锅大小的土包，在它附近，还有人用砖石砌了几段低矮的围墙。坟前立着一块木牌，上面用刀刻了几个字：咪咪之墓。木牌下方有一陶碗，碗里还有一条已完全干瘪的鱼。

"养老院的夏明说，老两口养过一只瞎眼猫，后来老死了，看来，这就是它的墓。"

佘小宇四处看看:"虽然简陋,但坟墓上没有杂草,墓碑也很干净没有灰尘,看来,这里经常有人打理。"

李霄阳点头:"死亡现场没有遗书,临走前也没和子女说,却过来和猫道别。看来,比起子女,这只猫对他们来说,或许更重要。"

佘小宇蹲下,拿起陶碗嗅嗅,旋即面色一变:"奇怪。"

"怎么了?"

"从气味上分辨,应该是条新鲜的鱼,干鱼不会有那么浓烈的腥臭,可是它看起来已经完全干了……"

"这么一说,确实有点奇怪。"李霄阳接过碗端详道,"气温适合蝇蛆生长,菜地中还有各类食腐昆虫,可这条鱼的腐败迹象却并不明显。"

"难道……"

"它也有毒?"

检验室门口的提示灯由红变绿,佘小宇身穿白大褂,从自动门里出来。

"有什么发现?"李霄阳迎上去。

"确实是有毒!"佘小宇将报告交给李霄阳。

后者翻到结论一栏,当看到一大堆化学式时,李霄阳轻咳一声,又把报告给还了回去:"那个……具体是什么?"

"鱼体内有大量重金属及含氯有机化合物,这些毒物在鱼体内富集,这是它不生虫的主要原因。"

"重金属和有机化合物……"李霄阳还在思考,佘小宇给出了答案:"可能来自一个封闭式鱼塘,养老院周边就有一家以氯元素为主要排放物的化工厂。"

李霄阳琢磨起来:"首先我们要看到,以傅俊能的身体状况,肯定不可能自己去抓鱼；其次，从他胃内抽取的食糜也都是淀粉类食物；第三，我们在其住所并没发现第二条鱼，也就是说，这条鱼应该是他给猫的'专供'。"

"只买一条很奇怪吗？"佘小宇说，"那猫也吃不了多少。"

李霄阳伸出手掌，完全覆盖在报告首页的那张照片上："可如果你是鱼贩子，你会把还没有巴掌大的小鱼给捞出来卖吗？"

数据分析组里，汪鹏鹏噼里啪啦地敲击电脑，将检验报告上的化学式一一输进搜索框，随着他每一次敲击，都会有大量化工厂名称被检索出来。

这些名称被红色、黄色、蓝色等圆圈包裹，随着他手指的操作，在所有彩色圆圈的交会处，一个被重叠了多次的名称渐渐亮起。

"小宇姐，应该就是它了，红三环树脂厂。这里和水家湖养老院的直线距离不到两公里，我查询到，这个厂有多次处罚记录，全和排污有关，他们厂排出的环氧氯丙烷废水里，就有大量含氯化合物。"

"你能不能查到处罚决定书？"

"行政处罚都是公开的，当然能查到，你稍等！"

汪鹏鹏自信地活动活动手指，又是一番操作，很快，一切办妥。

他从座位上起身，把位置让给佘小宇。文件夹中已经列出按时间顺序排列的处罚截图，佘小宇打开一张张图片，和决定书上的处罚内容一番比对，最终给出结论："无论从距离还是成分含量，这家厂都符合。"

"得嘞！那就找水塘子了。"调出付费版卫星地图，汪鹏鹏将街道实景放大数倍，发现了那家树脂厂。

从地图上鸟瞰，在树脂厂的西边有一座低矮山头，地图标注名为"坷垃山"，而在树脂厂下游，还有一处不起眼的小水塘。从养老院西南角小门走出去，正好有一条东西向的无名小路，它可以将两个地方完美地连接起来。

接下来的事，就是前往坷垃山取样。佘小宇在回来之后，很快检出了同样成分的赤红壤，由此可证，这条小路，就是傅俊能上山的必经之道。

次日清晨六点，葛永安带着真探组一行人驱车赶到山脚下。

一推开门，寒风就灌进人脖子里，还迷糊着的汪鹏鹏打个哆嗦，感觉精神不少，他揉了揉眼睛，转着脑袋四处打量。

眼前的水塘有篮球场大，形状还算规整，四边有人工挖掘的痕迹。

水塘四周立着警示牌，上面用大红油漆笔写着：水深，禁止野泳。落款是周家村村委。

从这个情况不难看出，这里应该是村里挖的公共水塘，是用来灌溉还是养殖，就不太清楚了。

最有意思的是，天还泛着鱼肚白，已有几人蹲坐在水塘前了。他们架着鱼竿，一丝不苟地注视着水面，从脚下堆起的烟头不难看出，这几位实际来得更早。

"这么早就开始钓鱼了？"汪鹏鹏搓了搓身上的鸡皮疙瘩，迷惑不解。

"小声点，人家等的就是这个时候。"李霄阳跟他咬耳朵，"这会儿大声说话惊了鱼，这群钓鱼佬能蹦起来和他干仗。"

"还有门道？"

"那当然。"李霄阳发现葛永安朝那些人走去，一边盯着他，一边解释，"鱼睡了一夜，早上起来觅食的积极性高，赶在这个点钓鱼容易上钩。"

"就这？"汪鹏鹏耸肩，"你哄我玩呢？那鱼又不是人，准点起床？"

"得，不跟你开玩笑了。"李霄阳一乐，"饿只是一方面，主要原因还是清晨气压高,水中的溶氧量随之增加,闷在水下一夜的鱼群就更容易浮到水面,所以很多职业垂钓者,特别喜欢五六点钟摸黑起来钓鱼。"

"这还差不多。"汪鹏鹏点点头,"长知识,阳哥可以啊!你没少钓鱼吧?"

"陪过几个长辈。"李霄阳见葛永安和一个钓鱼人攀谈起来,便朝那边走去,"不跟你掰扯了,我去听听。"

"同志,我们是司法鉴定所的。"葛永安从兜里拿出"华子"香烟,给正在钓鱼的三位每人发了一支,"有件事儿,想跟几位打听一下。"

几人见老头儿态度蛮好,也客客气气地接了烟,顺着葛永安的手指,瞥向车上印着的单位名。

也许是"司法"两个字,比较容易让人联想到政府机关,其中一名中年人客气地问:"什么事儿?"

葛永安把从全家福上抠下、放大打印的傅俊能照片递给对方:"这个人,你们见过吗?"

中年男子打眼一瞧,点点头:"认识,可不知道他叫什么名字,好像就住在前面养老院里。"

"他叫傅俊能。"

男子似乎意识到什么,警觉地问:"发生什么事了?是不是人跑丢了?"

葛永安反问:"你为什么会这么问?"

"好些天没看见他了,我天天在这儿钓鱼,这点数还是有的。"

老葛抓到了重点:"也就是说,他经常出来?"

"除非阴天下雨,不然这位老人家肯定要打这儿过。"中年男子把鱼竿往架子上一放,给蹲在地上的葛永安递了个马扎。

他对葛永安道:"这个老人家可不简单啊!"

"哦?怎么说?"葛永安一屁股坐下。

"瞧见那边的山没有？"

男人手指的方向，正是一片高低起伏的矮山。

"我喜欢钓鱼，清早我是固定在这个塘的，钓了很多年了。这里平时就很少有人来，清早更难看到钓鱼佬之外的人，我成天看他蹒跚着从这儿路过，一直挺好奇的。有一天，我没憋住，就上去跟他聊了一会儿。

"据他说，他老伴常年卧床，消化不好，吃西药会吐，可停药了腿脚就浮肿，还会生褥疮，山里边长着一种草药，把它捣成汁液加热水，擦在身上活血化瘀，还能防褥疮。他是听养老院的其他老人说的这个偏方，于是就试了试，没承想居然有奇效。所以，他每天一大清早五点多就上山采药，这个时候的草药最新鲜。

"我一寻思，就直接问他说，老爷子你这腿脚也不好，走路都一晃三倒，要不多采一点，回去晒干一样用嘛！来回这么跑，真是太辛苦了，万一有个磕磕碰碰，这山上连个扶你的人都没有。"

"确实。"葛永安点头，"别说在这儿，老人家在城里跌倒，也未必有人扶。"

"可不是吗！"男人来了劲儿，"我这么一问，可他说这种草药，必须得新鲜的才管用，别说干货，就隔一天都不行。他走路又不方便，爬山时间长，所以只能每天清早来回步行两个多小时，去山上采回来，然后赶在早饭之前，熬煮药水给老伴儿擦身。"

烟卷烧到了屁股，葛永安恰到好处地递过去一根新的，男人续上了，猛抽一口，长叹道："唉，说真的，听他这么一说，我心里甭提多难受了。因为我爸妈感情就特好，可为了我们这当子女的，他俩也是一天好日子都没过过。"

"中国人就这样，父子、母子都是会做不会说，成天叫你学好，赚钱养你，送你读书，完了儿女还不领情，一个个的不知天高地厚。就说我吧，就一典型。以前父母说啥都不听，感觉他们是农村人，没文化，我读过书考上大学了，跟他们沟通不了。可等他们都走了，我自己栽了跟头，才明白过来，爹妈都是为你好。谁对你还能比你亲爹亲妈真心？

"唠叨是因为怕你有个闪失，爹生娘养的，他们清楚你什么样儿，所以才会提醒你。郭德纲不是有句话吗？人要活得明白，需要的不是时间，而是经历。一件事你三岁的时候经历了，你三岁就明白了，要是活到九十五岁，这件事还没经历过，那还是明白不了。人就是这样，爹妈不在了，才明白他们干什么，都是为了你活得好。"

男人指指鱼竿："您说说看，为什么人到中年，就喜欢钓鱼？说白了，其实就是一个人坐在这里，才得空静心寻思。我每天早上五点来，七点走，能钓个啥鱼？但每天能抽出两个小时想一想，这对我们做生意的人来说，可太重要了。"

男人似乎打开了话匣子，一直侃侃而谈。李霄阳站在旁边听了一会儿，觉得是在聊家常，就又折了回来。

这次跟过来的只有李霄阳和汪鹏鹏，车上比较空。李霄阳上车的动作很轻，可还是把正在睡回笼觉的汪鹏鹏惊醒了，见来的是李霄阳，他坐直身子，打着哈欠问："完事儿了吗？怎么搞这么久？"

"还没，老葛跟人家聊着呢！"

"还聊呢？"汪鹏鹏有些不可思议，他抬手看看最新款的运动腕表，"这都快半个小时了……难不成，有什么重大发现？"

"有，但不重大。"李霄阳挨着汪鹏鹏坐下，"挤挤，暖和点。"

"成，你坐这儿。"不知为何，汪鹏鹏特意和李霄阳换了个位置，两人挤在双人座上。

"我刚听了一会儿，那人认识死者傅俊能，据他说，傅俊能每天上山给苗翠英采药煮水擦身，经常从这儿路过，一来二去就熟悉了。他养了一只猫，有时候会从钓鱼佬手里要点鱼给猫煮饭，一开始傅俊能是要给钱的，但这人坚决不收。后来傅俊能觉得不好意思，就用自己亲手种的菜籽榨的油交换。后来，那人只要钓到小鱼就给傅俊能留着。直到那只猫老死，才没继续了。"

"小宇姐说，那水塘里的鱼有毒，你说，那猫的死，会不会与此有关？"

"肯定是有影响，但致死的原因不会是这个。"李霄阳解释，"首先，小宇报告上的那些重金属，其实都在鱼的内脏中，鱼肉里的含量很少。而无论是我们自己吃，还是喂猫，肯定要把内脏去掉。"

"哦，原来是这么回事。"汪鹏鹏开了窍，"所以油菜地里那条用来祭拜的鱼，之所以不生虫，是因为没有去除含毒的内脏。鱼死了以后，毒素是不是就浸进了肉里？"

"你可以这么理解。"

"那关于这条鱼，那人有没有想起来什么？"

"这不是中间隔了很长一段时间，傅俊能都没有要鱼嘛，所以他最后一次来要，那人记得特别清楚。"

李霄阳说："那天不到五点钟，傅俊能就在水塘边等着他了，让他感到奇怪的是，当天傅俊能并没去采草药。那人说傅俊能当天的脸色有些难看，还问他怎么了。傅俊能说是发生了一些事情，他考虑了很长时间，不想继续给儿女添负担了。那人还以为傅俊能跟儿女吵架了，就劝他都来住养老院了，还能给儿女添什么负担，让他别多想，傅俊能没说啥，拿着鱼就走了。"

"发生了一些事情。不想给儿女添负担了？"汪鹏鹏双眼微眯，"莫非，又被葛头儿猜中了？"

53

按照葛永安给出的调查计划，除了王怡文能忙里偷闲，其他人都在各自实验室不停忙碌着。可没想到，这里边最先给出成果的，居然会是汪鹏鹏。

"我宣布，死者的手机已完全修复了。"小会议室内，组员一一落座，汪鹏鹏吹着口哨，单击了一下空格键。一声"哈喽酷狗"的提示音响起，接着便是一首娓娓动听的乐曲。

> 你问我爱你有多深
> 我爱你有几分
> 我的情也真
> 我的爱也真
> 月亮代表我的心
> 你问我爱你有多深
> 我爱你有几分
> 我的情不移
> 我的爱不变
> 月亮代表我的心

"这是什么？"李霄阳问。

"邓丽君的《月亮代表我的心》啊！阳哥你没听过？"

"我不是问这个，我是说你好端端的，放歌干什么？"

"哦！这个啊，"汪鹏鹏手忙脚乱地翻找起来，"有了！"

他从地上物证袋里拿出一部还带有少量血痕的手机："这是我从警方那边申请过来的，昨天交给阳哥你做了指纹鉴定。"

"没错，华为老年机，是死者傅俊能的。"

"对，手机号主也是他。"汪鹏鹏道，"据勘查现场的警方说，当时这部手机就放在死者苗翠英的枕边，由于血液浸入手机导致短路，所以一直处于黑屏状态。警方确定了该案系自杀，就没对手机做进一步处理。我拿到手机以后，发现手机在发出轻微的杂音。用酒精清洗后发现，是血水粘住了手机的喇叭，而屏幕也是因为排线出问题导致黑屏的。摸清了情况，我就对手机进行了物理修复，喇叭、排线重新插好以后，我发现，死者去世时，这部手机，其实一直在运行中。"

李霄阳意识到他的弦外之音："你是说，当二老死去时，手机在放歌？"

"对，傅俊能手机里只存了这首歌，而且一直在循环播放。"

"这很难理解吗？"王怡文冷冷地道，"他俩走的时候，盖着结婚时的喜被，而《月亮代表我的心》本就是首情歌，一九七三年发行，在一九七七年由邓丽君翻唱。在那个时候，他们也就二十多岁，正是谈婚论嫁的时候，他们说不定就是用这首歌定情的，自杀时为了气氛，拿出来播放也很合理。"

"王姐姐说得有道理，"汪鹏鹏公然猛拍一记马屁，将三个未标注姓名的手机号码打在了大屏上，"傅俊能不识字，手机号码也没有备注姓名，不过在他所有的通话记录中，就只有这三个号码。通过添加微信、支付宝好友，可以直接核实两个，139开头的，是养老院工作人员夏明的，他的微信头像就是自己的照片，很好辨认。另一个153开头的，备注是'上门汽修'，经核对是傅超的。但最后一个188开头的号码，要确定是谁的，可费了我一番功夫。"

汪鹏鹏感慨地摸摸鼻子："这要是警方办案啊，只要把号码输进他们专用的系统，一秒钟所有信息都能反馈回来，可我查这个，简直费了老大劲，还好养老院有比对信息，否则就以我的技术，还真核不出来。"

李霄阳听见"警方",皱皱眉,提高音调喊:"快别卖关子了,赶紧说。"

汪鹏鹏立马将自己的电脑连接大屏,所有人都没想到,这么短的时间里,他还捣鼓出了一份演示文稿。

"188这个号码很奇怪,我先后拨打多次,但对方始终处在关机状态,但是这个号码在事发前几天,和死者有过通话记录,所以我觉得,必须查清这个号主。

"后来,我联系了委托人傅雨晴,她对这个号码没有任何印象,我只好用号码检索,发现这个人注册了支付宝、微信、拼多多、淘宝,还在某招聘网上大量留言,可能是出于保护隐私的考虑,他没有在留言里透露自己的个人相关信息。

"我把手机号码输进支付宝,显示了使用者姓名末尾单字'冉',头像是厨师服,性别为女。而我用这个号码添加微信,头像也是厨师服。委托人的大姐夫马雷就是厨师,所以我也打电话问她,但傅庆兰不愿配合,直接挂了我的电话。

"没办法,我只好联系养老院,以'冉'字进行检索,看看在来访登记的人员中,有没有三字名、末尾为'冉'的女士,可最后确定是没有。

"我又通过淘宝搜索,发现此人的购物标签多是衬衫、西裤还有背心,而这些东西具有很强的男性特征,如果这个账号使用者是女性,那她的标签应该都是化妆品、美妆、护肤达人之类的,所以,通过这个标签能看出,号码的实际使用者,应该是个男性。

"于是我打开拼多多,用手机号添加了好友,我发现对方的名字叫'美食美客',根据头像厨师服分析,这恐怕是个饭店名。于是我又查询了手机号码归属地内,有没有同名的饭店,结果……还是没有。"

"费了这么大劲儿,结果啥也没有?"王怡文大皱其眉。

"王姐姐别着急，再往下听听，就有意思了。"汪鹏鹏深吸一口气，擦擦说话太多脑门子浸出的汗。

"所幸这个人不太会操作小程序的隐私程序，我在他的支付宝动态里，找到了他最近一次购买电影票的动态，根据这条动态结合电影院放映时间，我最终确定，他可能就生活在隔壁的 SX 市。而且我在这个市检索时，就发现了名字为'美食美客'的饭店。我在各种团购、外卖网上收集这家店的相关图片，对比发现，这家饭店的厨师所穿的厨师服，与图片上完全一致。看来这个号码持有者，很有可能是此店的从业者。

"于是我按照团购小程序预留的电话打了过去，可接电话的人说这家店目前并不在营业。我问具体原因的时候，对方似乎并不想说，不过在通话过程中，我用了些技巧，把 188 的这个号码给他发了过去，那人告诉我，这个号码的使用者，名叫常旭光。

"而在观察监控时，我发现有一名男子多次前往老人的住处探望，所以我再次联系夏明，这一回，以'常旭光'为关键词检索时，就发现了多条来访登记，但养老院保安平时偷懒，没有登记详细，只记了个人名和时间，具体探望谁，他们也不管。我随后结合视频与门口的登记时间，最终确定，他就是时常探望老人的那名男子。"

"啪啪啪！"李霄阳鼓掌，但他又问："我还有个问题，如果用其他方法，是不是查询个人信息会更加简单，比方说'拖库'、'洗库'和'撞库'？"

汪鹏鹏一脸无奈："阳哥，不是说了吗，那是歪门邪道。"

"我们当然不能这么做，但不代表别人不会。"李霄阳一本正经，"就这样，还是被你挖出了常旭光。可想而知，网民的信息泄露有多严重。"

汪鹏鹏点头："这倒是，微信、支付宝之类的常用软件，个人隐私一定要注意，如果常旭光不是把自己的头像、名字都设置得这么有代表性，可能我就没有那么容易把他给找出来。"

盯着演示文稿上常旭光密密麻麻的来访登记，葛永安开口了："这个常旭光来访这么频繁，是不是和两位老人是亲戚关系？"

汪鹏鹏把演示文稿往下拉："我也觉得有些异常，于是联系了委托人傅雨晴，这次她听名字就马上表示认识这人，而且还是老冤家。"

"老冤家？"

"可不！"汪鹏鹏手一摊，"死者苗翠英，当年就是被他的摩托车给撞的。"

"原来是他？"葛永安若有所思。

汪鹏鹏说得口干舌燥，猛灌了几大口可乐，这才继续："他是一九八二年生的，比傅庆兰大一个月，当年和傅俊能是同村，平时抬头不见低头见。傅雨晴说，当时那辆摩托车是买的二手车，骑了一段时间，小毛病一直不断，都是傅俊能给修的。在出车祸前，他感觉刹车有些不稳，于是就想找老傅修理，结果摩托车刹车突然失灵，直接撞到了人家的摊子上。当时这辆摩托车也没有买保险，常旭光家里条件也不是很好，根本拿不出钱，不过这个人的人品不错，为了给苗翠英治病，他先是借钱，而后又把自己唯一的新房给卖了，一点都没推脱。"

说到这里，汪鹏鹏面露佩服："当年，常旭光刚满二十九岁，年纪也大了，所以家里张罗着给他介绍对象，出了这档子事，房子卖了，这婚自然也就结不成了。苗翠英病情稳定后，他就外出打工了，目前看，他应该还在SX市的饭店里，可他手机为什么会关机，人又究竟在不在那里，现在还不能确定。"

葛永安目光犀利地扫视死者手机通话记录："在常旭光之前，傅俊能与傅超有过长达五分钟的通话。"

"确切地说，是三次拨打，其中两次被挂断，最后一次，通话时长五分零三秒。而且这是最近三个月里，他们父子唯一的一次通话。"

汪鹏鹏叹息道："五分钟能说多少话？我不信，傅俊能没把轻生的念头告诉他，不然，也不会打这通电话了。"

王怡文突然冷笑："也就是说，傅超明明知道父母打算在养老院自杀，他不但没有任何制止行为，反而让两位老人死后还在屋里暴尸三天？"

汪鹏鹏说："这个倒没有确切证据，不过确实有可能是这样。要不是手机修复了，我也看不出来，傅超瞧着老老实实，居然是个演员。"

"老老实实？"王怡文叱道，"这就是个衣冠禽兽。"

54

"什么电话？我真的不清楚！"

接待室内，穿着破烂工装服、一身机油味的傅超将手机拍在了桌面上："虽然我一天得接几十个电话，可我爸给我打电话，我绝对不会没印象，你们是不是搞错了？"

汪鹏鹏拿起手机往下翻："你的通话记录被自动消除，可你父亲手机里压根儿没几个号码，通话时长足足有五分钟，你怎么可能没有印象？"

傅超急得在接待室里打转："哎呀，我怎么跟你们解释，我是真一点印象都没有！"

"你怎么可能有印象？"傅雨晴冲他喊，"你要是有印象，不就等于承认爸妈的死跟你有关了？你肯定咬死不认账啊！"

"跟我有什么关系！"傅超脚步一顿，恼怒地道，"我一天到晚累死累活，连放屁的工夫都没有，就为赚那几个糊口的钱，幺妹，你以为爸妈走了，我心里就不难受吗？"

"你难受？"傅雨晴冷笑，"你少跟我在这儿装，摆在明面上的事都不承认，还说你心疼爸妈？放你的屁！你明明知道爸妈要轻生，却不管不问，还让他们在养老院暴尸三天，要不是被人发现，爸妈能被蛆啃得就剩一堆白骨。怎么着，你是想省火葬的钱吗？"

"幺妹，你是怎么说话的？"傅超脸涨成了猪肝色，"你一个出国留学的人，怎么讲话这么难听？"

"我就这么说话的，我算是想明白了，对你们这种人，我要是还能客客气气，我还给爸妈当什么女儿？我认你们当祖宗！"

"你……"傅超脑门子上青筋乱跳，"我跟你说不上！"

"怎么？大姐一不在，你就没主心骨了？你俩狼狈为奸惯了是吧？"

"闭嘴，说我可以，你不能说大姐！"

"哎哟，我真没看出来，爸妈三个孩子，敢情就你和她是一家，我不是是吧？"

"幺妹——"傅超双手掐腰，情绪太激动，他双眼微闭缓了好一阵才说下去，"我告诉你，你再这么搞下去，一定会后悔的。"

"我后悔？"傅雨晴冷笑，"我倒要看看，我是怎么后悔的。"

汪鹏鹏在吵架时一直捂着耳朵，见两人闭上嘴开始大眼瞪小眼，他才瞅准机会，单击了一下播放键，那首《月亮代表我的心》缓缓地开始播放起来。

两人同时投来疑惑的目光。

"是这样的！"汪鹏鹏双手往下压了压，"麻烦你俩暂时别吵了，我有个问题要问你们。"

傅雨晴疑惑地瞅着他："什么问题？"

"二老走的时候，一直循环播放着这首歌。它对二老来说，是有什么特殊意义吗？"

"这……"

见傅雨晴语塞，汪鹏鹏又看向傅超，后者正火大，没好气道："别问我，我什么都不知道。"

"你知道才怪，"傅雨晴牙尖嘴利地挑衅，"除了过年爸妈被你接回家演个戏，你一年能见他们几面？"

"要较真是吧！傅雨晴，那你又见他们几面？"

被说伤心事，傅雨晴神色微滞，迅速红了眼圈："对，我人是回不来，可我每年都往爸妈卡上打钱，这总归是事实吧？"

"钱钱钱——"傅超从汪鹏鹏手中抢过手机，转身就走，"钱替你孝敬了？你还赖我们？你就一个根本不在跟前的人，知道个屁——"

望着傅超走远的背影，一团怒火冲上傅雨晴的心头，她冲傅超的背影大喊起来："咱们走着瞧，这次如果不让你和大姐现原形，我绝不会善罢甘休！"

55

从空中俯视的话，蓝天公寓小区的楼群造型宛若一只展翅的大鹏鸟。在这片城区之内，有着最好的小区环境和空间设计，加上是学区楼，房价早已起飞，能居住在这里的人，生活水准都不低。

此时，A幢十五层，1503室。

点燃的檀香在静谧的屋里升起，香座旁边的蒲草团上，头发凌乱的英俊青年盘膝而坐，面对墙上的"道"字墨宝闭目养神。

屋里，听不清内容的念诵声有节奏地循环，他的心也渐趋平静无波。可就在此时，一阵极不和谐的门铃声搅乱了他的心湖。

青年不由眉头微皱，屋外那人似乎笃定家里有人，疯狂地持续按动门铃。

忍无可忍，他起身从桌上顺了根伸缩棍别在腰里，光着脚，无声走向门口。

靠近门边，他从猫眼往外看，就在他右眼刚贴近的一刹那，一道强光刺来，他本能地后退，脚下发出咚咚的脚步声。

"李霄阳，王八羔子，就知道你在家，快开门！"

李霄阳窒息地闭上眼，片刻之后，他认命地打开门锁。

他冷着脸问："高俊，你怎么知道我住这里？"

"我一警察，找你的住址还不容易！"高俊脖子伸得老长，像只老鹅一样使劲朝屋内瞅，"老半天不开门，是不是在屋里藏人了？"他使劲吸吸鼻子，"也没闻到香水味啊！怎么一股檀香的味道，你不是在家里拜观音吧！年纪轻轻的跟我妈似的。"

"藏你大爷！"李霄阳用身体挡住门框，"说清楚，你到底是怎么知道我在家的？"

高俊晃动着手机："你打小有离屋切断总电源的习惯，去你家玩过，我记得很清楚。你这一层一共八户，我用手机一路搜，找到了八个可以连接的 Wi-Fi，其中有一个越靠近你这屋，信号就越强，那不就是你家的喽，无线网都有热点，还说你不在家？"

"技术练得不错啊，高大队。"

"比你差远了，"高俊单手靠在门上直乐，"你才牛呢，想当年咱还读小学，班主任上晚自习，包被抢了，你就顺着对方的摩托车轮胎印，又是分析泥巴卷曲特征，又是分析泥片翘起特征的，带着我追了十几公里，最后直接找到抢劫犯的老窝，回去跟你爸一说，晚上警察就把人给一窝端了。那时候你几岁来着……啊！才十岁，四年级吧！所以我就不明白，你怎么就不当警察呢？"

李霄阳咳嗽一声："得了，讲正事。查我还找上门，你最好是真的有发现，不然你等着，我有的是办法收拾你。"

"对对对，讲正事。"高俊要往屋里钻，李霄阳死死挡住。

高俊斜眼道："你看看，咱俩既是老同学，又是发小，你小子买房以后，我可是一次都没来过，这都到跟前儿了，你怎么也得让我进去坐坐吧！"

说完，他拽着李霄阳就是一个擒拿躲闪，硬是把他人给拽出去，自己闯了进去，李霄阳只好跟进去。

站在玄关，高俊把皮鞋一脱，屋内顿时充斥着一股"老坛酸菜"的味儿，他打开鞋柜看看："没女鞋嘛，没藏人，差点错怪你了。"

说罢，他特别自然地拿出客用拖鞋，自来熟地朝屋里走去，四处打量："两室一厅，不错不错，不过真没看出来，你还挺喜欢这什么新中式风格的，这客厅墙上挂的'妇女之友'，写得还挺对你性格。"

李霄阳直翻白眼："那是宾至如归！文盲。"

"哦？"高俊一愣，"嘿嘿，原来是宾至如归啊……这古人写字可真难懂。"

"我写的，谁是古人啊？"

高俊哈哈一乐，也不管李霄阳到底是什么脸色，一把推开了房门紧闭的南卧室。

"你等等，不准进去，你那脚臭死了！"

李霄阳不说还好，他一说，高俊诡秘地看他一眼，长腿一迈就进了房。

但他也只是站在门口，被眼前房间的布置给惊呆了。

屋里没有椅子，铺设着草席、蒲团，满屋挂的都是毛笔字，尤其靠北墙还供奉了一尊陶瓷造像。

"不是观音菩萨啊？"高俊回头看看，"手里拿着刀，是你们封诊道的祖师爷吧！"

"关你屁事！"

"哈！不说我也知道，我小时候跟你家见过，样儿差不多。"

高俊低头瞅了一眼金黄蒲团上还没有完全恢复的盘腿痕迹，诧异地问李霄阳："你小子是不是准备出家呢？平时穿得那么潮，没看出来啊！"

"你说什么都对，我是要出家，国内不收我，我就去泰国念经去。"

听出李霄阳真动了怒，高俊连忙出屋，还没忘记把门带上："霄阳息怒，我不看了还不行吗？"

"你查我这个查我那个的，不就是想搞明白为啥我没有考警校吗？我明白，这些年，你觉得我背叛了你。我也没什么好说的，只能告诉你，是因为我个人原因，不是因为我嫌弃警察这份职业。"

李霄阳说着叹了口气："我家里多少人是干警察的？这你放心啊，我是真的想明白了才这么做的，惋惜可能有，但我并不后悔。"

"行……"高俊也叹了口气，"还不是你把我删了闹的？什么理由都没有，你不能怪我多心。"

"放心，不会删你第二次。"李霄阳咬牙切齿地说，"但是下次你要是不洗脚就来我家，这辈子咱俩就只能同学群见了。"

高俊低头看看破洞的袜子，嘿嘿直笑："行，你说了算。"

"给你的线索起作用了吧？"李霄阳给他倒了杯水。

"你怎么知道的？"

"我的脾气你最清楚，敢这么得罪我，当然是因为手里拿捏着我要的东西。"

"你说着了！"高俊一拍大腿，"这回你可是给我们提供了一条大线索，挖了一整条贩卖毒鼠强的链条，波及面极大！涉及几乎全国的灭鼠公司……"

"别臭显摆，你知道我要什么。"李霄阳强行打断。

"好，说重点。"李霄阳对他没好脸，可高俊似乎也不生气，"你鉴定的那四分之一指纹，就是本地某家灭鼠公司一个业务员的。这小子比较年轻，口风不稳，我们稍微一问，就问出来了。他说那个养老院有几个老头儿，都从他这里买了老鼠药，说是平时闹得很，先预防预防，每年一次不够用。其中除了你说的18号院，还有22号、28号，回头你可以核实一下。"

"也就是说，二老的死，当真和养老院无关？"

"关系可能确实不大。"高俊道，"这家灭鼠公司还说，养老院都是有基础病的老人，使用老鼠药会污染水质，所以在养老院跟他们签合同时，明令禁止用老鼠药，也就是那个浑小子胆子大，觉得被老头儿们看见了，卖给他们也没关系，大家成了同谋，就不好跟养老院举报了不是？"

"原来是这样！"李霄阳摸摸下巴，思忖道，"看来，这问题比我想的还要复杂……"

56

傍晚的夕阳投射在玻璃墙上，将偌大的瑞峰医院住院部染成金色。大门前，一名头发凌乱的中年男子正站在一个圆形的水泥墩子上，双手张开，面朝夕阳，贪婪地呼吸着自由的空气……

"活着真好！"

他兴奋地说着，从上面蹦下来，拦住一辆出租车，报了自己打工的饭店名字。

下了车，他走进巷子，不出意外地发现连续的几家商铺都关着门，自己工作的饭店，破掉的门面玻璃用木板补了起来，从缝隙往里看，没有亮灯，但仍能看出里面的座椅凌乱，显然，从那天开始，这里就没有怎么被收拾过。

他叹了口气:"看来这下要失业了。"

说着,他绕到后门,从地垫里摸出一把备用钥匙。走进后厨,他打开灯,惨淡的白光下,锅碗瓢盆遍地,各处满是烟雾留下的灰黑和水渍,以及洒在地上已经腐坏成灰烬一般的食物。他缓慢地在废墟中走动,四处寻觅着自己要找的东西。

半个月之前,他正在熟练地一边颠勺,一边教小徒弟,后方突然传来了爆炸声。

他没有受多重的伤,但整个人都被震傻了,因为脑震荡,他被120送进了医院。后来才知道,是隔壁的煤气管网泄漏造成的事故。

老板是个仗义人,住院费全包,让他没有任何为难的地方。但他掉了个至关重要的东西在这里,当时现场一片狼藉,老板听说之后帮他找过,却也没有寻到。

现在看着眼前的惨况,他有些发愁起来,不过想到自己一身厨艺和国人的"好吃"本性,他耸耸肩,自言自语道:"大不了从头来过嘛!"

他仔细回忆着当天所有过程,确定那玩意儿就在这里,便趴下身,在油腻的地板上找起来,一个橱柜,两个橱柜,三个橱柜,把所有橱柜底下都翻找了一遍,终于在最拐角的那个橱柜下的地缝中,找到了自己的华为手机。

将裹满油污的手机拽出来,他跑到前台,翻出充电器给手机充电,可手机没有任何反应。

他打开灯,发现屋里没有断电,他只好挠挠头:"完了,坏了呀!"

他长叹一声:"老伙计,这下只能请你寿终正寝了。"

说罢,他离开了饭店,直奔对街营业厅选购新机,再插上卡片。

他才松口气,数十条短信提醒就一连串不停地弹了出来,陌生号码密集呼叫极不常见。男人突然意识到,可能在他遗失手机期间,发生了什么大事。

他连忙选了一条呼叫最多的号码回过去，电话接通后，他整个人愣在营业厅里，失魂落魄地喃喃着。

"什么？怎么会发生这种事？"

57

数据分析室内部会议室内，汪鹏鹏把一摞资金流水打印件拍在桌面上："靠！他们的良心真是被狗吃了！"

"什么情况？"李霄阳伸头过去。

汪鹏鹏双手按在桌上，满脸愤愤："按葛头儿的要求，我对傅俊能的关联数据进行了分析，发现他名下就两张银行卡，一张农行卡，一张工商银行卡。农行卡余额为零，在休卡状态。而工行卡的转账记录显示，从二〇一九年开始，傅雨晴每年都会往卡里打十五万，累积余额最高的时候，足足有六十三万。在今年年初，有一笔九千二百八十元的刷卡支出，收款账号显示的是养老院对公账号。这笔钱的用途，我电话询问了夏明，并在告知前提下录了音。"

汪鹏鹏单击电脑空格，播放录音。

"喂，夏明夏师傅吗？我是司法鉴定所的小汪啊！"

"是你啊，你好你好！"

"这边需要问您一些问题，现在在录音，你这边同意吗？"

"没问题，你问。"

"今年一月初，傅俊能向养老院支付了一笔九千二百八十元的费用，刷卡支付的是吗？"

"对，这是傅老提前支付的一整年费用，其中有六千元是住宿费，三千二百八十元是伙食费。不过你提到这茬事儿，我也想起一个事儿来。"

"什么事？"

"傅老付钱时问我，能不能多给一点。我当时就纳闷儿，他俩平时生活那么朴素，房子都住最差的，怎么还有余钱可以多付？我就问他到底什么意思。他就说苗大妈整天卧床，他自己腿脚也不方便，万一哪天有个磕磕碰碰，在养老院走了的话，难免会给我们带来麻烦。"

"这是傅俊能说的？亲口说的吗？"

"可不咋的，我敢赌咒！"

"不是，夏师傅，我不是那意思。"

"唉……现在傅老人都没了，我有啥好瞎扯，万一遭了报应，倒霉的不还是我啊？我跟你说，我是有信仰的人，这就是他跟我说的，没掺一点水。"

"我信，您接着说。"

"傅老这人，别看和善，其实是个很有决断的人，从来不扯闲篇。当时我就觉得有点不好，赶紧劝他，破嘴话千万不能说，他得长命百岁，他自己不顾惜自己，那苗大妈还指望他不是？

"而且我还告诉他，等他们这波老人一走，偏湖院就拆了，哪怕真有什么，将来也不会有什么影响。傅老接下来就没再往下唠了……不过后来，他儿子来接他回家过年，他让傅超给我捎了两条中华烟，说是谢谢这些年的照顾。我哪能要这个，可傅老动了火，愣是说不要不行，傅超也在旁边跟着劝，就这么我才收下了。哪想到，后来会出这事儿。这几天吧，我一直在琢磨，当时我要是上点心，指不定就没后面这些事儿……"

对话到此中断，汪鹏鹏摇摇头："综合咱们现在第二阶段的调查，不难看出，二老其实很早之前就动了轻生的念头。"

葛永安看一眼银行流水："从钓鱼人反馈的情况，结合刚才夏明所说来看,至少可以确定,在今年一月七日前后,傅俊能就产生了这个想法。"

"没错!"汪鹏鹏道,"其实,我之前一直没想明白一件事,二老为什么要选在养老院走?按我的理解,老年人大多会有魂归故里的想法。我是爷爷奶奶带大的,没少听他们念叨,以后走不动了,也得让我爸将他们拉回老家,死也要死在故乡。傅俊能老两口这绝不是一般中国老人的打算。我甚至想过,他们是不是想讹养老院一笔,可后来一琢磨,发现不对。你说,他讹钱给谁呢?只能留给子女对吧。可要是孩子对老人孝顺,他们走极端做什么?"

"从法律上也行不通。"葛永安道,"养老院里都是老人,这种突然离世的情况不少见,所以在签署合同时,法律条款都会明明白白写在上面,而且正式签署之前,会读给老人听,并永久备份同步录音录像。现在我国是法治社会,想讹钱可没那么容易。"

"没错。"汪鹏鹏接话道,"所以我又开始梳理数据,以傅俊能的个人信息为检索条件,通过数据库,我找到了一条房屋出售信息。之后我联系到了房产中介,从他们那里,我找到了一条重要线索。原来傅俊能在很早之前,就把自己的老宅给卖了,由于卖得早,加上地理位置偏僻,也没得到多少钱,去掉中介费以后,打进农行卡里的只有九万八千块。我用傅俊能的手机号激活了这张休眠卡,然后发现,这九万八后来通过网银转账,转到了一个叫许猛的人卡里。"

汪鹏鹏说着,眼神逐渐犀利:"可傅俊能一直使用的,都是老年机,这种手机,不能下载网上银行,而且我也不认为,他作为一个文盲,能学会使用网上银行小程序。所以,这笔转账,恐怕并不是傅俊能本人操作。而继续往下查,我发现这个叫许猛的人,跟傅超有关。"

王怡文好奇起来:"他们是什么关系?"

汪鹏鹏一脸诡秘,不知从哪摸了瓶两升的大可乐,举着瓶子灌了一大口，又打了个长长的气嗝，这才舒舒服服地说下去。

"我算了一笔账，傅俊能和苗翠英，一年吃药钱大概在六千元左右，养老院杂七杂八的费用加一起，每年一万，其他开销我给他算四千元，那么一年两万就顶天了。而委托人每年还在继续打钱，其实就算是不继续打，住养老院这些年也够花了。可傅庆兰姐弟俩，却整出了一些下三烂的操作。"

说到重点，汪鹏鹏又愤愤不平起来："就在老两口寻短见的四个月前，卡里的六十三万余额，被分为七笔转了出去，其中傅庆兰四笔，三笔十万，一笔三万，共计三十三万。傅超三笔，每笔十万。可能是为了快速提现，钱被分散转入了他们在不同银行开设的银行卡里。"

他用力一拍银行流水，义愤填膺道："真卑鄙，一分钱都没给老两口留，还好意思说我们是骗子！现在委托人还不知道实情，这要是知道了，还不得扒了他们的皮？"

"人性真是难料，所以我才不喜欢和人打交道。"王怡文眉头一皱，嫌弃道，"就算是动物，也不能做出这样的事，难怪大爷大妈要寻短见，养出这种狼心狗肺的东西，谁受得了。"

一贯情绪稳定的佘小宇也摇头："连买药钱都不留，大爷腿脚还不方便，外出采药肯定会越来越费力。草药还有生长周期，越采越少，他这个情况，以后不可能进深山了。没有钱，也不可能请人代劳，大爷放那首《月亮代表我的心》，不难看出他深爱着大妈，他肯定不忍心看大妈受罪，索性，就跟着大妈一起去了。"

李霄阳轻叹："就目前看，小宇的分析能贴合物证调查的结论。"

"我也奇怪，为什么他俩会这么对自己的亲爹妈，就跟有深仇大恨似的。不过，我发现了这个。"

汪鹏鹏拎出一个绒布袋子："在老两口床下有一个小皮箱，本来我是去翻银行卡的，结果在箱子里找到了这个系得很紧的袋子，打开袋子以后，我发现了两样东西。"

说着，他将绳结解开，拿出一本病历，还有一套户口簿。

汪鹏鹏先将户口簿翻到第二页傅超一栏，手指页面最下方的"注销"红章。见众人表情微震，他问道："你们知不知道，在什么情况下，才会注销户口？"

"这还不简单。"王怡文的声音透着零下的温度，"人死了，户口不就注销了？"

"王姐姐，我知道你爱岗敬业，可你能不能不要把死字老挂嘴边？"汪鹏鹏打了个哆嗦，摩挲着自己胖乎乎的胳膊，"这傅超又没诈尸，不还好好地活着呢吗？"

"知道你还卖关子？"王怡文甩个白眼，"赶紧说。"

"好好好，我说。"汪鹏鹏把户口本照片打上投影公屏。

"户口注销常见的两个原因，文姐说出了一种，另一种就是——坐牢！"

说罢，他将一份判决书影印件展示出来："我把傅超的身份证号输入了裁判文书网上，果不其然，他在多年前，因为涉嫌诈骗，被判了三年有期徒刑。"

汪鹏鹏竖起三根手指："现在监狱里啥人没有？难怪这个傅超看起来老实，却那么会演，在里面蹲了三年，还能学不会？"

李霄阳在纸上写下一个人的名字："我看判决书上，也有一个叫许猛的，这个人，应该和你刚才说的是同一个吧？"

"阳哥真眼尖！"汪鹏鹏竖起大拇指，"这许猛是瑞祥修理厂的老板，当年傅超被抓的时候，就是在他手底下干活。后来傅超和保险业务员串通起来，虚报修理价格，他就涉嫌诈骗被抓了。我在网上查过很多类似案例，这种诈骗并不少见，算是汽车保险行业里的潜规则，很多大修理厂都多多少少有点这种情况，所以傅超搞这种小动作，老板许猛不可能不知情。"

"你的意思……"李霄阳沉吟道,"傅超是给许猛背了锅?所以许猛才会大大方方地从嫌疑角色,转变成了空白证人[1]?"

"我就是这么想的。"汪鹏鹏呵呵一笑,"要真是这样,那么傅超铁定捏着许猛的小辫子。他们之间的关系肯定不一般,傅俊能把那九万八转给许猛,其实就约等于转给了傅超。"

"你联系过这个许猛没有?"李霄阳问。

"联系了,"汪鹏鹏看向葛永安,"还是葛头儿带我一起去的。"

李霄阳扭头看向老葛那张皱巴巴的脸,露出"果然如此"的神情来。

瑞祥修理厂经理办公室。

葛永安和汪鹏鹏坐在茶桌前,年过半百的修理厂老板许猛在对面为他们沏茶。

"我跟你们司法鉴定所也是老相识了。"许猛客气地双手将上好的碧螺春递去,等二人都接下润了润喉,他才继续,"你们龙途有个痕迹检验组,我们经常托他们做车辆碰撞痕迹鉴定,龙途的工作是相当专业的。"

"许总谬赞了。"葛永安开门见山道,"这次我们过来,是想问一件事。"

许猛垂下眼眸思考片刻,又抬起头,轻叹一声:"是傅老的事儿吧?"

"您知道?"

"猜的,"许猛面露回忆神色,"他过世的情形,多少听到一些风声。本来我是要去奔丧的,傅超跟我说,他家三妹请了你们龙途来调查。"

---

[1] 没有什么有效证词的旁证。

见许猛神情平静，葛永安问："你跟傅老很熟吗？"

许猛点点头："他比我大十来岁，我俩曾在一个厂里当过学徒。当初我建修理厂时，就想过喊他过来一起干，可我的修理厂太远，他从家骑车来回得三个小时。他为了几个娃吃好穿暖，方便照顾家人，就决定在街角继续摆摊儿，赚点小钱，养活一家老小就行。这事儿就不了了之了。"

"老两口都是实在人，没想到啊，怎么就这么想不开……"他长叹一声。

"既然许总这么说，我就接着往下问了。"葛永安道，"当年傅俊能是不是给过你一笔钱？而这笔钱，是不是跟傅超有关？"

许猛眼皮一跳，手上点工夫茶的动作也停了下来："你们查到了？"

"如果查到了，我们也不用跑一趟了，不是吗？"

许猛稍稍一愣，微笑着继续倒起茶来："有些事，倒也不是我不想说，而是实在没有办法开口。你们也知道，傅超在我这犯过事，算他替我担待了，我对他，心里有亏欠，所以……"

他没有继续往下说，手指在桌面上敲了敲，这在喝茶的时候，就是送客的意思。

"所以，许猛什么都不愿意说？"李霄阳的眉毛拧得像麻花，"这个傅超，果然有问题。"

"还不光是他，"汪鹏鹏又拿出了那本病历，手指封面"妇幼保健院"下的两行圆珠笔字，"傅庆兰，十五岁。"

翻开第一页，虽说医生的笔迹潦草，可这对法医出身的王怡文来说不成问题，她一眼就认出了上面的内容："早期妊娠终止？"

王怡文抬起头，难得地面露惊讶："才十五岁，就去做人流？这傅家大姐怕不是走歪路了吧？难怪他爸跟这闺女关系搞不好，敢情从小就是个太妹?"

"可不咋的。"汪鹏鹏双手撑桌,神神秘秘地说,"我问过委托人,她对这两件事都毫不知情。当然,大姐傅庆兰这是私事,瞒瞒就过去了,可傅超是足足蹲了三年大牢,她对这事儿也一无所知,你们不觉得,很离谱吗?"

王怡文冷笑:"看来,这俩可瞒了不少事啊!"

"不管怎么说,事情已经很明白了。那六十几万就是被他们分批转走的,银行流水在那摆着。"汪鹏鹏一锤定音,"这老两口,铁定就是给他俩逼死的!"

58

林荫小路上,一辆出租车徐徐停下来,司机摇下窗,冲路边一名身背相机包的男子道:"这位客人就在前边司法鉴定所大门口下,你去哪儿?"

"我不走,在这儿等人。"那男人笑眯眯地歪头看向车里的傅雨晴。

后者按下车窗,疑惑地朝他看来。

"真巧,我等的就是你。"男人递上名片,"我是本地自媒体'DZ生活大爆炸'的记者,我姓段,单名一个木字,想找你了解点情况。"

"找我?"傅雨晴皱眉,"你要了解什么?"

段木打开手机,向她展示了一段无声视频,傅雨晴诧异地打量起对方:"这东西,你是从哪儿来的?"

段木瞥一眼驾驶位的司机:"咱们能不能,借一步说话?"

傅雨晴付了车费,跟着他来到荫凉处,看着出租车徐徐驶远,她抱起双手,不客气地问:"你到底想干什么?"

"就是偶然看到这段视频,发现是一个比较好的新闻点,打算深挖一下。我也是一路打听,才找到这里。等了好几天,才等到您。"

"不管你想做什么,我都不愿意。"傅雨晴转身就走,段木拉住她。

"您别把话说死,网络时代了,自媒体新闻影响力可是很大的。再说,我们也是会支付您报酬的。"

傅雨晴烦躁地甩开他:"就这样吧,我还有急事。"她一边说,一边朝鉴定所大门走去。

段木无奈地耸耸肩,朝她追了过去,刚到门口,就听见一声大吼。

"喂,干什么的——"话音刚落,保安刘强就拦住了他的去路。

段木赔笑,又递出一张名片。

"自媒体?"瞥见他肩上相机包没有拉开,刘强客气地道,"在我们这里采访,必须提前沟通。我没收到所里的指示,不能放你进去。还请见谅。"

"行,我知道了,"段木笑眯眯地道,"是我冒昧了,我会先申请的。不过我也是第一次听说司法鉴定所这个机构,这位大哥,不知这里的工作,大概都是些什么?"

"嗐,那活儿可多了去了。"刘强见段木识相,看着也文质彬彬的,就撸起袖子,把鉴定所从上到下、从里到外一顿夸。

嘚啵嘚说了半天,段木一直在扮演捧哏,说得兴起,刘强爆出了一剂猛料:"告诉你,我刚才说的,那都是基础中的基础,咱们所现在又弄了个真探组,专门调查复杂的事件,从头到脚的那种。"

"真探组?"段木眼睛一亮,"听起来挺酷啊!我记得,有个美剧叫《真探》,就挺火的!"

刘强摇摇头:"你说的那个什么剧,我可没听过。不过,咱们这儿的鉴定实力,那肯定是比电视剧里演的更厉害。"

"我可是被您撩起好奇心了,希望有缘分,能见见这个真探组!"

见他挺真诚的样子，刘强有些不落忍："其实，我在所里只管这个大门，你要想采访他们，得跟我们所长打招呼，这事儿只有她能做主。"

段木连声道谢，又给刘强多塞了几张名片。他正转身要走，却看见傅雨晴从鉴定所正门怒气冲冲走了出来。

傅雨晴也看见了他，愣了一愣，便沉下脸道："你没走啊？正好——"

段木脸上堆笑："怎么了？您有事儿找我？"

"你不是说要深挖吗？"傅雨晴快步走到他跟前。

"对……"

段木话音未落，就被傅雨晴打断。她咬牙切齿地道："好，既然要玩，我们就给他玩个大的！"

59

"咣咣咣！"一阵喧天的铜锣声将傅庆兰从睡梦中惊醒。

"什么声啊？"她揉揉眼睛。

丈夫马雷也被吵醒了："会不会是楼下门面搞店庆什么的？"

"这不年不节的，搞什么店庆？"

"咣咣咣！"刺耳的噪声又响起来。

"不对，这声音是在咱们店门口！"傅庆兰警觉地道。

"是吗？"马雷一个鲤鱼打挺，跳起来穿上衣服，"走，咱们下去看看！"

夫妻俩来到一楼，刚拉开卷帘门，一阵刺耳噪声就让他们不得不捂住耳朵。只见七八个身穿红色腰鼓表演服的男人，正在他们家店门口卖力地敲着锣鼓。

周遭围满了看热闹的人,还有两人拉着一条横幅,上面写着血红大字:傅庆兰,逼死父母,转走救命钱!

人们纷纷掏出手机录像,这里面,混着一个身穿导演马甲、手持专业摄影装备的男子,他的镜头,牢牢锁定在傅庆兰两口子身上。

"谁让你们来的?"傅庆兰冲上去一把扯掉横幅,"都给我滚!"

她的动作和暴怒的表情特写,被摄影机恰到好处地捕捉下来。

与此同时,十公里以外的"平安修理厂"里,同样的戏码也在上演,唯一区别在于,这边是由傅雨晴亲自带队。

"幺妹,你发什么疯?"傅超着急地喊。

傅雨晴叉着腰,完全不顾形象:"我一个堂堂国外名校毕业的大学生,被你们逼成泼妇,你还敢问我到底发什么疯?"

"我们到底逼你什么了?"傅超大惑不解。

"你还好意思问我?"傅雨晴一把夺过旁边敲锣人的锣鼓,哐哐一顿敲,冲着周边看热闹的人喊道:"大家都来评评理啦!他是我二哥,这家修理铺的老板,我还有个大姐,开了家饭店当老板娘。我在国外累死累活,每年省钱给我爸卡上打十五万,可这俩背着我,把爹妈送进了养老院,让他们住最差的房,把我给爸妈打的六十多万全转走。卡上可是一分钱不剩啊!连给两个老人买药的钱都不留,逼得爹妈在养老院服药自杀,好一个孝子贤孙!不得了啊——"

周边的人顿时议论纷纷,指指点点起来,傅超像被噎着了一样,满脸通红,一句话都说不出来。

见他这样,傅雨晴更来劲儿了,她上前一步,指着傅超怒吼:"我已经查到了,那笔钱被你拿去给女儿买学区房了——我就是要让大家都睁大眼睛看看,你们到底是什么玩意儿!你逼死我爸妈,我就让你闺女没学上。要么你立马还钱,要么咱俩法院见!"

"幺妹你疯了?家丑不能外扬,你这是要干什么!"傅超伸手把傅雨晴往屋里拽。

"怎么，想把我拉进屋打一顿？"傅雨晴一把挣开，"我告诉你，傅超！我要把你和傅庆兰的名声搞臭，让你俩在这个地方没办法混，你们杀了我爸妈，必须得付出代价！"

"小姑……你们别吵了。"小丫头从傅超背后走出来，泪眼婆娑地擦着眼睛，"我爸说，小姑是天底下最优秀的人，还让我要以小姑为榜样，好好学习。"

"榜样？"傅雨晴冷哼，"未必吧！我是你们家的摇钱树还差不多！"

"傅雨晴，你有病吧！跟孩子较什么劲？"傅超把女儿推进屋里，"回去，这里没你的事。"

"我不，我要保护爸爸。"

傅超一把将女儿抱起，怒视傅雨晴，往地上唾了一口："看你闹的这一出，到时候真相大白，我看你怎么收场！"说罢，他转身进了店铺，拉下了卷帘门。

"真相大白？呸！"傅雨晴呵呵一笑，转身把铜锣扔了回去，举起双手喊道，"接着敲锣，接着舞。"

喧腾声又起，傅雨晴看着自己导演的这出闹剧，倔强地将眼角泪花擦去。

60

城中村里，一栋破旧自建楼六层上，西户门外，悬挂着"生活大爆炸编辑部"指示牌的防盗门虚掩着，从门缝里看进去，偌大的客厅中只摆放了一张电脑桌和一个黑色皮质沙发。

段木把自己舒服地卡在沙发里，双眼一眨不眨地盯着电脑屏幕上一串闪烁刷新的波动数据。

用塑料叉捞泡面汤上漂着的碎渣，是他很爱做的一件事，倒不是为了节省，而是他一贯喜欢这种吃干捞净的快感。

"嗡嗡——"

放在桌前的手机突然震动，他伸头一看，上面是一串尾号是四个零、未备注姓名的号码。

段木慌忙将泡面碗丢在一边，袖子一抹嘴角，兴奋道："这视频真把财神爷给招来了啊！"

他故意缓了缓，才接通电话，对方显然有些生气："你小子干什么呢？半天才接？"

段木哈哈一乐："上厕所呢！这不是看是您的电话，皮带都没来得及系呢，您要不信，我拍张照片给您发过去。"

"滚一边去！"对方道，"一个斯文败类，跟我摆谱是吧？"

"还是文人骚客吧！这个好听。"

"我看你是怪骚的。"那人冷哼道，"不扯远了，你最近那期视频数据还可以，能深挖吗？"

"那必须行！都约好了，等这波热度过去，我就立马跟进。"

"好，回头给你联系几个广告商，跟进时刷一刷他们的品牌标，这操作你玩得溜，我就不说了。"

"得咧，谢谢老板，回头分成我取现金，给你送到电台门口去。"

"你小子挺识相。记着，等你这边吃干扒净，被曝光的顶不住压力，需要正规电视台出面调停的时候，把价格谈高点，再往我这边引。他俩一个开饭店、一个开修理铺，应该不缺钱，想洗掉一身骚，不出点血哪行？"

"那肯定，曝光者这边可是明白说了，让我必须把对方搞得在这儿混不下去。"

"哦？是吗？那可有意思了，还是个连续剧啊？"

"那必须的，现在流量数据不错，就等吃瓜网友的愤怒情绪被挑起来，咱们再出手。"

"没错，他们骂得越狠，咱们就能赚得越多。"

"哈哈！"段木的笑声在空旷的屋里回荡，"哥，你别说，我可太喜欢这些爱指指点点的网民了，以为自己是上帝，其实被咱们玩得团团转，简直就是我们的摇钱树啊，您说是不是？"

61

司法鉴定所内，汪鹏鹏拿着手机，急匆匆地跑进真探组办公室。

"葛头儿，葛头儿，不好了！"

"什么情况？"李霄阳早就听见声音，溜达到了门口。

"抖音首页，你们看抖音首页！"

李霄阳摸出手机打开短视频软件。"选同城！"汪鹏鹏过来帮他找到位置点进去。

《姐弟转走救命钱，逼死父母》，看到大标题，李霄阳豁然抬头："这是怎么回事？"

汪鹏鹏直擦汗："我用数据分析了一下，这个'DZ生活大爆炸'，就是本地一个垃圾营销号，专挖低俗热点新闻套流量。在养老院那会儿，我遇到了一个记者，叫段木。这人别看斯斯文文的，实际上品行不正。"

"这你都能看出来？"李霄阳狐疑地看看他，"你不是精通计算机吗？什么时候这么会看人了？"

"这就不是看出来的！"汪鹏鹏解释，"你们在里头勘查现场，我在外面发现他偷拍,被我给抓到了,我还把他相机抢了过来,发现这人拍的不是我们,而是傅庆兰、傅超姐弟俩。"

"他拍他们干什么?"

"还记得我们第一次去养老院吗?委托人傅雨晴可是在接待中心大闹了一场的。"

"当然记得,这才过去几天?"李霄阳回过味儿,"他就是那时候盯上的?"

"对,当时这个叫段木的记者约了个老人采访,也在接待中心,他跟我说,作为一名记者,就得要用镜头惩恶扬善。他本来是在跟拍一位儿媳妇毒打老人的事儿,这边刚采访完要走,那边就碰到了傅雨晴撒泼,他觉得是同类事儿,就想着跟进一下。"

李霄阳摇摇头:"别说你信了啊!"

汪鹏鹏摸摸鼻子:"我、我看这人说话挺客气,面相不错,所以就信了。可我老想着还是确定一下,结果回来检索这个号,才发现这家伙是个披着羊皮的狼啊!"

"哦?怎么说?"葛永安一直在看视频,这时候才第一次开口。

汪鹏鹏见是他,蔫头耷脑地小声道:"我用自己购买的网络信息抓取软件,检索到了这个号所有负面信息。原来,这家伙是吃完原告吃被告的那种狗东西。"

老葛放下手机,进一步问:"怎么吃的?"

"他先是用挖掘信息的理由,骗当事人接受采访,可报道出的内容,基本都被进行了大肆渲染。这家伙很了解网民浮躁、好煽动情绪的特点,他写的东西,经常能戳到痛点,等事态闹大了,被曝光的就着急了,会找他删帖。他就坐地起价,等价格谈好了,付了账,他们就会安排把视频下架。"

"那请他曝光的人可不会乐意吧!"

"他有的是办法，会跟人家解释是平台问题，或者什么涉及敏感信息。一般能应付，但常在河边走，哪能不湿鞋，时间长了，自然有人去投诉，甚至还有人去公安局报案，说他敲诈勒索。不过段木这个人很聪明，两方他总能安抚好一方，所以基本没有可能立案。"

汪鹏鹏从裤兜里变魔法一样捞出一罐可乐来喝，边喝边说："我是真没想到，这家伙属蚂蟥的，叮上了傅雨晴。傅庆兰开饭店，傅超开修理铺，不知道他们能拿多少钱出来摆平这事。反正在这家伙眼里，他俩就是肥羊。"

李霄阳目光如炬地盯着葛永安，不放过他一丝一毫的表情："葛队，这件事您怎么看？"

葛永安捋捋白发："其实，我也没有料到会出这个事儿。"

"您没料到？"李霄阳似笑非笑，"您可是组长，您都不能料到，还有谁能想得到？傅雨晴那天气冲冲地出去，会有这个结果，其实不难预料吧！"

"主要是没想到她会找自媒体，"葛永安没有推脱，"她刚回来，这些年在国外，国内关系也都生疏了。我本来以为，她找麻烦的影响也会相对有限，主要就是在家里折腾。"

"现在是后新闻时代，老百姓有事都是找媒体，自媒体和网络大V曝光是常见社会现象。虽然您年纪大，但现在就连报纸都大多是从微博摘抄来的新闻，短视频自媒体影响力可不小，您不可能没听说过。"

李霄阳难得地收起那种吊儿郎当的模样，一板一眼地说："葛队，我不知道您到底什么来头，和龙所又是什么关系。我也不在乎您是不是空降过来的，但身为组长，就得有通盘考虑的本事。这个自媒体人煽动网民情绪，您那天叫傅雨晴过来，也算是煽动了她的情绪。您说没料到，也就是和这个段木一样，管杀不管埋，事儿闹大了更好是吗？"

"阳哥，这不太好吧……这俩不是一件事，葛头儿都这个年纪了，不知道自媒体的厉害……"

"你一边儿去，让我把话说完。"

李霄阳冷冷看他一眼，汪鹏鹏瞬间就蔫儿了，退到一旁。

"我们不是警察，但我们也是法律的一环，总不能委托人花钱让我们调查，没有解决问题，消弭隐患，反而弄得鸡飞狗跳吧！您说呢？"

"说完了？"葛永安打开保温杯，喝下一口枸杞茶。

"完了。"李霄阳点点头。

"那轮到我了？"

"请便。"

葛永安把保温杯朝桌上一搁，微笑道："知道为什么，我到现在都没问过傅庆兰和傅超任何情况吗？"

汪鹏鹏意识到，这可能是一个关键点，忙问："对啊，为什么不问？"

"家家有本难念的经，你们都是独自打拼的年轻人，有的事，你们还没经历过，自然也就难以理解。我们司法鉴定所解决的，大多是民事纠纷。你们知道吗？这世上，人心是最难琢磨的东西。我们中国人讲究'家丑不可外扬'，对傅庆兰和傅超来说，有些深藏他们心底的秘密，要是不逼他们一把，是不可能对外人吐露的……"

一时之间，屋内鸦雀无声。

李霄阳和葛永安的目光隔空碰撞，随后，前者露出了若有所思的神情……

62

"真探组葛永安，请到委托室，有人找。"

突如其来的通知声打破了办公室内的静谧。

"看来，该来的人已经来了。"葛永安从汪鹏鹏和李霄阳身旁穿过，见两人还愣着，他回头问，"怎么？不一块儿去听听？你们的疑惑，应该马上就能解开了。"

"我去……葛头儿，你是算到这俩要来寻咱们啊？要不您去算命得了，这准头可不低。"汪鹏鹏一路狂拍马屁，李霄阳却不为所动，他注视着葛永安并不高大的背影，微微皱起眉头，似乎有些微词。

他们到委托室时，王怡文和佘小宇已经站在门口了。

"二位姐姐，来得这么快？"汪鹏鹏笑眯眯地跑了上去。

"这么快？"佘小宇不解，"刚才广播不是说，真探组全体成员到委托室？"

"全体成员？"汪鹏鹏哈哈一乐，"我说我这耳朵不好使，没想到你们更不行，那是请真探组葛永安，不是咱们全部，哈哈……笑死我了。"

"是这样，那还真是听差了。"佘小宇有些不好意思，冲王怡文道，"文姐，可能是我在实验室做检验，没听清楚。"

"那我先回去了，确定需要解剖再喊我。"

王怡文潇洒转身，汪鹏鹏咂咂嘴："啧啧，王姐姐可真是个精致人，就这一身博柏利经典印花长裙，看起来跟我大学时发的床单差不多，但它卖价贵啊，原版都上万了。"

"你这话要是让她听见，你麻烦就大了。"佘小宇没忍住，被他逗笑了。

"那不会。"

"为什么？难道你文姐跟你一样，耳朵不好使？"

听到这句，汪鹏鹏突然跟见了鬼似的："小宇姐，你刚才说什么？"

"你怎么这表情？"佘小宇不解，"不是你说的，你耳朵不好使？"

"我说了吗？"汪鹏鹏迷惑。

"说了啊，要不要我给你重复一遍？"

"嘿嘿……"汪鹏鹏又换上了副笑脸，"怎么样，刚才是不是被我吓到了？"

"有毛病你！"佘小宇知道被他恶搞了，无奈地回了一句。

"其实我是个演员，要不是被爸妈逼着来这儿工作，我早去演艺圈做脱口秀了。"

"别贫了！"李霄阳从他身边走过，"葛队都进去了，干正事。"

"哦，这就来，这就来。"

进了门，李霄阳才发现，傅庆兰跟一个没见过的中年男子亲密地坐在一起，从两人的亲密程度不难判断，这男子应该就是她的丈夫马雷。傅超在他们旁边坐着，抱着一个眼睛哭肿的小姑娘，小姑娘才五六岁，环抱着傅超的脖颈，双眼无神地趴在傅超的肩膀上。来得比较着急，连傅超自己都没注意，小姑娘的脚上只穿了一只透明塑料拖鞋，另一只已不知去向。

在傅超身边，还有一名女子不停地安慰着："甜甜不哭，甜甜乖。"李霄阳明白过来，这应该是傅超的妻子陶蔓蔓。

看到葛永安，傅超把孩子往妻子怀里一送，慌忙上前："葛队长，你能不能让我们也填个单子，我们也要委托。"

"你们要委托？"葛永安挑眉，"委托什么？"

"我跟我姐都是粗人，没你们文化人考虑得清楚。就是说，我们愿意出钱，希望你们把我爸妈这件事，彻底查清楚。"

"可你三妹委托的就是这件事，同一性质的委托，我们鉴定所只能接受一次。"

"不一样。"傅超急得直搓手，"哎呀，事情不是你们查的那样——"

"爸爸——"小姑娘不知什么时候跑过来，抱紧了父亲的腿。

"哎，爸爸有事儿忙啊！甜甜，去找妈妈好不好？"傅超无奈劝道。

"不要！爸爸生气，甜甜不高兴。"小女孩完全不为所动。

"甜甜是吧！"佘小宇蹲下身，"阿姨听你爸爸说，你特别乖，特别听话，爸爸在阿姨面前一直夸你。这是真的吗？"

"当然是真的。"小姑娘点点头。

"那爸爸现在有事情要和别人说，你是不是应该听爸爸的话呢？"

"嗯！"小姑娘恋恋不舍地放开手，抬头看傅超，"爸爸别生气！"

"好，不生气……绝对不生气！"傅超保证道。

佘小宇牵起小姑娘的手，对傅超道："我们鉴定所有儿童活动中心，我带她去那儿看会儿动画片吧！委托室的中央空调太冷了，她脚上还只穿了一只鞋，别回头着凉了，那边有室内软拖。"

傅超低头看去，才发现女儿的小光脚，感激地说："可能是跑的时候跑掉了。"他拍拍女儿的后背："甜甜，让阿姨带你去玩一会儿好不好？"

"我不嘛……"

"乖，爸爸妈妈有事，忙好就去接你好不好？"

甜甜嘟着嘴，最后还是点了点小脑袋。

傅超直起身，对佘小宇道："给你们添麻烦了。"

佘小宇回了句"不客气"，抱起女孩，从后门走了出去。

李霄阳把这一切收入眼底，汪鹏鹏在一旁咬耳朵："阳哥，我看这个傅超对他闺女挺好啊！可能没有那么坏吧……"

"知人知面不知心。"李霄阳道。

"怎么，你还是怀疑他？"

李霄阳瞥小胖子一眼："这句话是中性的，反正，不管他的心思是好是坏，从咱们工作的角度，都得找到事实依据来证明。"

这时的葛永安已经和傅超续上了之前的话题："你刚才说，事情不是我们查的那样，是什么意思？"

"钱的事,不是你们想的那样。"

"我们的调查,必须尊重客观事实,我们对委托人出具的也只是资金流水,告知她这些钱确实到了你和傅庆兰的账户,至于你们是什么样的人,到底有什么隐情,银行账单上是反映不出来的。"葛永安沉吟道,"所以,你要证明你们没有问题,还是得拿出证据。"

听了半天,傅庆兰坐不住了,她大步来到接待桌前,用力敲了敲桌板。

"找证据,这不是你们最在行的吗?我们愿意花钱,只要把这事查清楚,别再让幺妹闹了,花多少钱我都愿意。"

"对,只要能解决问题,都好说,都好说。"马雷在一旁帮腔,李霄阳的目光却落在他那双粘着少许油污的手上。

李霄阳悄然打量着马雷,后者注意力都放在妻子身上,并未注意到他的视线。

葛永安不紧不慢拿出物证袋:"说起找证据,我这儿刚好有一个。只是因为时间太过久远,我们无法查到这件证据的相关信息。可是,它和你有关,或许,你能给我们答案?"

"什么东西?"傅庆兰焦急地盯着葛永安,然而,在那个带有医院大楼图片的病历本出现在眼前时,她就愣住了。

马雷发现妻子不对劲,一看病历本,也是大吃一惊:"你们怎么有这个?"

"这是在你岳父放在床下的皮箱里发现的。"

"他为什么要留着这个?"傅庆兰突然暴怒,一把将病历本抢了过去。

"喂,你干吗?"李霄阳上去抢,却晚了一步,她已经把病历本撕了个粉碎。

"庆兰,你冷静点!"马雷喊道。

傅庆兰扭头对丈夫咆哮："冷静？你忘了我爸当年怎么对你的了？"

"事情都过去了，人都没了，还说这干吗？"

"我过不去！"傅庆兰状若疯癫地怒吼，"他凭什么看不上你？要不是他干的那些事，我们能过成现在这个样子？他为什么还要留着这个？到底为什么？是想死了还要来羞辱我吗？"

傅庆兰猛地回头看向葛永安："这事我不查了，你们爱怎么想怎么想，觉得是我逼死的他们，就让三妹报警把我抓起来啊！"说完她拔腿就走。

"超儿，别愣着了！"马雷忙喊，"快去追你姐，她这时候只听你的。"

"追什么追？又不是三岁小孩。"陶蔓蔓小声嘀咕。

傅超瞥她一眼，怒道："你懂个屁，闭上你的嘴。"说完就追了上去。

马雷来到葛永安跟前，微带歉意地道："不好意思，我媳妇她有苦衷。其实她平时不是这样的。"

"我明白，人难免有心事。"葛永安点点头，"可既然有苦衷，就应该说出来，你说呢？"

"这个我也明白，可这件事对庆兰的打击很大。这些年来，这事儿就像一座山，压在她的心里面。她跟她爸闹成那样……也跟这事儿有关。"

马雷弯腰把病历本捡起来，苦笑道："也不是太碎，一会儿还能给粘上，只能麻烦你们了。这件事的来龙去脉，我媳妇是不会跟任何人说的，再说了，我们怎么说，幺妹都不会信。她只会觉得，我们是在合伙骗她。现在，只有你们查出来的结果，她才会接受。"

在马雷松手，把碎片放到桌上的刹那，一枚清晰的油渍指纹，留在了病历本的封面上。

"等一下！"李霄阳突然开口。

马雷一惊，手一缩："怎么了？"

"让我看看你的手,"李霄阳拿起马雷的手仔细看了看,眯眼道,"果然是你。"

"我?"马雷手指自己,面露不解。

"勘查现场时,我就发现苗翠英的药盒上,还有一个人的指纹。起先,我以为是拿药医生留下的,可汗液指纹的保存时间有限,这枚陌生指纹遗留了很长时间。经观察,我发现,这是因为这枚指纹上,附着有油渍。"

李霄阳手指病历封面:"而且在多个药盒上都发现了这枚右手拇指印,你是厨师,又是右利手,所以药盒上的油渍指纹,应该都是你留下的。"

"这……"马雷微微语塞。

"你要觉得我说得不对,我可以给你出具一个鉴定报告。"李霄阳加重语气,"这个人,就是你吧!"

"没有,没有。"马雷摆摆手,"这方面你们是专业的,我信。只是,我怕我说的,你们会不信。"

李霄阳挑眉:"你不说,我们又怎么会知道呢?"

"也对,那我说说看。事情其实是这样的,"马雷轻叹道,"这些年里,我丈母娘吃的所有药,都是我去买的。我岳母是在省城看的病,他们在医院开的药,只有这家医院附近的药房才能买到。所以这些年来,就算是天上下刀子,到了每个月四号,我家饭店都得关门一天,因为我要开车去省城拿药。我老婆这个人,就是看着凶,其实她心里也惦记爸妈。她虽然不去养老院,但真不能说,她没有尽孝,只是,她心里有个坎儿,始终过不去。"

"心结?"李霄阳看向病历本的碎片,意识到了什么,"是不是……和这个有关?"

马雷却摇头:"这事只是个导火索,惹事的炸弹,其实绑在我身上。"

63

市府广场千岛咖啡馆外，那个寻找手机的中年人站在门外，抬头看向招牌。

他迟疑片刻，似乎终于下定决心一般，快步走了进去。

欧式复古装饰的豪华包间里，葛永安带着汪鹏鹏端坐其中，显然在等待着谁的到来。他没有等得太久，门被打开，衣着普通的中年人走了进来。

"常旭光？"葛永安起身，朝他伸出一只手。

"葛永安……队长？"中年人握住他的手，微微红了眼圈。

二人坐下来，服务生送来一壶明前龙井，又悄然退了出去。屋里重回宁静，常旭光执壶倒茶，葛永安打量他片刻，问道："为什么一定要约在这儿？"

"您是不是想说，这里消费很贵，到底有什么事儿必须来这儿谈，不能去鉴定所？"

常旭光问完，却并没有给出答案，而是四下看看："这家店的房租，一年要多少，您能猜出来吗？"

"这和您约我在这儿见有关系？"葛永安抿一口茶水。

"有关，"常旭光点点头，"这地方一个月，最少三万，一年就是三十多万。其中的关系，说来话长，但今天既然是我约的您，我会知无不言的。"

"那好。"葛永安取出录音笔，打开放在桌面上，"在电话里，我也跟您说了，我们鉴定所接受傅雨晴的委托前来调查，所以必要的言辞证据，我们都需要保留，您放心，我们会给您出具一个保密协议，除与本委托相关的人知悉外，其他人，我们不会透露。"

"行，"常旭光长叹一声，"翠英婶子是因为我才瘫痪的，但凡我知道的,尽管问。"

"那我们开始。"葛永安问,"能不能请您把当年车祸的事,大致说一下?"

"没问题。"常旭光点点头道,"我和俊能叔家的三个孩子,打小一起长大。傅庆兰跟我同岁,还是同校。我妈死得早,所以从小,我的衣服、裤子,都是麻烦翠英婶子帮忙,从来不收钱。不怕您笑,我心里把她当妈看。"

常旭光面露回忆,或许是想起过去,他有些神思飘忽。

"我成绩不行,初中毕业就辍学了,跟批发部老板送货,卖了几年力气,我就买了个九十平方米的楼房,还收了辆二手摩托车。当时我寻思,再干两年,正好三十啷当岁,找个媳妇儿成家正合适。可谁知,那车有问题……我想让俊能叔帮忙修修,谁知就出了事儿。"

想到那血腥的一幕,他痛苦地抹了把脸:"后来,我把房卖了给翠英婶子治病,可她到底也没能站起来。因为这件事,傅庆兰和傅超把我揍了一顿,断了往来。我平时去看叔和婶子,都是提前联系好的,得趁他们不在才过去,不然多半得挨打。"

听到这,葛永安示意汪鹏鹏打开笔记本,播放了一些监控中常旭光在养老院登门的片段。

"我们发现,你好像经常去养老院探望老两口?"

"对,我工作的饭店,就在隔壁市,养老院距那边不远,所以我只要得空,就会去看看。在我心里,我就应该像儿女一样奉养他们。"

"您是个有担当的人,对他们也有真感情。"

常旭光叹息道:"有担当有什么用?我只恨残废的不是我,病痛又不是在我身上,这点事儿算什么?傅庆兰姐弟把我揍得住了院,也是我活该。"

包间内的气氛瞬间低沉,葛永安问:"我们查询了傅俊能的手机,他在出事前几天,是不是跟您联系过?"

"对,他跟我打了很久的电话。"

"能不能回忆一下当时的情况?"

常旭光点点头:"那当然可以……那天的事儿,我这辈子都忘不了……"

半个月前,正午时分的熙园饭店后厨,正是忙碌不已的时候。

"哎呀,真是忙死个人咧!可这外卖也不怎么赚钱啊!感觉都白忙了。"常旭光颠着勺,煤油炉喷出的火光映出他满是汗水的脸。

戴着跟他同样的厨师高帽的人把锅中的菜装入一次性饭盒中:"唉,现在的人都懒,不喜欢堂食,他们倒是觉得方便了,可咱们又是优惠券,又是配送费的,全是自己掏。平台赚得盆满钵满,咱们店里利润却没两个大子儿,还忙得不可开交,要命啊!"

"要不是定点给几个单位送餐没通过平台,咱们都得回家喝西北风。"

"得了吧!这还是咱们饭店打出了名号,换个别的小店,早就关门回家了。"

大家伙正一问一答地闲聊着,常旭光的口袋突然震动起来,他掏出手机,来电显示是"俊能叔"。他慌忙将手机用肩膀夹住,然后继续一遍又一遍地翻炒锅里的土豆牛肉,这一锅是五十人的量,他必须用力翻炒才能保证不煳锅。

"喂,俊能叔,啥事?对,忙着呢,今天中午有三百份盒饭要送。行,有事儿你说,我听着呢。你说什么?那不能,你可千万别瞎想,等我忙完这周,我就去养老院看你,到时候给我婶子买她最喜欢的桃酥。你瞎寻思什么呢?幺妹在国外我摸不着,庆兰和超儿过得好着呢!他俩虽说不愿搭理我,可他俩的情况,我都给你打听着呢!绝对没骗你。啥?你咋今天想跟我说心里话了?行行行,你说,我听着,反正这一锅菜炖熟还早着呢……我开个外放，你说你的，我这儿太吵，我把麦克风关了，一会儿再跟你说啊——"

他这头刚搁下手机，那头一声巨响，常旭光整个人摔在地上，眼前一片漆黑，身边的一切都在震颤、碎裂，耳朵嗡嗡作响——

等到他好不容易恢复视觉，只看见经理冲过去关闭了燃气总阀。

"爆炸了——"有人在喊，"有没有人受伤——"

常旭光尝试晃了晃脑袋，血从他头上流下来，把眼前的一切染成红色。

"我的手机……"他想，"还好关了麦克风，叔应该没听见……"随后，他就晕了过去。

"所以，您这半个月联系不上，是因为在医院治病？"葛永安问。

"对，事发突然，住院费是老板垫的，也都知道我爸走了，家里没人，没有联络的需要……"

汪鹏鹏很不解："我之前联系过你们店，可经理根本没提这事儿。"

"开门做生意，谁乐意说这个，况且还是隔壁煤气泄漏，被波及的。"

汪鹏鹏仔细一想，挠头道："确实是这么个理儿。"

葛永安问："傅俊能在电话里说的什么，你还有没有印象？"

"后厨太吵，我只隐约听到一点，好像是什么只要他们兄妹三个好好的，死也能瞑目了。别的，我记不起来了，应该都是些家常话。"

常旭光回忆道："俊能叔以前常这样念叨，我真没当回事儿，后来手机掉了，那边应该还在通话。"说着，他从兜里掏出一部黑屏手机递过去。

"进水了，打不开。要是你们能想想办法，把它给修复，就能知道我们全部的通话内容。"

汪鹏鹏接过手机，奇怪地道："修好了也只能看到通话记录，这通话内容是怎么回事？"

"后厨太吵，所以我有个习惯，遇到重要电话，顺手点录音，等不忙了，再找个安静的地方，把录音给听一遍，就不会漏掉重要的事了。"

汪鹏鹏一下弹起来，越过桌面握住常旭光的手，激动地问："你确定，把和傅俊能的通话给录下来了？"

被这么一问，常旭光倒有点不自信起来，他仔细回忆了一番，才笃定地道："没错，我肯定是录了。"

汪鹏鹏连忙把手机装进物证袋："好，这件事就交给我，保准能修好。您可是帮大忙了！"

常旭光脸上终于有了一丝笑意："那就拜托你们了。还有，我不知道你们想不想听他家的事儿，虽说我和傅庆兰姐弟俩这些年生分了，但我从俊能叔那里，还是听到过不少关于他们的事儿。"

葛永安点点头："那就劳烦您了，这些事儿，或许对我们的调查会有帮助。"

常旭光的目光再次飘忽起来，仿佛看到了过去："他们之间……怎么说呢？可谓是一步错，步步错……"

64

鉴定所接待室内，葛永安将抖音上那段点赞过万的视频点开，反转电脑屏，放在傅雨晴的面前。

后者瞟了一眼，冷哼一声："怎么？有问题吗？我在调查之外做什么，跟你们应该没关系吧！"

"可是你已经将这件事的调查委托给了我们，真相没彻底搞清楚之前，我们不建议你采取这种极端做法。"

"这还算极端？"傅雨晴一拍桌面，怒火中烧，"资金流水是从银行调的，这能作假？他们把爸妈丢在养老院不闻不问，难道不是事实？我爸妈走的时候，穿的还是打补丁的内衣，他们这样做，能对得起自己的良心？我只是找媒体报道事实，这就极端了？你要让我说，我恨不得将他们碎尸万段。"

"您的心情可以理解。"葛永安平静地与她对视，"但我们真探组做出所有判断都必须以客观调查为基础，您作为委托人，在最终结论出来之前，最好还是保持理性。"

傅雨晴不耐烦地摆摆手："你也知道，我费了很大劲儿，才让你们接了这个委托。为什么我要这么折腾，各位心里有数。未经他人苦，莫劝他人善，因为我的委托才有了这个调查组，我不希望，那个劝我'大度'的人，是你们。"

"完了，老葛怎么跟委托人干起来了？"汪鹏鹏站在后门，把手中的可乐瓶捏得啪啪响。

"能不能不要一惊一乍的？"李霄阳捋捋燕尾发，"我倒想看看，老葛头怎么应付这种情况。"

一股沁人心脾的香水味突然钻进他的鼻腔，李霄阳侧脸一看，王怡文那几乎完美的脸冷不丁凑了过来。"哼，我也挺好奇，委托人到底能不能压住火。"她一副等着看好戏的模样。

最不喜欢凑热闹的佘小宇也凑过来，扒在门缝边："我就想瞧瞧，葛队会怎么办。"

汪鹏鹏忙伸出手指在嘴边做了一个"嘘"的动作："别说话了，重头戏要来了。"

接待室内，葛永安缓缓说道："人生来有七情六欲，有情绪是很正常的事情，但是我们如果失去了理性，很可能对事实产生偏见，和真相有所背离。你是一个科学研究者，应该很清楚，客观事实和主观情绪之间是无法画等号的。"

"什么意思？"傅雨晴眯起眼，仔细品品这句话，"你是想说，我弄错了什么吗？"

葛永安没有说话，而是打开平板，选择名为"水家湖养老院"的文件夹，展示里面分别命名为"马雷""常旭光"的两份音频。

"接下来，按照委托程序，要向你出具我们调查的部分同步录音文件，你听完以后，需要在右下角的电子单上签名确认。"

傅雨晴秀眉微动，没有吭声，抬手点开了第一段音频。

马雷与葛永安的对话声在接待室里响起，傅雨晴的神情一开始还算认真，但接下来她脸上便浮现出嘲讽。

她按下暂停键："什么意思？他们把银行卡里转得就只剩三块两毛钱，他们会每月给妈买药？你们是不是当我三岁小孩子？"

"想要听我们真探组的观点，你必须把两段音频全部听完，这是规定程序。"

"你这是在逼我？"傅雨晴突然站起来，椅子在地上发出刺耳的摩擦声。

"我们不是警方，对你的行为没有任何强制力，也不能左右你的想法。"葛永安仍保持平静，说话的声音没有任何波动，"你如果不听完，就不可能对这件事有真正全面客观的理解。"

"行，我倒要听听，这狗嘴里能吐出什么象牙！"傅雨晴瞥他一眼，重新按下播放键。

这一次，中间没有任何打断，直到声音彻底终止，葛永安才提醒她："您听完了吗？"

傅雨晴愣了很久，才缓缓点了点头："嗯，听完了。"

葛永安将平板放到一旁，双手交握在身前："作为当事人，你觉得这两段对话的真实性有多少？"

"我不知道。"傅雨晴摇摇头，"我小学是在老家上的，路远，所以只有逢年过节才回家一趟。初中、高中都住校，紧接着就出了国，工作也基本在国外。家里发生什么事，我爸妈向来不怎么跟我说，他们叮嘱最多的，就是让我好好学习，别吃没文化的亏。你让我判断这个，我确实不知真假。"

"你愿不愿意相信这些话是真的呢？"

"情绪和客观事实不同，你不是这么说的吗？"傅雨晴淡淡地道，"拿出证据来，说服我。"

65

两天后，市府广场，弥漫着甜点香味的宫廷桃酥店铺门外，已经一如既往地排起了长龙。

身穿深色夹克、手拎塑料袋的葛永安站在门前，他四处张望，似乎在等待着什么。远处脚踩古驰老爹鞋、一身时尚打扮的年轻女子张望片刻，终于发现了他的身影。

"为什么约在这里？"傅雨晴不解地朝他走去。

"你不是说要证据吗？"葛永安打开印有桃酥店家图标的塑料袋子，"尝尝？你妈妈最喜欢吃他家的桃酥。"

傅雨晴刚想要拿，葛永安补了一句："你不知道，你大姐几乎每个月都有一天来排长队，然后让你二哥连药一起捎去养老院。"

傅雨晴的手僵在半空，她收回手，冷冷地道："谢谢，不吃了。"

"那说说别的吧！"葛永安合上袋子，手指桃酥店门口人头攒动的景象，"看，生意多好。你知道，这里的门面房一个月多少钱吗？"

"我不做生意，怎么会知道？"

葛永安微笑着点点头："很早以前，这就是个鸟不拉屎的地方，可现在，这里30平方米的铺子，一年租金得三十多万。"

"怎么？"傅雨晴不耐烦地挖苦，"您准备不当组长，在这儿租一间干餐饮？"

"我可不是做生意的料。"葛永安摇摇头，"再往里的闹市区，还有一家咖啡店，那边房租只会更贵。"

傅雨晴手插在风衣兜里，盯着他："言归正传吧！您今天找我来，不会只是想聊房租吧。"

"我要带你去几个地方，这里算是第一站。"

"这里？"傅雨晴不解，"这里有什么特别的吗？"

"不着急，待会儿再告诉你。"葛永安一招手，司法鉴定所的依维柯缓缓开过来，葛永安上了副驾驶，队里的人早就在车上等了。他对傅雨晴说，"走，咱们这就去第二个地方。"

上车前，傅雨晴疑惑地朝宫廷桃酥的方向看了看，然而除了到处都排着长龙的店面外，她没有发现任何异常。

她上了后排座，习惯性地拿出手机，打开视频软件，开始浏览下方的最新留言，看到"畜生""虐待老人不得好死""他们就应该下地狱"之类的回复时，傅雨晴露出了笑容，这似乎能弥补一点她因父母的死感受到的痛苦。

留言还没看完，车停在了一处巷口。推门下来，写着"李冰便利店"的塑料招牌映入了傅雨晴的眼中。

"熟悉吗？"葛永安问道。

傅雨晴点了点头，神色有些复杂。这条巷子她来过很多次，这里曾是她二哥傅超的住处。所有人都沿着蜿蜒的小路往里走，不久之后，大家来到一座爬满青苔的小院门前。栏杆铁门上已锈迹斑斑，与之形成强烈反差的是，挂在锁扣上的"五环锁"是簇新的，显然，有人在这里打理。

葛永安掏出钥匙，将锁打开。走进院内，傅雨晴发现，院子没有她想象中的破败，地面的泥土里，被斩断的杂草刚冒出整齐的新芽。在院子角落靠厨房的一面墙上，还搭着雨棚，棚子下放着一张木质八仙桌。

发现傅雨晴看向那边，葛永安手一指："那是你二哥一家老小吃饭的地方，你应该还有印象吧？"

"有，他们没有搬新家之前，就住在这里。"

"雨棚是新的，发现了吗？"

傅雨晴没吭声，葛永安也不追问，他踩着草皮，走到院中唯一的平房前，他又拿出一把拴着红绳的钥匙打开了门锁，轻轻一推双开木门，门轴发出令人牙酸的声音。

一股潮味扑鼻而来，傅雨晴捏住鼻子，仔细一瞧，屋里却并没有任何发霉的物件，相反，板凳、柜子、床都干干净净、整整齐齐地摆放着。

葛永安抹了一把前屋用砖石砌成的水泥台，而后他看看手掌，发现没有多少浮灰。

大家一起走进用木板隔开的里间。虽说是白天，但这里依旧漆黑一片，葛永安凭感觉摸到了灯线，轻轻一拽，吧嗒一声响，从墙顶悬挂下来的灯泡亮了。

跟外屋相比，这里显然宽敞得多，一张带床头柜的双人床上还铺着厚厚的床垫，距床尾不远的地方，还有一个四四方方的小隔间，走过去一看，竟然是一个带有洗浴功能的独立卫生间，地面上整整齐齐铺着硅胶防滑垫,一点死角都没有留,在花洒正下方,还砌了一个凹陷的石墩,墩子上包裹着浅色软硅胶,也许是时间久了,硅胶已完全泛黄。

葛永安问呆呆看着这一切的傅雨晴:"你还记得这里吗?"

见傅雨晴不说话,葛永安继续道:"你爸妈在这间屋里住了五年。你二哥和你二嫂就在外屋的水泥台上睡了五年,而那个卫生间,是你二哥为了方便你母亲洗澡和上厕所,特意修的。可他们两口子要是上厕所,得走十分钟去公厕。"

"怎么可能?"傅雨晴显然并不怎么相信葛永安的话。

王怡文适时地掏出几张冲洗好的尸表照片,指着其中一张道:"这大块黑褐色的椭圆形疤痕,是在您母亲背后发现的,系褥疮愈合后所留。而褥疮的出现一般有三个原因:一是皮肤清洁度不够;二是生活环境中,细菌含量比较高;三则是某一个部位相对长时间受压,导致局部缺血。如果您母亲身上只有褥疮,可能会与以上三个因素有关,但是……"

王怡文又拿出一张照片,指着一些不规则的灰褐色瘢痕道:"你母亲体表上还有大量的湿疹斑,湿疹是一种皮肤炎症反应,能出现如此大量的瘢痕,说明其生活环境较为恶劣。"说着,她环视一圈:"这里常年不见阳光,虽说院子里安装了几面镜子,用来反射光线,可没有办法解决根本性问题,所以不管怎么清洗身体,褥疮和湿疹都不可能快速好转。"

"你说这些,到底是什么意思?"傅雨晴问。

"虽然我也不愿承认,但实际上,你母亲去了养老院之后,褥疮与湿疹才得到了根治,也就是说,那里的环境还是要比这里好得多。所以,从这方面来说,去养老院,至少对你母亲来说,不见得是坏事。"

"那心情呢?"傅雨晴反问,"你能体会,老人被亲儿子送到养老院的那种失落吗？"

"你正好问到我不擅长的方面了。"王怡文耿直地道，"我确实理解不了。"

葛永安往外走去："走吧！别着急，我们换今天最后一个地方。"

"去哪里？"傅雨晴跟上去。

"水家湖养老院。"

66

偏湖院西南角的荒地边，葛永安手指一片金灿灿盛开的油菜地："看，这都是你父亲种的。"

傅雨晴触景生情，轻声道："小时候，我们家屋后的菜园子里，也种这个。"

"那你还记得，你家里的油菜地是从哪儿弄来的种子吗？"

"这个记不清了，我爸妈只让我学习，这些事，不让我过问。"

"记不得也正常，那时候你还小。我可以给你个提示。"葛永安从油菜地拽了两株油菜，拧成了一个花环递给她，"想起来了吗？"

一九九三年春，凹凸不平的村道旁。

"超儿，你拉着点幺妹，这路上摩托车多。"

"好咧！姐。"傅超蹲在地上，对只有三岁的傅雨晴说，"幺妹，过来，哥背你。"

"好，好，我要骑大马！"幼年的傅雨晴摇摇晃晃地跑到傅超身后，一把搂住了他的脖子。

"抓好了没有？哥要发车喽——"

"抓好了，抓好了，驾——驾——"

都说长姐如母，背着竹篓的傅庆兰跟在他们身后，喋喋不休地提醒着："你也慢点，幺妹还小，别让她摔了！"

"不会的姐，我小心着呢！"傅超怜爱地回头看身后的妹妹："好不好玩？要不要再来一次？"

"要！要跑得快！"

傅庆兰直起身子看看头顶刺眼的日头，擦了把汗："把最后两家缝好的衣服送到，我们就可以回家吃饭了。"

"姐，你待会儿给我们做什么吃？"傅超放慢速度，等着还在路边歇脚的傅庆兰。

"幺妹在长身体，我们中午吃腊肉贴馍。"

一听有肉，傅超咽咽口水，而后看着趴在自己背上的妹妹："沾你的光了，今天中午有肉吃。"

年幼的傅雨晴不知道这句话是什么意思，她四处张望，突然看到远处小土包上有一处油菜花："哥，那花好漂亮——"

傅超顺着她的小手看过去，笑嘻嘻道："姐，你看，今年的油菜花都开了。"

正说着，傅庆兰朝那片野油菜地走去。

"姐，你干吗去？"

"我去摘一点，给幺妹编个花帽子！"

"哦——我有花帽子喽，我有花帽子喽——"傅雨晴开心地拍起小手。

傅雨晴的记忆渐渐清晰起来，她听见葛永安说："我们从常旭光那里了解到，那天你们三个回家时，每人头顶上都戴了个花帽儿。花帽儿蔫了以后，你母亲把花帽上的果荚捏开，发现有一些油菜籽，就随手洒在后院的菜地里，没想到，来年长出了油菜。再后来，你父亲就一季一季地种，一季一季地收。这片油菜地的种子，就是从你们家后院移过来的。"

葛永安手指菜地边一片方形水泥地说："那是常旭光帮忙砌的，油菜开花时，你父亲每隔几天，就把你母亲推到这儿看看。那边还有个小墓，他们捡的一只流浪猫死了，就埋在那里。"

"流浪猫？"傅雨晴好像又想起了什么。

"你小时候养了一只猫，叫咪咪，后来吃耗子药死了，你哭得很惨，因为怕你伤心，后来家里闹老鼠也没有再养。这只猫，也叫咪咪。"

油菜田边，葛永安负手而立，望向远处天边的晚霞，缓缓说道："我听常旭光说，如果你家没遭到那场变故，也不会走到今天这个地步。他认为，他是你们全家的罪人。"

"事情都过去了，还说这个有什么用……再说他也尽力了。"

"我很奇怪。"葛永安回头看她，"其实这些年，常旭光做的一切你也没有亲眼看到，只是从电话里了解到他做的这些事，为什么，你就能原谅他？"

"摩托车失控，不是他故意的，对我们对他，都只是一个意外。这些年，他只要有空，就会去照顾我爸妈，他为我爸妈做的一切我都清楚，加上爸妈也都跟我说过。"傅雨晴皱眉，"一个外人都能做到这个地步，大姐和二哥呢？他们又做了什么，能让我原谅？"

"所以，你真正生气的原因，是你并不清楚你大姐和二哥到底都干了什么。"

"难道，就现在他们的所作所为，还能让我尽释前嫌吗？"

傅雨晴盯住葛永安。

"有一句话，我不知道你有没有听过，"葛永安没有直接回答，而是反问，"有爱才有恨，你觉得呢？"

"我不懂你的意思。"

"你刚才说，常旭光是个外人。他其实也没有日夜伺候你爸妈，但你可以原谅他，因为他并不是你真正的家人。而你大姐和二哥，其实也做了很多，但因为是家人，你觉得他们做得并不够……"

傅雨晴深深吸了一口带着油菜花香的空气，微微压下心中的烦躁："我说了，你得有证据。"

葛永安平静地凝视她："我会这么说，就是因为，我们的确有证据。"

67

夜里，平安修理厂店外，臭鸡蛋、烂菜叶洒满地面，一副混乱凄凉的景象。

陶蔓蔓正端着脸盆，趁着夜色，努力洗刷卷闸门上黏附的鸡蛋液，她一边刷一边哭，哭声惊动了蹲在远处的丈夫傅超。

他走过来安慰妻子："别哭了，甜甜刚睡下。"

被丈夫这么一说，陶蔓蔓变成了小声抽泣："每天都有人来砸臭鸡蛋，我们这日子还怎么过？"

"都会过去的，那个什么鉴定所不是在查嘛。"

"那是你三妹花钱雇的人，他们哪能向着咱们？"陶蔓蔓泪眼婆娑地看看丈夫，"你是我男人，都说嫁鸡随鸡嫁狗随狗，可你是什么人，我心里比谁都清楚，你是个好人，除了我，我不允许别人说你的不是，谁也不成！"

"好了，好了。"傅超把她拥入怀里，"再大的事，也有我给你娘俩顶着，你别往心里去，有我呢。"

陶蔓蔓任凭丈夫把自己搂得紧紧的，她小声说："当初嫁给你，就是看你心实诚，是个值得托付的人。再说了，人也挺帅的，打第一眼见到你，就把我给迷住了。"

被自己老婆这么一夸，傅超有些不好意思："我这大老粗，你到底看上我啥？"

"就帅。"陶蔓蔓抬头拧他，"在我眼里，我男人最帅！"

傅超咧嘴："嘶……你要这么想，那我没意见。"

"但你这个臭毛病，高低我要说两句。"

"什么毛病？"

"还问什么？"陶蔓蔓从傅超怀里挣脱开，"这么些年，你没点认识啊？好意思问我！你还记不记得，咱俩谈恋爱闹最凶的那次？"

"不是，都过去了，还提啥？"

"怎么不能提？"陶蔓蔓不依不饶，"你就属牙膏的，不使劲挤你，啥事都不往外说。这臭毛病你还没吃过亏啊？当初咱俩都谈婚论嫁了，你冷不丁打电话给我，说你坐过牢，不想骗我，说我接受不了就散了，你不想耽误我。"

"你啊，就喜欢翻老底。那时候我是这么想啊！"

"翻老底？"陶蔓蔓寒着脸，"我当时听了，脑子嗡的一下，不过冷静一想，我觉得这事儿肯定有蹊跷。我看人很准，咱俩约会第一面，你就把掉下来的鸟捡起来，捧回窝里去，你这种人，怎么可能是个诈骗犯？就算是，里边也必有隐情。所以我那天，啥也没说，直接跑去找你……"

她说着说着，突然笑了起来，陷入回忆中……

多年前的一个深夜，春风公园的一个安静角落。

陶蔓蔓坐在石凳上，仰头看着默不作声的傅超。

"说，到底是怎么回事？"

"我……我说啥,不是电话里都说了?"

"我告诉你,我陶蔓蔓看中的,是你这个人,就算你一无所有我也愿意跟你过,但有一条,你不能骗我,我得听实话。坐牢到底是怎么一回事,跟我说说。"

傅超走到石凳的另一侧,低着头不言语。

"傅超,纸是包不住火的,这事儿迟早给我爸妈知道,与其到那时候闹得不可开交,还不如你先把事情告诉我,提前想办法。"

"你能相信我?"傅超低声问。

"如果不相信你,我就不会约你出来!但我只给你这一次机会,如果你还留着话不讲,那就是你也没把我当自己人,咱们就真没往后了。"

"说,我都说!你别急,我都告诉你。"傅超着急地一屁股坐下来,他沉默片刻,才整理好思绪,缓缓讲起来。

"你知道,我打小就不是个上学的料,不过我特别喜欢画画,村里有一个画大字报的老师傅,可能是看我有点天赋,就开始教我在墙上写宣传标语、画宣传画。我自己也感兴趣,放假时跟他跑过几个地方,有时候小一点的画,老师傅就交给我,人家给他多少钱,他就原封不动地都给我。能借喜欢的事儿赚钱,虽然少,但我很开心。

"我把赚来的钱,都买了画笔。可我要辍学拜师时,我爸坚决不同意,说他问过了,干这个行当养不了家。既然我不愿意上学,他就托熟人让我进修理厂当学徒。他笃定了,虽然那时候一般人买不起车,可将来修车铁定是个热门,等技术学透了,再租个门脸,正儿八经干修车铺,他还能来给我打下手。"

"挺好的,你现在不也干这个?可你不喜欢修车,对吗?"

"对!"傅超点点头,"可我有什么好选的?我又不是公子哥儿,对我来说,这就是最好的选择了。到了修理厂后,我也很用功,甭管什么脏活儿、累活儿,我都抢着干。后来老板对我也比较欣赏,给我介绍了几个社会上的行家，让我跟他们对接。

"老板当时话说得很含糊，只说对接，其实我也不知道要对接什么。后来，跟他们接触久了，我才知道，他们是保险公司的理赔员。干汽修必须跟这些人搞好关系，否则一年到头也没几单生意，这道理我还是懂的。而且在修理厂，我们是按订单拿提成，跟他们多接触，收入也会跟着变高。我爸妈都是干个体的，从小耳濡目染，也知道寄人篱下得学会服软，拍了一段时间马屁，我终于取得了他们的信任，知道了一些汽修行业的商业机密。"

"机密？"陶蔓蔓没好气道，"你个呆子也不想想，馅饼能这么轻易砸你头上？"

"我当时哪清楚这些？"傅超无奈道，"光听他们说了。总之，他们会给一些理赔车辆介绍修理厂，让我在定损的时候，多给找找毛病，多报些金额，这样修理厂有订单，他们有提成，我也可以多赚些钱。而且他们还说，这是行业潜规则，大的修理厂都这么干。我还是怕，就告诉了老板，结果老板说这事让我自己拿主意，他全当没听见。

"本来我寻思，还是不做这事儿，可那两个保险业务员又来找我，说我傻，这东西哪能摆在明面上说，老板只会睁只眼，闭只眼，毕竟这活儿对谁都没有坏处。我年轻，想多赚点，就答应了，跟他们说的一样，老板没有再过问。后来保险公司报案了，我们全都被抓了，我才知道，原来我犯了法。"

"那老板没事儿？"

"因为是保险公司自己清理内鬼，那两个业务员是最先被抓的，在我被抓之前，老板跟我说，让我把这事给扛了，否则我俩一起进去，没有任何好处。只要我答应了，等我出狱，他负责我的生活。我想了想，答应了。现在想想，也是挺傻的，要是他之后不管我了呢？不过，运气不错，老板这个人也挺能处的，我出来以后，他就帮我弄起来了现在干的修理铺。"

听着老婆絮絮叨叨，傅超慢慢从回忆中拔出来，抬头看一眼被砸得乱糟糟的店铺，感慨道："唉，当年也真是多亏了许猛许老板，要不是他出钱，我不可能开这个店，也就遇不上你。"

"你替他坐牢，他不该帮你啊？"陶蔓蔓扒着自己男人的肩膀说。

傅超憨厚地挠了挠头："其实，后来我想把钱还给他来着，可他死活不肯要。"

"那平时他也不过来走动走动，你俩交情也不算浅了吧！"

"我哪知道这么多，人家对我挺好的，可能是看到我就能想起当初那事儿吧！"

68

与此同时，君再来饭店的二楼。

马雷把一碗炖好的乳鸽汤摆在妻子床头，他有些心疼地说："庆兰，吃点东西吧，你都躺两天了。"

"吃不下。"傅庆兰翻了个身，背对着那碗汤。

"还想那件事？"马雷顺势坐在了妻子身边。

"你说，他为什么留着那本病历？是非得揭我的疮疤吗？"

"兴许，根本不是你想的那样呢？"

"不是那样又会是哪样？"傅庆兰目光迷离，浑身冰冷，仿佛回到了一九九八年的那个冬天。

市妇幼保健院。

满身油污的傅俊能在一楼门诊大厅焦急张望，总算看见一个穿白大褂的，便过去拦住对方："同志，手术室在哪里？"

"你家的人？做的什么手术？"

"就是……"四十三岁的傅俊能虽然已是三个孩子的父亲，但那两个字他依旧说不出口，见他脸憋得通红，医生恍然明白了什么。

"咳，三楼最里面，计划生育科。"

"是、是那个吗……"

"对，就是那个。"

来不及道谢，傅俊能飞奔向三楼，他不识字，刚才医生说的那个什么科，他也压根儿没记住，站在三楼，手足无措，他冲着走廊绝望地喊："庆兰，你在哪里？你快出来呀……"

各病房都有人伸出头来看，一位头戴护士帽的中年女子生气地走过来："喊什么喊，这是医院，要安静你知不知道？"

"我找我女儿，她来做手术的。"傅俊能局促地搓搓手。

护士问道："你女儿叫什么？"

"傅庆兰。"

"傅庆兰？"护士手指走廊尽头的手术间，"她人已经进去了，这就是个小手术，估计马上就能出来。"

"什么？已经进去了？"傅俊能绝望地蹲下，死死抓住头发，"为什么会搞成这样？为什么？"他双眼充血地蹦起来，"马雷这个小畜生！我非扒了他的皮不可！"

护士被他吓了一跳："喊什么呢！你要是想闹事，我可就报警了。"

傅俊能冲到手术室门口，在他经过卫生间的一瞬间，一张熟悉的脸在他眼前一晃而过。

"马雷！"傅俊能回头大喊。

身穿工装服的青年被他一喊，停住了脚步，但一秒不到，他拔腿就跑。

"妈的,小畜生!看老子不撕了你!"傅俊能抬腿就追,身后护士却喊:"那谁,你女儿出来了,你去哪儿?"

傅俊能缓缓转过身,时隔一年,他再次看到的女儿脸上没有任何血色,憔悴得像是刚害了一场大病。

走廊里,他一声不吭,死死地盯着傅庆兰。傅庆兰在护士的搀扶下,一步一挪地来到他跟前。

"爸……"

"跑了一年,你就这样作践自己?"傅俊能红着眼眶,"别喊我爸,我没你这样的女儿!"

"其实,你想想看当时那场面,要是你是你爸,你能怎么想?"马雷坐在床沿上,扭头看侧身躺在床上的妻子。

傅庆兰过了好久才说:"我也不知道。"

"可我明白了,或者说,你生下咱家小胖以后,我就明白了。当爹,原来是这么回事儿……"

傅庆兰腾地翻过身来:"你这话什么意思?"

"有些事吧,我本来是不怎么想跟你说的。"趁着妻子愣神的空当,他赶忙端起碗,舀了勺鸽子汤,送到妻子嘴边。

"先喝一口。"

"我不想喝。"

"那你不喝,我就不说。"

傅庆兰不由得白了他一眼,微微张开嘴唇,马雷熟练地把勺子稍稍抬起,傅庆兰喝了一口,或许是觉得鲜美,傅庆兰从丈夫手中夺过瓷碗,狼吞虎咽一番。

她抽了张纸抹抹嘴角:"喝完了,说吧。"

"你看，这脸色不就好多了，灶上还有，回头都吃了。"

马雷把碗放在床头柜上，继续道："你可能不知道，他接你回家后，又跑到了我家。"

"什么？你怎么从来没说过？"

"你心里有疙瘩，我老跟你说这些干吗？再说了，这也是爸的意思……"

一九九八年，冬。

傅俊能奔走在马尧村的主干道上，挨家挨户查看门牌，看到28号"马师傅排档"时，他停下了脚步。

大排档做的是夜宵生意，此时还没开张，门面房的卷帘门只是虚掩着。从腰间抽出胳膊粗细的木棍，他一手撩开了卷帘门。

屋内，一对中年夫妇正蹲在水池边清洗食材。

头戴厨师帽的中年男子立马起身，小心护住女人："大哥，你这是要干什么？"

"你就是马良运？"

"对，大哥，有话您好好说。"男人慢慢走到了灶台旁，灶边有一把杀猪刀。他已经想好了，要是有个万一，就抽出它自卫。

他把手拢在刀柄上，缓缓道："我好像没有得罪过你，而且我们也不认识吧？"

"我问你，你儿子马雷呢？"

"马雷？"马良运知道是什么事儿了，他撒开手，无奈地长叹一声，"这小子离家出走一年多了，我哪知道他去哪儿了。"

"出走？"傅俊能傻了眼，手里的木棍也落在地上。

"对，我也找这兔崽子呢。"马良运窥着他的神色问，"你找他什么事？"

"你教的好儿子，把我闺女祸害了，你知道吗？"

马良运一听，立马从灶后迎上来："你就是傅庆兰的爹？"

见傅俊能不吭声，马良运搓搓手，赔笑道："大哥，您消消气，兔崽子作什么死，我是真不知道，您慢慢说。"

俗话说，伸手不打笑脸人，傅俊能没再坚持，随他来到店后。马良运摸了支烟给傅俊能点上："大哥，真是对不住了。其实你家闺女和我这小子的事儿，我早就知道了。你闺女之前还经常来我摊子上吃饭，只是……"

"只是什么？"

"你不知道，我犯过事，蹲过号子，在我被抓的那年，马雷的亲妈就跑了。把他一个孩子扔给我爸妈，现在跟我搭伙儿过日子的这个，其实是他后妈。马雷没办法接受她，她脾气也倔，一来二去，两人搞得水火不容。这不，初中没念完，这孩子就离家出走了。"

"你们生孩子不养不管教，他祸害了我闺女，把她给拐跑了。现在她……她刚打了孩子，就这么给你儿子糟蹋了，这年纪轻轻的，将来这一辈子，她要怎么办？"

马良运一听，知道事态严重，脸色都变了，把马雷结结实实骂了一顿，又拍胸脯保证："傅大哥，你放心，只要抓到马雷，一定带他到你家里赔罪。至于你家闺女的事儿，你尽管放心，我马良运就算是砸锅卖铁，也必须让马雷把她娶过门儿！"

"你想得倒美，我是来卖闺女的吗？"傅俊能手指马良运，"告诉你家马雷，别让我碰到他，否则我打断他狗腿——"

回想到这儿，马雷嘿嘿直笑："咱爸脾气是真倔，我也没想到，我两年后去提亲时，他还真拿起棒子就把我的腿给打断了。"

虽然马雷说得轻松，可傅庆兰却笑不出来，翻他一眼："那次以后，要不是我跟他杠了好几年,说非你不嫁,你以为,咱俩的事儿能成?"

"对对对,我一条腿算啥,这都是我媳妇儿的功劳。"马雷起身端碗,"不想了。我再给你来一碗,横竖就算闹炸了锅,也不耽误太阳明天照常升起。你说是吧?"

69

鉴定所一层的公共会议室里,葛永安正在调整桌面上的名牌。

汪鹏鹏走过来,看到上面"傅庆兰一家""傅超一家""傅雨晴"的字样,好奇地问:"葛头儿,今天这一出唱什么戏码?"

"我们没什么戏码,看他们表演而已。"葛永安微微一笑,"不是喜欢吵架吗?让他们凑一起,一次吵个够。"

汪鹏鹏习惯性地摸摸耳朵:"葛头儿,你这话是认真的?"

葛永安将傅雨晴的名牌放在桌子另一边正中:"有道是真金不怕火炼,不擦出点火来,怎么炼金呢?"

汪鹏鹏狐疑:"这回头要打起来咋办?"

"打不起来的,最多嘴上吵吵。"

"真的?"汪鹏鹏大喜,"您心里真这么有数?"

"我要说,这是凭我多年的感觉呢?"葛永安说罢,就见汪鹏鹏脖子缩了缩,害怕地道,"您别光凭感觉啊!这要真出事儿怎么办?"

葛永安却不答话,双手扶着一张椅子,使劲往上一提,发现提不起来,他又拍了拍椅背,道了句:"不错,质量很好。"

汪鹏鹏更害怕了:"不是,您这到底有没有谱儿啊?那,那啥时候开始呢?"

"嘿!你不说我还差点忘了看时间。"葛永安抬手瞥一眼那块上海牌老表,"还有一刻钟,他们就该到了。"

"一刻钟?我还啥也没准备呢!"汪鹏鹏奔了出去。

他再回来时,除了手里端的笔记本电脑外,脖子上还多了个Beats牌的头戴耳机。

"你戴耳机做什么?"李霄阳在他身边坐下。

汪鹏鹏低头一看,憨笑:"啊……平时干活都戴着这个,习惯了,顺手套上了,完事儿再说吧……"

他俩正嘀咕,葛永安已经把傅家人都迎了进来。

等众人各自落座,他起身道:"今天通知各位来,是因为我们查到的一些事情,需要当着各位的面进行逐一验证。这些内容和在场各位有关,除了我们调查组,这里也没有外人,我希望,咱们今天可以做到毫无保留地交流,这样有利于我们进行下一步调查。"

傅庆兰一家以及傅超一家都同时向傅雨晴望去,四道目光投射过来,让她有些不快:"看我做什么?我和你们一样,才接到通知。"

"没错。"葛永安道,"所有调查结论,目前只有我们掌握,所以,接下来我们所说的,请各位仔细听,有不对的地方,可以直接提出意见。"

见众人都默许,葛永安打开会议桌上的主控电脑,投影仪上出现龙途司法鉴定所的标识。

"那么,我们现在就开始。"

投影上,出现了一张银行资金流水的照片,几笔关键转账用红线框选出来。

"一共六十三万存款,被分七笔转到了傅庆兰和傅超的名下,二位能不能解释一下这些钱的去向和用途?"

傅雨晴冷笑着,双手抱胸,玩味的视线在自己的大姐、二哥身上来回游移。

傅庆兰与傅超对看一眼,沉默不语。僵持片刻之后,傅超身边的陶蔓蔓忍不住了："你们都不说，我说！"

"你说什么？"傅超抬手就要捂她的嘴，陶蔓蔓一把甩开，起身怒视丈夫："还想过日子，你就赶紧闭嘴。"

说完，她看向欲言又止的傅庆兰："横竖我是外人，说轻说重，老三也只会怪我，怪不到你们头上。所以，你们最好别拦着我。"

见傅庆兰闭上了嘴，她转向傅雨晴："幺妹，这事儿，我替你哥解释，成不成？"

傅雨晴冷哼："随便你，反正今天，你们必须把这钱的来龙去脉解释清楚。记着，这是我给爸妈的钱，要是讲不明白，你们就是涉嫌盗窃我奉养父母的资产。"

陶蔓蔓也上了火，一拍桌子，冷笑道："我倒要看看，你听完了还有没有脸去告！我告诉你，别说老爷子不在了，他就是活着站在我跟前，这钱我们也拿得理直气壮。"

那边吵着，汪鹏鹏默默将耳机戴上，李霄阳见状用胳膊肘戳戳他："不听了？"

汪鹏鹏摇摇头："吵得脑瓜子嗡嗡的，我最受不了这种扯不清楚的事儿了。"

"你小子平时个顶个的八卦，这会儿装什么正人君子……"李霄阳刚想再问，那边已经疾风骤雨起来。

"你说啥呢？好端端的你提爸干吗？"傅超起身拽一下妻子。

"这会儿你不哑巴了？我就要说！"陶蔓蔓一把甩掉丈夫拉扯的手，"那六十三万，我们是用了，就是拿来给甜甜买了学区房。"

"扯了半天，给爸妈养老的钱，不还是被你们挪用了吗？"傅雨晴蔑视地说，"你莫非想说，爸妈自己药都不吃了，心甘情愿把这钱送给你们花？"

"还真就是呢！"陶蔓蔓呵呵一笑。

"你说什么？"这下拍案而起的换成了傅雨晴。

"这本来就不是我们去要的，老爷子听你哥说甜甜要上学了，我们家住那破屋，附近没有好学校，甜甜聪明，我们在寻思托人帮忙。老爷子就说，那别求人了，他有钱，拿出来让我们换一套最好的学区房。"

见傅雨晴傻了眼，陶蔓蔓越发来劲儿，连珠炮一样把话往外倒："老爷子说得轻巧，可你哥他不乐意，这是你给二老养老的钱，我们之前再怎么难，也没打过这钱一分一厘的主意。是老爷子说，他没文化所以这辈子吃过很多亏，你哥也因为没文化，硬生生坐了好几年的牢。这亏大人吃了就算了，孩子以后不能继续掉这个大坑。他俩都黄土埋到脖子根儿的人了，这年月也不兴打棺材，这些钱将来还不是留给娃？"

陶蔓蔓说话时，傅超一直拉拉扯扯，想让她停嘴。终于把她惹毛了，把男人推得从椅子上摔了下去。

她撩了一下弄乱的头发，挑衅地看着傅雨晴，继续道："瞧瞧，你哥就会窝里横，到了你跟前话都说不清楚。就这，他还不乐意把受罪吃苦的事撂你跟前，我就不同了，他是我男人，被你这么冤，我就是忍不了！"

"我爸这么说了，你们就能心安理得地用？"傅雨晴恼火地喊。

"你别说，"陶蔓蔓讽刺地咧开嘴，"老爷子这么说了，你哥还是不乐意，说什么宁可让甜甜上个破学校，她有志气自己能出头，还拿你出来当例子。三妹你自己心里不明白吗？你这个留学生是怎么来的，你是挺有志气的，可要不是全家老小供养，你能出国？怎么轮到我们甜甜，她亲爷爷给的钱，就一分钱都不能花了？"

见傅雨晴无话可说，陶蔓蔓瞥着爬起来的傅超，眼神中又气又疼："你打小在外面上学，你哥这个闷罐子性子，你压根儿不知道。不管老爷子怎么劝，我怎么说，他就觉得这钱是你的，不经你同意，不能动。

我知道,他这犟驴,除了他大姐能说动,别人怎么劝都没用,可甜甜是我亲闺女,我不能拿闺女一辈子开玩笑。所以我就去找了大姐……"

"对,是我说服超儿的。"傅庆兰终于开了腔,"有事儿你冲我来,别怨你二哥一家。"

她起身深吸了一口气:"三妹你现在工作稳定,收入也高。既然能拿回来给二老,证明你短时间内不缺这些钱。钱到了爸妈手里,爸妈乐意这么用,也没什么说不过去的,不如就当借爸妈的钱,咱们再找亲戚凑凑,咬牙弄套房,等甜甜报名了,万事定下来,你要是有急用,咱们就转手把房子卖了。横竖是市里最好的学区,这房子铁定能卖出价。这么一来,甜甜有好学校上,你也不亏。"

见傅庆兰没有推脱,陶蔓蔓情绪好转了些,接上话茬:"大姐这么一说,我老公才动了心。说白了,这也就是当下周转一下,咱们也没霸占这钱。于是我就去看了楼盘,瞧来瞧去,能小学直升初中的重点学区,就剩下一个楼盘在售,精装修多层带电梯的,就只有高层还有少量现房,买这房子必须全款,否则人家不卖。我们都没犹豫的工夫,谁知道那么巧呢?现房就剩一套了,要买就第二天付钱,还必须是现金,不能刷卡,否则他们不给咱们留。"

佘小宇戳戳身边的李霄阳:"为什么只要现金?"

"你没买过房吧!"李霄阳低声道,"刷卡变现,商家是要给银行支付手续费的。房子价格高,算下来钱可不少,而且用现金交易,查不到资金流水,还能避点税。"

"哦,原来如此。"佘小宇点点头,"是不是现在买重点学区房都这样?"

"这会儿都教改了,哪儿还有学区房?放心,首套房还是可以贷款的。"

"那就好,那就好。"

"怎么？要买房？"李霄阳眯眼。

"就问问。"佘小宇没往下说。

陶蔓蔓那边还在继续："一次性在一个银行提那么多钱，得提前申请，时间就赶不上了。大姐出了个主意，把钱分散打在咱们手里的银行卡中，第二天一早去取，这样额度小，就能立马取出来。爸那儿一共六十三万，我们家里还有六万，最后还差十万，还是大姐帮我们想的办法。就这样，赶在最后一天把房子给买了。现在房价每平方米还涨了好几百，你哥说，等甜甜安安稳稳报上名，他就找个时间，把房子过户到你爸妈名下，这房子涨了，都算他们的，想卖就卖，不卖就当个投资。可我们哪能想到，老两口会寻短见？三妹，你摸着良心说，这事儿，哪儿对不住二老，对不住你？"

傅雨晴沉默片刻，冷哼道："要是你们都顺着爸妈的意思用了那笔钱，又怎么解释他俩会走绝路的事儿？"

陶蔓蔓胸口一堵，顿时说不出话来。

傅雨晴见状，似乎找到了突破口："就算爸妈手里这笔钱是他们疼甜甜，愿意给你们用，这事儿也没办法验证，在场的只有爸和二哥，谁知道是不是二哥主动要的？还不是你们想怎么编就怎么编？"

陶蔓蔓大怒："傅雨晴，没证没据的事，不带你这么栽赃的吧！你二哥是那样的人？"

"我不知道你们是怎样的人，我只知道，你们好手好脚，非得把爸妈送到养老院去。要不是知道你们指望不上，绝望了，他俩怎么能一句话没留，就这么走了？"

"你有文化，你厉害，我说不过你！我也没什么证据，但我不像你，只会给爹妈打钱，我看你良心给狗吃了！"陶蔓蔓这次是真来了火，就连傅庆兰也没拉住。

"按说死者为大，老爷子做过的事，他人走了，也就都了了，我不应该再提。可既然撕破了脸，你非得把你哥当贼看，那我也就没什么好顾忌的了！从小到大，你在这个家里是什么待遇，你大姐和二哥什么待遇，你是不是缺心眼没个数？"

"你二哥是个男的，吃点苦我也就不说了，可你大姐从小到大，有没有一件新衣服？不都是你妈从客人那儿拿的破衣服，缝缝补补，改改大小就给你姐穿了？有的男女不分明的，你姐穿小了，再留给你二哥。可你呢？你自从上学起，身上穿过旧衣服吗？哪件不是给你新买的？当然，这还只是鸡毛蒜皮，今天当着外人，我就把老爷子对不起我们的几件大事，都给说出来，让大家评评理。"

"陶蔓蔓！"傅超直跺脚，"别说了，再说老子跟你离婚！"

"离就离，说得好像你能再找一个陪你吃苦的一样，老娘受够了！"陶蔓蔓梗着脖子，"别说什么家丑不能外扬，你三妹早弄得满城皆知了，别说脸面了，开门做生意都做不了。她都不让咱们活了，我还不能说两句？"

"超儿，你坐下！"

"大姐……"傅超着急地看她。

"让你坐下！"傅庆兰冷静地看向陶蔓蔓，"弟妹说得没错，日子都过不下去了，还有什么不能说的？你说你的。"

"好！"陶蔓蔓来了底气，"就说大姐的婚事，当年老爷子死活不同意，弄得姐夫家里倾家荡产。之后他还差点亲手断送了自己儿子的一辈子，你现在应该知道，你哥过去坐过牢。但你不知道，修理厂老板和老爷子有私交，是你爸介绍你哥进去的，你哥就是替老板办事犯了事，最后还替人扛锅，把所有的罪都认了。你说你爸，是不是把自己儿子往火坑里推？这也就算了，有一件事，我是到了今天，也咽不下这口气。"

陶蔓蔓憋屈地哽咽着，眼眶泛红："你哥他刚出狱，到家还没吃口热乎饭，结果老头子干了什么？他跟你哥说，既然出狱了，他的名字另外找个地方挂，别上到家里的户口本上，否则怕是会影响他家三姑娘政审。你们听听，这说的是人话吗？"

"你是他闺女，我男人就是后娘养的了？老两口偏心成这样，不就是觉得你出息了，给他俩长脸？至于你哥和你姐，他俩哪里有你有本事，有你能读书？不怕说，在他们眼里边，你这一个哥一个姐，那就是废物，都是不中用的货色，一天天的给个好脸都难。"

头一次听到有这种事，傅雨晴也傻了，她并没有想到，自己顺利进入国家项目的背后，还有这么一个故事。

陶蔓蔓把眼泪一抹："既然看不上咱们，还贴着我们干什么？你给他们接到国外去啊，你怎么不接呢？你妈被摩托车撞，瘫痪在床，这些年都是你哥和我在伺候，你哥说，生儿防老，伺候二老是我们应该的。我告诉你傅雨晴，你一回来，就带着两个老的这里窜那里走，买这买那，你可没住过咱们家那破屋子，每次二老一送回来，你就上宾馆去了。当然，咱们那破屋也确实住不下，所以你也不知道，这房子向来是外面下大雨，里面下小雨，唯一一个不漏雨的大房，我老公腾出来，给他们老两口子，我们在外屋水泥台子上铺了张三合板，直到我怀孕快生了，我才有机会挪到里屋去坐月子。就这，你说我们不奉养老人？你上养老院看看，他们在那儿的环境，比咱们那破屋可好不少。

"不只你哥是个屁蛋，你大姐也是缺心眼子。"陶蔓蔓说着，看向傅庆兰夫妻俩，"当年爸妈把你们逼那么惨，换作我，早断绝关系了，也就你们，有事没事还送钱过来，还私下里跟我们交代，这些事儿不能跟老两口说，你说你们图啥？人家一心只扑在三妹身上，你们对他们再好，还不是废物一个，有什么用？"

陶蔓蔓越说越来气："傅雨晴，我坦白说吧！去养老院这事，压根儿不是我们提的，我们要是想送，结婚前就送了，也不至于伺候了好几年，千辛万苦折腾着，孩子都快生了才想着干这事。你想想你哥，一边照顾我坐月子，一边还得照顾你妈，受得了吗？就我跟你哥结婚时，因为你哥死活要把老两口带在身边照顾，我爸妈死活不同意，要不是我拼命要嫁，你哥这辈子就打光棍吧！"

傅雨晴嚅动半天嘴唇，才问出口："养老院，到底是怎么回事？"

"当年，老爷子推着婆婆出门晒太阳，接到了一份传单后就开始一天到晚絮叨这事儿，再想到医生说婆婆浑身长烂疮，可能和这房子阴湿有关，你哥就去打听了一下，发现那养老院条件确实不错。你哥这才松口，联系了养老院。咱们给老两口订的是六千一个月带护工的那种，这钱，我们和大姐商量过，她出四千，我们出两千。送二老去之前，我们可是交了一万两千块钱的定金的。等老两口到了养老院，知道了这事，就说不让我们交了，他们手里除了你给的，本来就有一笔养老钱，甜甜小，让我们留着钱给孩子用，等什么时候，他们那笔钱花完了再说。你爸什么脾气你知道，他倔得很，我们只能顺着他的意思。"

陶蔓蔓深深看了一眼傅超，后者蹲在地上抱着脑袋不抬头，一副难过的样子。

她不知不觉地放柔了声音："去养老院的那天，我记得特别清楚，当时我挺着大肚子，给老两口收拾了一整天行李，你哥还让我做了顿丰盛的饭菜，说是去了以后，你爸妈怕是吃不到家里的饭了。路太远，你哥只好低声下气，找朋友借了辆私家车，那也是人家用来拉货的，刚到地儿，人家就打电话过来催着要。不敢给人家惹麻烦，你哥只好把行李放下，就抓紧去还车，他本来想晚点再去趟养老院，给老两口安顿好。可倒霉的是，他车开太快，在路上遇到了车祸，头磕到方向盘上，差一点人就没了。可他在医院躺着的时候，还不放心爸妈，说家里有儿子，还把爸妈送养老院，心里难受，觉得自己没用。一个大男人，在医院里哭得跟三岁孩子似的。我心里也难受啊，我挺着个大肚子，劝了好久，才把他给劝好了。结果一出院，他就吵着要去养老院，我本来担心他没恢复好，就说陪他一起去，在养老院的接待中心见到了老两口，看见他们红光满面的，你哥才放下心。

"就在这天，我和你哥站路边等公交车时，我羊水突然破了，这养老院太偏，根本没有几辆出租车经过，如果打120，等赶到时，羊水估计都流完了。我老公接连拦了几辆车，人家看这种情况，都没停。实在没有办法，他跪在路中间逼停了一辆小货车，那司机也不愿带产妇，怕路上出事，我老公就给人不停地磕头，后来又出了一笔洗车钱，人家才愿意捎我们去最近的医院。

"到医院的时候，孩子胎心已经很弱了，医生做了紧急剖宫产，才把孩子给拿出来。医生说，如果再晚半个小时，这孩子命就没了。为啥你侄女小名儿叫甜甜？就是因为他爸他妈这辈子过太苦了，女儿是爸爸的小棉袄，我就想以后我男人能过得好一些，少受点罪。"

说到这，陶蔓蔓泣不成声，佘小宇拿出纸巾递给陶蔓蔓，自己也抽出一张，擦擦眼角。

傅雨晴皱着眉头，慢条斯理道："证据呢？"

"什么证据？"陶蔓蔓霍然抬头。

"爹妈死了，你们说什么都行，我怎么知道你们不是合起来编了个故事？"

"傅雨晴，你不要太过分！"陶蔓蔓怒吼，"我要是瞎编一句，我出门被车撞死！"

"没有证据，就是不能说服我。"傅雨晴冷冷地看着她，"不管你们说什么，我都不会轻易相信。"

陶蔓蔓语塞，她的确没有什么证据可以证明，于是她一屁股坐下，崩溃地号啕起来。

傅雨晴见她这样，面色也不好看，但还是狠了狠心，抿紧了嘴。

"要证据？我们这儿有！"葛永安突然开口。

他看向齐刷刷朝自己看来的傅家众人："调查开始之前，我们联系了几个关键证人，其中，就有你们熟悉的常旭光。除此之外，还有各位曾经的邻居、生意伙伴等。从这些人嘴里，我们得知了你们家的一些过往，针对他们所提供的情况，我们进行了一些调查，并找到了实物证据。下面结合陶蔓蔓刚才所说，我来逐一列举一下。"

说着，葛永安在大屏上放出了几张售楼部的照片："我们联系了房屋销售，除了对'只收现金'这件事他们比较闪烁其词外，其他情况，基本和陶蔓蔓说的相吻合。"

下一步，他展示的是几张房屋室内图："傅超确实联系过房产中介，想在孩子报上名以后，就把房子给转卖了，中介也答应了，为了能把房子快速出手，在傅超没有入住前，中介还提前上门拍了照片，照片我做了比对，和傅超现在居住的房屋细节一模一样。后来中介接到傅超电话，说和家里人商量过，决定不卖，转到老人名下。当时他还跟中介咨询过房产赠予自己父母的手续……至于为什么咨询，可能是为了省钱。"

接下来画面呈现的是一张红色收据："我们在傅俊能的皮箱中，找到了一张水家湖养老院的定金收据，时隔多年，收据上的字迹已褪色看不清楚，但我们痕迹检验组通过技术手段将内容还原了出来。你是搞生物工程的，对某些检验方法也并不陌生，为了证实我们技术手段的可靠性，我有必要跟委托人简单解释一下原理。"

葛永安将收据照片放大："虽说大部分字迹已褪色，但依然可以看出，收据是由普通蓝黑墨水书写。蓝黑墨水主要原料为可溶性蓝色染料及防腐剂。这种墨水容易掉色，为使笔迹保存长久，又加入了鞣酸、没食子酸、硫酸亚铁等成分，它们混合后与空气接触会被氧化，形成蓝黑的沉淀物，从而使颜色持久。但就算这样，时间一长还是容易褪色。要显现出上面的字迹，其实比较简单，让纸张上残存的铁离子显现出来即可。铁作为常规离子，有很多溶剂可以使它显现，我们使用了黄血盐字迹恢复法，可以把潜在的字迹处理成蓝色。"

说完，他将处理完成的收据打在了大屏上："这样处理之后，字迹就清晰很多了，我们在收款人那里发现了一个人名：于向文。这个人我们也联系到了。傅超当年电话咨询的第一个人就是他，他本人现在在外地一个更大的养老院里工作，我让他拍了一张自己签名的笔迹发过来。经比对，这张收据，可以确定就是他填写的。他也回忆起，傅超当年确实订的是每月六千元的套餐，可他把老两口丢在接待中心，老两口知悉每月要六千元后，就坚决不同意，执意要改成最便宜的，而这个于向文本来不肯变更，可你父亲说如果不改就回家，于向文见没什么钱可赚，嫌麻烦，就把单子转给了刚来工作没多久的夏明，这样一来，虽然没钱赚，但夏明好歹完成了项目数量，对他比较有用。为这事，他还让夏明请他吃了一顿饭，所以他记得很清楚。"

看完这些证据，最惊讶的并不是傅雨晴，而是刚才闹得最起劲的陶蔓蔓："你们这是……"

"各位提供的信息，我们都会寻找证据进行证明，我们尊重的，是事实。"

"谢谢，谢谢你们！"陶蔓蔓眼眶湿润地说着，突然的放松，让她摇晃了一下，一旁的傅超连忙扶住妻子。

葛永安的目光移向傅庆兰夫妻两人："二位，傅先生一家已经说完了，你们有没有什么要说的？"

傅庆兰嘴唇微颤，可最终还是没开口。

"既然这样，那就我替你们说吧！"

葛永安说着，点击鼠标，之前那本被傅庆兰撕碎又重新粘好的病历本的图片出现在屏幕上。

傅庆兰唰地站起来，死盯着那张照片，眼眶通红，泪水也在她的眼中打转。

葛永安旋即又放出一张照片，那是一份借款抵押合同。

"咦？"马雷突然开口，他惊讶道，"你们怎么有这个？"

"这个也在老人家的皮箱里，但是复印件！"

"在爸的皮箱里？"这回轮到傅庆兰诧异了，"不可能，他怎么会有这个？"

"或许，你们回头可以去问一个人。"

"谁？"

"常旭光。"

"他？"傅庆兰与傅超交换了一下眼神，同时看向葛永安，"他怎么会知道这事儿？"

"常旭光是厨师，他早年当学徒时，就在马尧村后街的饭店里。"葛永安看向马雷，"和你父亲的店离得不远。当年那些放高利贷的去要房时，他就在旁边，看到了全部经过。"

"原来是这样……"

"当然，孤证不具备证明力，我们后来又找了同街的其他店主咨询了这件事，得到的结果基本一致。"葛永安再次看向傅庆兰夫妻，"所以当年，你们身上，到底发生了什么？"

"唉……"马雷一声长叹。

看着坐在对面、欲言又止的傅庆兰，傅超挺挺身子："这一切，其实都是因我而起的，那钱也是我花的，所以还是我来说吧。"

他先是看了一眼妻子，又看向傅雨晴："其实你们都不了解大姐。这个世上，只有我清楚大姐是什么人，这些年，她活得太苦了……"

"超儿，别说了……"傅庆兰想阻止他。

傅超却不管她，自顾自地说了起来："我姐和我姐夫读初中就认识了，他们是同班同学，我姐夫人品是真没话说，也是真心爱我姐。哪怕我姐想要天上的月亮，他都恨不得给摘下来。可是……"

傅超看向马雷："可是他爸，是个杀人犯。当年他爸给人看工地，晚上发现了小偷，他爸上前阻拦，被三个小偷围起来打，他爸就用工地配的土枪打死了一个，虽然后来法院判得不重，可这杀人犯儿子的名声一直扣在姐夫头上。

"我姐跟我说，班里的同学都嘲笑她穿破衣服，她不想念书了。而姐夫呢，因为他爸是杀人犯，也处处遭排挤，同病相怜又互相有好感，两人就这么走到了一起。

"这事儿，我爸妈那么要脸面，当然不同意，后来我姐没等中考就和姐夫两人私奔了。他们跑了一年，我爸跟着找了一年，也不知道我爸用了什么办法，还真就找到了我姐的下落，把我姐带回家以后，他就死看着我姐，还说既然我姐不想上学，就让她跟着我妈学裁缝，有门手艺，以后饿不死。就这么，我姐跟着他俩出了两年摊儿。其实他们不知道，这两年我姐和姐夫一直保持着联系，用的是我的小灵通，因为电话费多，我爸还把我揍了好几次。

"后来姐夫攒了点钱，就来提亲，我爸死活不同意，还用棍子把我姐夫打了出去。不过这结婚是你情我愿的事。"说到这，他看向葛永安，"我姐的性子，你们多少也了解一些，跟我爸挺像，犟到最后，他们两人最终还是走到了一起。不过这里边发生了一件事……我姐不愿当面照顾，甚至不愿跟我爸说话，原因就在这里。"

"什么事？"傅雨晴与葛永安同时问。

傅超对着傅雨晴叹气道："你当时不在家，这事就我清楚。爸当时告诉姐夫，想和我姐结婚可以，得拿十万块钱彩礼……"

随着他的讲述，时光仿佛倒转，回到了多年前……

马尧村，马师傅大排档门口。

见儿子马雷空手而归，马良运用围裙擦了擦手，迎了上去："东西收了？"

"嗯，收下了！"

"那你怎么还垂头丧气的？"

"庆兰她爸要十万块彩礼。"

"多少？十万？"马良运瞪大眼，"这要是再加上三金、酒席、三姑六婆的喜礼，好家伙，你这娶个媳妇儿，至少得花小二十万，你把我这门面房卖了也不够！"

"庆兰说了，这钱她爸不会收，最多是走个过场，就是让咱们表个态，到底是不是真心要娶媳妇儿。"

"你确定？"马良运狐疑，"她下面还有一个弟，一个妹，可都等着花钱，说不定他狮子大开口，就是为了填这个窟窿的。"

"不会，我虽然被他爸打了这么多次，可他爸人品在十里八乡出了名的好，谁都行，他绝不可能卖闺女。"

"你有多大把握？"马良运有些动摇了。

"不然，我回头把庆兰喊来，让她当面跟你说。"

"那倒不用，如果只是走个过场，这问题倒也好解决。"

"怎么就好解决了？爸，你可别打肿脸充胖子。"马雷狐疑地看看他，"咱们这摆摊干大排档，一天累死累活，毛利也就一百多，而且小妈身体也不好，花销也大，我们到哪里去弄这小二十万？"

"你小妈要知道你在担心她的身体，估计她药都不用吃了。"马良运笑眯眯地拍拍儿子的肩膀，"这事你就不要操心了，交给我。你的人生大事解决了，滚去过你自己的小日子，你爹我就没包袱喽！"

会议室里，傅超苦笑着摇摇头："其实我姐夫他们家能有啥好法子，他爸一咬牙，就去借了爪子钱，原本说好结完婚后，我爸就把彩礼钱给还回去。可他却不声不响地把钱拿去……拿去……"

"爸拿去做什么了？"听到关键，傅雨晴忍不住问。

陶蔓蔓道："还能干什么？给你报什么出国留学的辅导班。"

"不可能！"傅雨晴斩钉截铁地说，"当年我得了国际奥林匹克生物竞赛银奖，好多国外的大学来找我，我本来是不想去的，可我班主任亲口跟我说，外语培训不要钱，我这才动了出国念大学的心思。"

"其实，你的班主任骗了你。"葛永安道。

傅雨晴傻了眼："什么？这不可能！班主任她对我这么好，怎么可能骗我？"

"她确实对你很好，因为你是个好学生，你学习成绩全校第一，但这只是其中之一。你不知道的是，根据学校的规定，如果你能出国，她就可以完成教学上的考核指标，这对她将来评高级职称很有帮助。"

葛永安双击打开一个文件夹，点开一个六分钟的录音。

"你能有今天的成就，当然很感激当初帮助过你的班主任，所以这些年来，你们一直都有联系，今年过年回家时，你特意去了一趟她家。可你不知道的是，你父母对她也心怀感恩，逢年过节，他们就会委托常旭光给你班主任送点节礼。本来她也不知道你家里发生的事情，当我们找到她后，她才告诉了我们一些你不知道的事。"

说罢，葛永安单击空格键，开始播放。当进度条走到末尾，葛永安看向傅雨晴："你班主任的声音，你应该听得出来，她说的是真是假，你应该心中有数。"

此时的傅雨晴一脸难以置信，见她还处在震惊中，葛永安继续说道："音频里说得很清楚，三年的出国留学相关培训费用，一共是四万八，一次性交清。费用很贵，你班主任也并不知道你家里的经济情况，直接联系了你父亲。他得知学校准备把你送出国深造，虽然家里穷，但他还是一口答应了下来。但他也提出，希望你的班主任能保密，不要向你透露培训价格，否则你很有可能就会选择不留学了。这件事上，你的班主任存有私心，毕竟全校就你一个人符合出国培养的条件，所以，他们合起伙来，为你编造了一个善意的谎言。"

傅雨晴突然灵光一闪，转头看向傅超："哥，你的意思是不是，爸后来没有把彩礼钱还给我姐？"

"爸还了一半。"傅庆兰平静地回答，"当然，那时候剩下的一半，我也跑去跟他要了……"

70

多年前，马尧村西片村民组。

身穿红棉袄的傅庆兰坐上了马雷的大杠自行车，眼瞧着距离还款的日子还有最后一天，傅庆兰再也憋不住了，她决定亲自回娘家，要回剩下的一半彩礼。

伴着"嘀零零"的自行车铃铛声，傅庆兰沉着脸走进院里。

"老傅，你看，闺女回来了！"苗翠英从一堆菜叶里站起身，"听说你要回来，你爸连摊儿都没出，大清早就把家里养的老母鸡给杀了，正在屋里烫鸡毛呢，准备给你炖鸡汤补补身子。"

"不喝了。"

"不喝哪行？你现在成家了，以后回来的日子越来越少，就权当了你爸一个心愿，让他给你炖好，你要没时间，就带上回去喝。"

"妈！我现在真没心情。"傅庆兰无奈地道。

"姑爷，我闺女这是咋的了？"苗翠英瞅瞅女婿。

"跟他没有关系，马雷，你在院里等我，我去找爸聊聊。"说着，傅庆兰直冲进厨房。

傅俊能正试图赤手空拳把烫了毛的母鸡从锅里捞起来,手指一触碰到滚烫的鸡,他就倒吸了口凉气。看到女儿走进来,傅俊能笑眯眯地道:"闺女回来了,今天给你炖鸡汤!"

"家里就这一只下蛋的老母鸡,谁让你杀的?"

"你这出嫁后头一回回娘家,爸总得给你烧顿好的吧!"

"爸,你要真为我好,就把剩下的那五万块钱彩礼还给我。"

傅俊能一听,手上的动作就停了下来。傅庆兰心中大急,忙问:"钱不在你手上?花哪儿去了?"

傅俊能用围裙擦擦手:"钱我肯定会给你,你容我点时间!"

"真花了?"傅庆兰提高了调门,"整整五万块,你用这钱干什么去了?"

"唉,刚才还好好的,怎么爷俩在厨房吵起来了?"苗翠英撩起布帘走了进来。

"妈,我剩下的彩礼呢?"

"哦,是这么回事……"苗翠英道,"你妹班主任前段时间打来电话,说她获得了什么奖,有个出国深造的机会,全校目前符合条件的就你妹一个人,不过要走这条路,必须提前做准备,从高一就得上培训班,一年一万六,三年的费用一把付清。"

"不行,你把钱给我要回来!"傅庆兰冲两人怒吼,"你们说好把彩礼钱退给我的,为什么要把我的钱拿给幺妹报名!"

"都说嫁出去的姑娘泼出去的水,我看一点也不假!"傅俊能把围裙扯掉,一把摔在锅台上,"这成家还没到一个星期就跑来要钱,说,是不是马雷那小子鼓动的?"

傅庆兰晶莹的泪水从眼角滚落:"你明明说好的,结完婚就把钱给我……"

"我给你，我肯定给你。"傅俊能冲出厨房，指着马雷，"小狗崽子，你放心，我傅俊能说出去的话就是泼出去的水，彩礼钱说给你就一定会给你，就算把房子卖了，我也不会欠你的！老早就看出你小子没好心，也不知道给我闺女灌的什么迷魂汤，还鼓动我闺女来要钱！"

"爸，不是你想的那样。"马雷无奈地摊开手。

"谁是你爸？"傅俊能抄起木棍，"再不滚，我打断你腿！"

傅庆兰双手一展，挡在了马雷面前："你要打就先打死我——"

"你给我起开！"傅俊能说归说，握着木棍的手僵在了半空中。

"爸，我求你快把钱给我要回来。"傅庆兰扑通一下跪在地上。

"起来！"傅俊能怒火中烧地拽着瘫软在地的傅庆兰，"我给你，我又不是不给你！你妹这是一辈子的事，你就容我几个月，不行吗？"

"几个月？"傅庆兰失魂落魄地摇摇头，"来不及了，就只剩下一天了。"

"一天？什么就一天？"傅俊能吃了一惊。

"爸——"傅庆兰声泪俱下，"为了娶我过门，马雷他爸把家里唯一的生意铺子给抵押了，借的爪子钱，我们就指望这彩礼钱去填这个窟窿，到期钱还不上，他家房子就是别人的了。"

"什么？"傅俊能愣住了，"你们怎么不早说？"

…………

回忆至此，傅庆兰有些说不下去了，葛永安恰到好处地接过话头，把屏幕上的借款合同放大："借十七万，半个月还十八万，到期不还，抵押的门面房就是别人的了。而且我看了，这合同里都是霸王条款，差一秒钟还钱都不行。"

马雷也点头："虽然不合法，可他们既然敢放款，其实早就想好了应对法子！"

葛永安问:"如果你岳父按照事先约定,把彩礼退回来,然后加上摆酒席收的礼金,可以把这个窟窿给堵上吗?"

"可以。"马雷无奈地道,"可惜时间太紧了,我们借遍了所有人,也没能在一天里凑齐剩下的钱,后来那房子……"

葛永安替他补上话:"后来那房子被拆迁,变成了现在的市府广场,广场里千岛咖啡店的原址,也就是你们家的门面房,现在的租金,是每月三万四千元,年租金将近四十一万。"

"对……"马雷重重地点点头。

"这钱可不少,介意我问个问题吗?"

马雷抬头看向葛永安:"您说。"

"你们家现在的饭店,一年的营收有多少?"

"没多少。"马雷无奈道,"现在生意不好干,家里五张嘴要吃饭,一年忙到头,不过打平开支,几乎没有剩的。"

他俩正说着,傅超又道:"我妈最喜欢吃市府广场的宫廷桃酥,每次我给妈送药,我姐都会去排大队买一份,那咖啡店就在桃酥店的旁边,离远一点眼不见心不烦也就罢了,可这房子就在市中心,一天到晚在你眼前晃,换了任何人,心里都没法子不当回事。"傅超说到这儿,伸出三根手指,"知道吗?三妹,就差最后的三千块……我姐这辈子的命,就这么因为你,改了!"

71

破旧壅塞的城中村里,自建房光线暗淡的六楼上。

段木坐在电脑前,盯着呈直线下降的数据,面色冰冷。

就在这时,尾号四个零的电话恰到好处地打了过来。

"喂，怎么最近那条热点没动静了？"

段木将手里的烟头使劲杵进烟灰缸，碾了又碾，仿佛跟它有仇似的："我联系了曝光者，她不愿意将事态扩大，我劝了两句，还把我电话给挂了，再打过去就拒接。"

"看来，他们已经私下把问题解决了。"

段木沉默片刻，只好承认："大概吧！"

对方冷笑一声："其实我早就跟你说过，这种民生新闻，不过是网民的愤怒而已，大家都只是释放情绪，在现实里，谁家不是一堆烂摊子。这种新闻，只要没有后续继续刺激，数据会很快掉下来，最多七天就会被淡忘掉。"

段木无奈道："好不容易跟了个热点，一开始还信誓旦旦说要对方怎么怎么样，结果还是和解收场，这人哪……"

"也不算一无所获吧，你那号多了几万实实在在的粉丝，还有了些广告费，赚多赚少的问题。对你来说，倒也不算亏。"

"我就是有点可惜……本来以为是块肥肉，结果到头来，只啃了口肉皮。"

那人笑笑："不然买水军再推一波？把话题再炒起来，让他们三家都来找你？"

"算了，我又不是没干过，结果可不太好。到时候又被到处投诉，现在自媒体是把双刃剑，一不留心就捅自己一刀，少赚点就少赚点呗。再说了这种'不孝子女'的新闻，其实挖一挖，到处都是，也不至于逮着这一根骨头硬啃。"

"看来你小子境界又提升了。"

"其实要认真说，这次咱也不是完全没有收获，我发现了一个比较好的点，兴许能搞一搞。"

"哦？什么？"那边来了兴趣。

"咱们市南郊有一个叫龙途司法鉴定所的地方，他们所成立了一个'真探组'。咱们这件事儿，就是他们在过手，我看能和解，和他们脱不了干系。"

"真探组？听名字怎么像私家侦探？"

"人家全称叫'真相探寻小组'，跟私家侦探的性质很像，但他们是合法的，司法部门审批的正规单位。据说这个小组，专门接受民事委托，可以帮助全程调查民事案子。这可是蝎子拉屎——全国独（毒）一份。"

"听来有点意思，你打算怎么弄？"

"我这次发的这个新闻，就是从这个组调查过程中意外挖来的。我觉得，只要盯着这个组，不愁没有爆点事件。"

"不错，看来你这是找到一棵摇钱树啊？"

"咱们文化人说得好，塞翁失马，焉知非福，我以后就要发扬蚂蟥精神，叮住不放就完了。"

"那行，等你的好新闻，咱们做大做强……"

"再创辉煌！"

放下电话，段木眼神微微闪烁，自言自语道："坏我的事儿，那就从别的地方补回来呗！"

72

傍晚，君再来饭店二楼。

傅庆兰一脚踢开卧室门，把准备入睡的丈夫马雷给拽了起来。

"又怎么了？"

"我这刚解决一件事，你儿子又给老娘头上找虱子了！"

"我儿子不就是你儿子？马小胖又怎么了，你好好说话，哭啥啊？"马雷打着哈欠，伸手擦她眼角的泪水，"到底怎么啦？咱家的女强人，最近怎么老哭啊？都不像你了。"

"我能不哭吗？你瞅瞅，"傅庆兰将一本日记甩进丈夫怀里，"你儿子现在真出息了，我说怎么学习老搞不上去呢！"

马雷低头一看，发现日记本上的锁被撬开："你是不是偷看儿子日记了？"

"什么叫偷看？"傅庆兰坐直身子，"他是老娘身上掉下来的肉，我辛苦挣钱把他给拉扯大，凭什么不能看？"

"好好好，能看，能看。"马雷拍拍傅庆兰的肩膀，安抚道，"在这个家里，就没有我老婆不能看的东西。"

"你说咱们起早贪黑图什么？自从接了外卖平台，我这心就整天提溜着，生怕服务不好，人家给咱差评，那以后就不好弄了。可不接又怎么办？现在生意这么难做，你和我可没法子给人打工，一家五张嘴要吃饭，你小妈还病着要吃药，我每天忙里忙外，一点儿空都没有，不就是为了能多赚点，给你儿子攒个老婆本儿。可马小胖倒好，学习一塌糊涂，倒先找上媳妇儿了！"

"听你这么说，马小胖处对象了？"马雷一下坐起来。

"我要不看日记我都不知道，他跟那小姑娘初一就好上了，都谈两年了！"

"出息了嘿！"马雷翻开日记本，快速扫了两篇，"这小子，情商随我，这可比我上学时给你写的情书强多了，那时候我只会用歌词。对了，我到现在还记得我当时跟你表白时写的那句'你问我爱你有多深，月亮代表我的心'，当时纸条被你妹发现了，我在墙根下躲着，吓得我冷汗都出来了，还好你机灵，直接把整首歌给唱了出来。"

"姓马的，你还能笑出来？"傅庆兰刚想发飙，卧室门被突然推开。

马小胖沉着脸走进来："妈，你是不是偷我日记本了？"

"偷？"傅庆兰怒气值瞬间拉满，"你敢跟老娘说偷？你再说一遍？"

"不经他人允许，那不就是偷！"

"马小胖，你可出息了啊！"傅庆兰手指儿子怒骂，"男子汉大丈夫敢作敢当，今儿我就当着你爸的面问你，梁霜霜是谁？"

"我女朋友，怎么了？"

"你女朋友？"傅庆兰气得蹦起来，在屋中来回踱步，"你个毛都没长齐的小子，还敢早恋？"

"为什么不能谈？我以后还要娶她呢！"

"不好好学习，你们的以后在哪儿呢？在你嘴里？"

傅庆兰话刚出口，突然如触电一般，愣在了当场，她年少时的一段段记忆，宛若电影一般，在眼前渐次展开……

一九九七年夏，一个大雨前的傍晚，沉闷的空气死死压在地面上，灼热的四周没有一丝风，令人内心无比焦躁。

手持木棍的傅俊能站在院里，和双目通红的窈窕少女对峙着。

"我和你妈供你吃，供你穿，供你学习，你就在学校给我谈对象，现在还要辍学出去打工？"

"爸，我就不是念书的料，幺妹她成绩好，咱们家出她一个读书人不就行了？"

"说什么屁话！我跟你妈就是吃了没文化的亏，才会苦了一辈子。"

傅俊能抬起木棍，咬牙切齿地对女儿道："我告诉你，你给我老老实实回学校上学，不管你念不念得下去，我也供你到高中。等有了高中毕业证，哪怕你进厂，那也能比别人多拿点工资！还有，趁早跟那个叫马雷的断了，否则我连他一起打。敢拐我的女儿，他也不去打听打听，我老傅是好惹的吗？"

"打听什么打听？"傅庆兰的泪水在眼眶中打转，"你不就是个破修车的？我妈就是个破补衣服的。怎么？咱们还能是皇帝的穷亲戚？你们也不想想，我为啥不乐意上学？我是个女孩儿，可从小到大，就没穿过一件像样衣服，都是妈拿别人不要的烂衣服，给我缝个花，缝个草，然后就给我穿。可你们那个摊位附近，住的都是我的同学，你们有没有想过，我穿同学丢的衣服，我心里是什么滋味？我不想再待在这儿，也不想被别人看笑话，就当我求你好吗，让我出去打工吧！马雷他是真心喜欢我，他能照顾好我！"

"混账！我这个当爹的都照顾不好你，他小子就能？他知道我闺女喜欢吃几成熟的溏心荷包蛋，吃什么馅儿的饺子吗？他知道我闺女怕黑怕壁虎吗？他知道我闺女一吃酸的就拉肚子吗？他知道我闺女睡觉，一定要抱着她当奶娃时的包被才睡得着吗？"

"爸，你别说了！"傅庆兰嘶喊着，"我就是念不下去了，我要跟马雷走，我是个大活人，你拦不住，我要嫁给他！"

傅俊能用棍子把水泥地敲得咚咚作响，他痛彻心扉地喊："在这个社会上，没有文化，你们能有什么将来？能过什么好日子？"

"我的事不要你管！"傅庆兰扭头就跑。

傅俊能赶紧丢掉木棍，追了上去，天空炸雷响起，豆大的雨滴子弹一样嗖嗖打下来，让人根本睁不开眼。

他抹着脸，四周如瀑布一般的水幕，让他眼前完全失去了傅庆兰的影子，他在雨中大声嘶喊起来："庆兰，庆兰，你在哪儿？你快回来呀！爸爸求求你了，你快回来呀！你一个姑娘家，在外面可怎么过？"

他的声音被淹没在了隆隆的雷雨声中，他并不知道，躲在附近拐角的傅庆兰一边哭着，一边将这些话听了个真真切切。

73

会议室内，王怡文冷笑道："好家伙，前后折腾了快一个礼拜，敢情现在故事全反转了？"

"不然呢？"汪鹏鹏手一摊。

王怡文直摇头："我实在搞不懂，这一家人都在干吗，有什么不能直说？非得搞这么一出。"

"文姐。"佘小宇缓缓道，"理儿是这么个理儿，可做人难，谁没有个难言之隐？况且，真话未必就好听，也未必就有人愿意听。有的真话说出来，能扎得人鲜血淋漓，生不如死。所以，说了未必是好事，不说未必是坏事。"

"你今天怎么说话跟搞哲学的一样，玄乎乎的？"王怡文上下打量她，"是不是病了吃药弄的？"

"没病，"佘小宇一笑，"就是有感而发。"

王怡文直起身子，有些不耐烦："算了，活人想什么，我反正是永远理解不了。"

佘小宇听她这么说，隐隐感觉到冰山美女背后有故事，但他人隐私，佘小宇向来不会刻意打听，便也没有开口。

王怡文对此没有丝毫察觉，她看向葛永安："组长，委托人到底同意做病理解剖了没？"

"暂时没有。"

"那就是说，没我什么事了？那我回去了，可能还能搞到一两台解剖……"

王怡文起身要走，葛永安却叫住她："不行，龙所长说过，你缺乏团队精神，让你入组，就是让你和大家一起行动……"

"拿所长来压我？"王怡文面露不悦，但因为人好看，哪怕生气，也还是很赏心悦目。

"怎么？你不服？"龙梅的声音突然出现在会议室里。

王怡文打了个激灵，她跑到门边开门，却没发现龙梅的身影。

然而，在她身后，龙梅的声音再次传来："你们每一场会议，我都会通过远程监控收看，就算来不及，我也会看录播。所以，王怡文，你现在是要坐下开会，还是离开？我告诉你，你要是走出这个门，明天就不用来上班了。"

王怡文无奈地回到座位上，抬头瞪了一眼天花板上的监控。

葛永安也在看那边："龙所，麻烦你下次看视频时，不要随意出声，这会打断我们的工作。"

"我嘞个去，葛头儿威武。"汪鹏鹏趴在李霄阳耳朵边说话。

"说话就说话，离远点，痒死了。"李霄阳把他推到一边。

"装什么，你不也一脸看好戏的样子。"

汪鹏鹏愤愤不平的话还没说完，没想到龙梅却温和地说："好的，我下次注意。"

他一个趔趄，差点没摔地上："见鬼了，龙所会这么和善？"

李霄阳挑眉看向葛永安："不简单啊……"

葛永安泰然自若地拧开茶杯盖，抿了两口菊花枸杞茶，才道："我们继续吧！"

大屏幕上，一张树形思维导图展现出来，导图中将委托分为了四个调查阶段。

"第一个阶段：验证警方结论。

"第二个阶段：确定养老院嫌疑。

"第三个阶段：查清死者与子女间的矛盾。"

以上三个阶段下方，都有密密麻麻的分支物证做导引，并在每个阶段后，都备注了一个"（完成）"，唯独"第四阶段：老两口的真正死因"下面，却没有任何东西。

看到这，汪鹏鹏有些不解："葛头儿，他们不是自杀的吗？"

"对，但那只是结果而已。"葛永安看着大屏，"对我们的调查而言，最关键的，其实是导致结果的原因。按常理，一个人要走到自杀这一步，无外乎外因和内因使然。现在外因已经基本排除，那么就只剩下内因了。"

"内因？"佘小宇嚼出了味儿来，"组长，您是说，可能在他们身上发生了什么变故，才导致了这个结果？"

"对！"葛永安看向李霄阳，"都到这个时候了，你也别藏着掖着了，说说你的发现吧！"

"还有发现？"汪鹏鹏挠挠头，众人也都看向了李霄阳。

李霄阳讪讪笑着，抬手比了1厘米的距离："就一个小发现，很小的发现。"

"阳哥你不地道啊！有发现你都不说？"

"我不是一直怀疑老两口的死跟两姐弟有关吗？所以才……"

"别所以了，赶紧说说。"汪鹏鹏催促道。

李霄阳戴上手套，从证物袋里把之前发现的那堆药盒拿出来。

垒积木一般将药盒分为两堆后，他才道："我查询了傅俊能死前一个月的监控，发现他有段时间经常往外跑，每次出去都会拎着一个挎包，看不清到底拿了什么。所以，进一步检验后，我通过药盒上的指纹，把傅俊能吃的药都集中在了一起。"

众人看向两撂药盒。

"左边是市面上能买到的所有品种的非处方类止疼药，而右边这四盒，则是处方类的止疼药。"李霄阳拿起一个盒子，取出说明书，"在药品说明书上，我发现了一个陌生人的指纹，且指纹重叠率很高，通过特征分析，留下指纹的是一名四十岁左右的男性。这个人经常生活在傅俊能老人身边，最终比对后，我发现是夏明。夏明说，因为傅俊能经常忘记一顿应该吃多少粒，所以有时候会过来找他读药品上的说明书，而每次吃的时候，夏明都劝他少吃一点。根据夏明提供的线索，可以证明，傅俊能在最近一段时间，止疼药吃得越来越勤了。"

佘小宇也点头道："在分析药盒时，我也发现，这些药品的生产日期大多在半年内。"

"没错。"李霄阳与佘小宇交换了一下眼神，继续道，"所以问题就来了，傅俊能吃的止疼药，有处方和非处方两种。而从功效上来说，处方药自然镇痛效果要好些，但这里就只有四盒，而且生产日期很早，非处方药却足足有十几盒，还都是新买的。"

"处方药需要医生开具处方才能抓药。"汪鹏鹏明白过来，"阳哥你的意思是说，医生不愿意给他开了？"

"为什么不给他开？"佘小宇也思索起来，"会不会因为吃这些药，对他来说已经不管用了，再开，医生担心他会有其他想法，毕竟止疼药吃多了，也会出人命的，处方药尤其如此。"

汪鹏鹏继续道："看来，傅俊能因为无法止痛，所以尝试购买市面上其他的止疼药来缓解，才会在半年内积攒了这么多品种的药盒。"

"有一点我得说明。"王怡文慢悠悠地道，"看来，你们都觉得他患了严重疾病，而往往关乎性命的重疾，在尸体检验中都会有所表现，不过目前我在检验中并未发现异常，而且截止到目前，我们的所有调查，也没有发现任何证据能指向老人患有重疾。就连装药的塑料袋，我们在现场都没发现。你们尽可以做推测，但在不能解剖的前提下，我们要怎么确定这个推断是正确的呢？"

"这个嘛……"李霄阳啪地将一张公交卡拍在桌面上，"我有解决的办法。"

74

小区六楼,傅超家。

客房里,陶蔓蔓把一套蓝色厚棉被用白布条捆扎起来。傅超蹲在床边,将一男一女两双布鞋小心翼翼地裹进白布中,又塞进厚被夹缝里,这才安心地直起身来。

"事儿搞成这样,你妹要还是不依不饶,咱们就联系中介,把房子卖了,钱还给你妹得了。"

"不成。"傅超扭头看看客厅里,跟着动画片咿咿呀呀唱英语歌的女儿,"连老师都说甜甜是个好苗子,这孩子记忆力、领悟力都强,智商测试快140了。"

"那就让你妹骂啊?出门都有人戳脊梁骨,你不怕,我还难过呢!"陶蔓蔓白他一眼,把被子提起来,塞进真空袋。

"你不知道,我偷摸找人给咱家甜甜算过命,甜甜跟她小姑一样,头顶文曲星呢!你看,幺妹学习多厉害,省重点高中排名第一,这是什么概念?横竖都已经这样了,那我这当爹的就算背骂名,也得给甜甜创造点机会。这还有几个月就开学了,这边报上了名,那边儿我就把房卖了,不耽误。"

陶蔓蔓转身拾掇起屋里其他东西,一边弄一边随口道:"嘿,你这样儿,倒真是你爹亲生的。超啊,你说你爹当年,砸锅卖铁送你幺妹读书,是不是就这么想的?"

说完半天,也不见傅超回答,她奇怪地转过身看向丈夫,发现后者呆呆地站在床边。

"说话啊你!怎么了?"

傅超一动不动,脑子里徘徊着妻子刚才的话。

"超?你别是病了吧——"陶蔓蔓正要过来看他,却发现丈夫突然吭的一声，咧开嘴笑了。

"干啥啊你？吓死人。"女人伸手就捶，傅超一把从身后抱住她，她挣了两下，发现他不太对头，便不动了，随后听见他小声说："你没说错，我还真就是我爹亲生的……"

一滴热乎乎的水落在她的脖颈，她突然明白了他的心思，抬起手，揉了揉这个不善言谈的男人的脑瓜子。

"叮咚，叮咚。"

门铃声打断了屋内短暂的宁和。

傅超拉开门，发现傅庆兰在门外："大姐，你怎么来了？"

甜甜把电视关了，主动迎上来："大姑好。"

"哎，甜甜真乖。"傅庆兰摸摸孩子的头，"继续看呀！大姑找你爸呢！"

陶蔓蔓一看就明白了，过来牵起甜甜："跟妈妈一起看动画片去。"说完跟傅庆兰点点头："你俩屋里聊。"

"哎，行。"傅庆兰换了拖鞋，进了客房，打眼就看到床上捆好的棉被，她不由长叹一声，"人家从新疆特意给我捎的棉花，让人给打了床新被搁家里，本来想今年冬天让你捎去养老院的，没想到……这都用不上了。"

傅庆兰回头看弟弟："超儿？"

"姐？"

"你回头上我家去拿，完了找个没人的地方，把被子给烧了，咱妈一向最怕冷。"

傅超缓缓点头："好……"

见傅庆兰失魂落魄，半天不开腔，傅超只好问："姐，是不是担心店里的生意？"

"什么生意不生意的。"傅庆兰直摇头，"我以前心高啊！觉得人家一个月能赚十万，我傅庆兰凭什么就赚不到？我比人差在哪儿？老让自己忙忙碌碌的，觉得少干一天就少赚好几百，心里不舒服，每天转成个陀螺，还美滋滋的。要不是这几天，被幺妹一闹，饭店关门歇业，我还没空理清楚一些事呢！"

傅庆兰注意到棉被中间的缝隙有些宽，伸手一摸，果然摸到被包起来的鞋。她慢慢打开白布，细细摩挲着那两双一看就是给老人家屋里穿的千层底布鞋，吸了吸鼻子。

"我以前觉得，忙才是福气，毕竟这上有老、下有小，我停下来一天，他们就要没饭吃，没好日子过。什么嘴上问候，家里人聚在一起，这些都是虚的，过日子不就是过个钱的事儿？没钱啥也没有。可真停下来，不干活了，这才发现，人一辈子，一天三顿能吃多少？晚上睡觉，也就躺两片板子的一块地。要那么多钱有啥用？吃山珍海味，睡皇宫宝殿，那也得看跟谁一起吃，一起睡。"

"大姐……"

"我今天过来，就是想跟你聊聊，有件事儿，我这戳在心里几十年了，现在爹妈不在了，我不想再这么难受下去。"

"是幺妹的事儿？"傅超问。

"她要闹就闹吧！我想明白了，这事儿拦不住，让她闹个清楚明白也好。"傅庆兰摇摇头，"今天来不是为了这个，是我偷摸看了马小胖的日记，你侄儿早恋了。"

傅超一拍大腿："他才上初二，谈的哪门子恋爱？"

"可不是？"傅庆兰嘲讽地笑起来，"你知道的，我跟你姐夫从家跑出去，什么事儿都不顺利。有一天我和你姐夫两个喝闷酒，一时大意……谁知道就阴差阳错……总之，是我对不起我第一个孩子……甚至到今天，都不知道他是个男娃，还是个女娃。所以我心里头这份亏欠，都弥补给了马小胖。从小到大，奶粉要喝最好的，婴儿车要用最好的，但凡他们班里同学身上有的名牌，只要他小子想要，那我就给他买。除了学习要求严点，啥东西我自己使不上，也不能缺了他的。"

"这兔崽子，就是体会不到爹妈有多操心。"傅超说，"赶明儿我这当舅舅的，说说他去。"

"说啥呢？你这好外甥背着咱，和人家小姑娘都谈两年了。"

傅庆兰在床沿上坐下："这事儿揭穿了，马小胖一点反省的意思都没有，还说啥，就是喜欢人家，是真心，小姑娘还帮他辅导学习，说要一起考大学。我本来气得要命，可仔细一想，他初一成绩是班上倒数第五，这会儿虽然还在中下游，可比那会儿好得多。"

"那这……这也不兴早恋啊！要是搞出什么事儿，那可不得了。"

"谁说不是呢？我和他爸都劝，可马小胖是吃了秤砣铁了心，人家说除非闺女不要他，否则要和她考一个大学，将来一起走遍世界，看人间美景。"

"嘿！这小犊子……"傅超本来就不擅长说话，一时之间也不知道劝什么好。

傅庆兰也不在乎，自顾自地抚着那两双鞋道："不怕说啊，我儿子心里头有了别人，把我这个当妈的扔在一边，当仇人一样防着，我心里空落落的，气得半死。这是我身上掉下来的肉，我把一个只会吃奶的小东西，养到又高又大，完了成了别人的了。我是又哭又闹，可马小胖就是不听，我真觉得自己要疯了……可等到我冷静下来一想，我这还是个儿子，早恋这事儿，他小子横竖吃不了亏……而当年，当年我和你姐夫……"

她说到这里，眼泪忍不住往下掉，啪嗒啪嗒地落在那两双黑布鞋上，声音也变得支离破碎："你说……超儿，咱爸那时候，能是个什么心情……"

傅超长叹一声，在她身边坐下来。

"其实，有些事我知道，就是没跟你说。"

"什么？"傅庆兰擦擦眼泪。

"当年你跟姐夫私奔以后，爸满世界找你，后来人家介绍他认识了一个寻人的'能人'。可谁知，这人是个骗子，他把爸骗去搞传销，给关了一个多月，才被解救出来。他回来的时候，腿上全是瘀血，这些年，爸都说他的腿是摆摊受寒落下的病根，其实根本不是，就是在传销窝点那会儿，他还老想着出来找你，总是逃跑，被人抓回去打的。"

傅庆兰呆呆听完，气恼地问："你以前为啥不跟我说？"

"咱爸不让说。"傅超低着头抹抹脸，"他说，你大姐心里苦，以后和你姐夫还得过日子，这些事儿不能让她知道，否则夫妻之间有了隔阂，那你就更难了。"

傅庆兰愤怒地跳起来："他不让你说，你就不说？他让你不要进养老院里面，你就不进！他跟你说他过得好，你就以为他过得好，你是傻子吗？你脑子呢？你看看现在这都什么事儿？"

听到客房里吵起来，陶蔓蔓过去推开木门："怎么了大姐？"

"没事，你带孩子去。"傅超连忙关上门，一屁股蹲在地上。

傅庆兰无名邪火也泄了不少，又缓缓坐了回去，她把两双鞋紧紧地抱在怀里，一边流泪，一边一下下地捶打着胸口。

"爸……妈……你们好狠的心……瞒得我好苦啊……"

"姐……姐你别这样……"

傅超伸手拽她，又被甩开，只好眼睁睁看傅庆兰哭成个泪人儿……

75

公交总站办公楼外。

李霄阳、汪鹏鹏好一顿打听,这才找到了机房的位置。

顺着漆黑的走廊来到尽头,两人一前一后走进了挂着"机房"牌子的办公室。

房间里,一位扎着马尾的中年妇女,双手正不停地织着毛衣,根本不拿正眼瞧来人。

"你好。"李霄阳将一张司法鉴定所的介绍信拿出来,放在女人眼前的桌面上。

女人织毛衣的手终于停了下来,她瞥一眼留燕尾头的李霄阳,懒懒地问:"你是干什么的?"

"哦,是这样的。"李霄阳拿出一张公交卡,"我们想查一下这张卡的消费信息。"

女人又开始织毛衣,冷冷地道:"问什么答什么,年纪轻轻的,听不懂人话是吗?"

"喂,你……"

汪鹏鹏愤愤地要上前,李霄阳一把拦住,老老实实回答:"我们是司法鉴定所的。"

女人淡淡地说:"你要问的事儿,这涉及公民个人隐私,什么乱七八糟的部门拿张介绍信就想来查,拿我们这当什么了?"

"乱七八糟"四个字扎了李霄阳的心,他也冷下脸:"那要是警察来了呢?"

"可你是吗?"女人头也不抬,"走吧!这事儿办不了。"

李霄阳和汪鹏鹏转身就走,却被女人叫住:"站住,回来。"

二人对视一眼,面露喜色地回过头,谁知那女人却冲介绍信抬抬下巴:"这玩意儿你们拿回去,我可懒得扔。"

大楼外,汪鹏鹏见李霄阳铁青着脸,上前递给他一瓶农夫山泉,宽慰道:"阳哥,别往心里去,正所谓阎王好惹小鬼难缠,这种货色多了去了。"

"我在乎的是受气吗?"李霄阳恼火地灌了半瓶子冰水,"我本来想,要是能读出傅俊能公交卡的信息,就能知道他平时都在哪里下车,可以进行下一步调查,现在这么关键的信息不给查,哪儿还能有下一步?"

看他懊丧的模样,汪鹏鹏四周看看,凑过去小声道:"其实,也不是真没有办法。"

"你有法子?"

"行是行,但弄到信息可能不够全乎。"

汪鹏鹏把那张钥匙扣大的公交卡握在手里端详着,胖乎乎的脸上充满自信的光彩:"我老早就发现,这是一张带 NFC(近场通信)功能的公交卡,只要用带有 NFC 功能的手机靠近它,就可以进行数据交换,也就是说,这张公交卡的信息可以直接在手机上读取。"

"华为手机可以读取我们所的门禁卡,这是不是你说的 NFC 功能?"

"没错。"汪鹏鹏掏出自己的华为手机,调出软件,用傅俊能的手机接收了一条验证码,反复操作两次,便成功地将那张公交卡绑定在了自己的手机上。

李霄阳兴奋起来,双眼紧盯着手机屏。汪鹏鹏点开交易记录,信息却稀稀拉拉。

李霄阳失声道:"怎么只有近十次的刷卡时间和刷卡金额?这要怎么么搞?"

"对,就这么多信息了。"汪鹏鹏也一脸无奈,"咱们怎么办?"

李霄阳思考片刻,突然打了个响指:"你还真提醒我了,虽说麻烦一点，但也不是一点办法没有。"

养老院的公交站牌旁，汪鹏鹏撅着屁股扯着皮尺，李霄阳则拿笔在硬纸板上写写画画。

"阳哥。"汪鹏鹏直喘气，"咱们这到底要搞到什么时候？"

"快完事了，你再忍忍。"李霄阳在纸上列出公式，"最后一个数是多少？"

汪鹏鹏偷摸擦了把汗："一米三二。"

"好嘞！"李霄阳将数值填入公式，又是一番计算，在等号后写下了一串数字。

汪鹏鹏将脸凑过来："阳哥，你这鼓捣半天，在干吗呢？"

"你多运动运动，看看你这一身热气。"李霄阳把他推远点，"我在计算，傅俊能会在哪站下车。"

"这么牛？这也能算出来？"

见汪鹏鹏将信将疑，李霄阳将本子一摊："不信是吧！可我已经算出来了。"

正说着，一辆公交车在眼前缓缓停下，李霄阳忙道："说曹操，曹操就到，收拾东西，上车。"

"噢噢噢，好的。"汪鹏鹏把皮尺一收，连滚带爬地跟了上去。

由于这里是始发站，818路公交车上此时就他俩，李霄阳挑了一个靠后没人的位置坐下，汪鹏鹏一屁股坐到他身边。

"阳哥，你怎么算的啊？"

"其实光算还不行，还得结合之前的一些调查结果。"李霄阳道，"我看过养老院近一个月的监控录像，发现傅俊能有好几次都是卡着点坐这趟818路出门。"

"他不能把老伴儿一个人丢在养老院太长时间，所以卡点也正常吧！"

"没错。"李霄阳拿出硬纸板，在旁边空白处写下"S1""S2""t"三个符号，继续道，"S1 是傅俊能的步长，我在勘查现场时就已经测出来了。S2 是养老院门口到公交站的距离，咱俩刚才用皮尺分段测了总长。养老院门口就有监控，所以我可以从监控中得知他出门的时间。而有了步长和距离，就能算出傅俊能从养老院门口走到公交站，总共用了多少步。再通过养老院里的监控，最终计算得到傅俊能在平地每走一步的时间，将两者一叠加，就知道他从门口到公交站所用的总时长 t，得到这个数值以后，我们再看下一步。"

不管汪鹏鹏听得一脑门问号，李霄阳指指前方的公交车刷卡器："这趟公交车使用的是分段式刷卡计费，上车刷一次，下车刷一次，以最终下车的点计算里程扣费，如果只刷上车不刷下车，那么就会扣全票。通过你扫出的近十次消费记录，他有九次都仅仅消费一元，只有一次是全票四元。全票占比小，有可能是他忘记刷卡导致的误扣，所以从概率上来说，他去的地方，一元车费就能到，而这里，应该就是他拿药的地方。"

李霄阳又指指车里的公交线路图："我查了，这趟车，一块钱最多能坐十个站。而且傅俊能习惯卡点坐早上那趟车。"

他让汪鹏鹏拿出手机点开消费记录，指着那九次一元的扣费时间："发现没，所有消费记录，前后只差一分钟。"

"咱们坐了半天，都没人上车，所以这趟车在前十站停车的时间，应该都比较固定。"

"聪明。"李霄阳让他看最近的一次消费记录，又展示了一段存在手机上的视频监控，"早上七点二十一分扣款，根据这天的监控，傅俊能是早上六点四十四分，从养老院大门走出来，然后走进了监控死角。通过我的计算，他从大门走到公交站需要十三分钟。如果中途不休息，他六点五十七分，就可以到公交站。而这趟车的始发车是六点半，之后每十分钟一趟，所以他最有可能坐的，应该是七点钟那趟。"

李霄阳一扫平时慵懒的样子，眸子晶亮："按照这样算下来，他在公交车上的时长，就是二十一分钟。"

"按三分钟一站的话，他就坐了七站路。"汪鹏鹏的目光从始发站开始一站站往后掠去，"那就是在……杨絮大街？"

76

兄妹三人再次来到了鉴定所。

虽然彼此之间还是不交谈，但这回他们的关系显然缓和了许多，傅雨晴不再剑拔弩张，傅庆兰和傅超的态度也好了很多。

葛永安将李霄阳和汪鹏鹏的调查结果告诉了三人。

"杨絮大街？"傅超首先感到疑惑，"我记得我开车去养老院时，那附近都是药房，爸为什么跑那么远？"

"坐公交车时，我们也发现了这个情况。"李霄阳说，"考虑到您父亲给您母亲洗澡用的是草药，还是听别人说的偏方，我们大胆猜测，可能是有人向您父亲推荐了那边。"

"有什么发现吗？"傅庆兰和傅雨晴一起开口，两姐妹对视一眼，略显尴尬地互相点了点头。

"我们四处询问了杨絮大街的居民，附近有没有知名的医生，尤其是治疗疼痛的。结果还真让我们问到了。"

李霄阳掏出几张打印照片铺在桌面上，手指照片上的建筑："就是这儿，杨絮社区综合医院。这里有一名姓孟的医生，专门治疗老年人疾病，尤其是在去痛方面很有经验。经沟通，我们找到了孟医生给你们父亲开的那两张处方。"

"我爸他……腿脚是不太好，"傅庆兰有些支吾，"可他过去也说过，只是下雨天会有点隐痛，有必要专门去开止痛药吗？"

"你父亲的止痛药，不是因为腿疼开的。"李霄阳看着傅庆兰的目光微带同情。

"什么？那……那我爸是有别的病？"

"对，按照孟医生的说法，你父亲是因为下体有剧烈的疼痛，并伴有血尿的情况，所以才会过来求医的。而且孟医生的确擅长治疗下体疼痛、血尿和尿淋漓、尿不尽之类的疾患。孟医生给他开了两次止疼药，但是吃了也还是不管用，他怀疑你父亲的病情不一般，就拒绝再开，建议你父亲去大医院看一看，彻底做个检查。"

"那，那我爸去了哪家医院？"傅雨晴忙追问。

"这就真不清楚了。"李霄阳坦言，"我们的信息不够，追踪不到。"

葛永安道："不过目前看来，至少可以证明，你们的父亲确实患有较重的疾病，至于是什么病，是否与他的死有关，这就必须要做病理解剖，才能有清楚的答案。今天请你们过来，也是希望你们能再慎重考虑一下，是否要做解剖。"

兄妹三人这次再听到"解剖"二字，已经没有了之前那种抗拒。

傅雨晴看看兄姐，傅超也习惯性地望向傅庆兰，试探道："大姐，要不，你拿个主意吧！"

"唉，也罢……"傅庆兰轻叹，眼神复杂地看向真探组的成员，"其实，我能看出来，你们司法鉴定所也已经尽了全力了。"

她又回头看看弟妹，轻声道："按道理说，人死了就应该入土为安。爸妈他们这辈人，活着苦了一辈子，把什么事都藏在心里，什么都不愿让咱们知道，生怕拖累了咱们。可经过这一番，我算是明白了，人不能稀里糊涂地过日子，否则就会像现在咱们仨一样，一个爹妈生的亲兄弟亲姐妹，却比外人还生分。"

她叹了口气，又道："别说三妹心里疑惑，哪怕咱们这些大人接受了，将来要是孩子们问起来，二老为什么要走绝路，是不是你们的缘故，咱们要怎么解释？总不能瞎编一个理由吧！"

"我也不愿就这么送走爸妈，否则这辈子，我心里都有个疙瘩，这日子，没法过！"傅超也不闷罐子了，"三妹，你怎么想？"

葛永安也看向傅雨晴："委托人，到底做不做解剖，还得看你的意思。"

"我相信，爸妈会理解的。"傅雨晴终于打破沉默，"九泉之下他俩如果有知，也会希望我们三个之间，不再因为这事儿有心结。我……我同意进行解剖。"

77

殡仪馆冷藏室内，王怡文将傅俊能的遗体再次推出来，并做好了解剖前的所有准备工作。

佘小宇与她并排站立于遗体前方，随身音箱中传出邓丽君悠悠的歌声，她俩朝遗体深鞠一躬，开始了法医病理解剖。

王怡文手持柳叶刀，沿傅俊能的下颌下缘正中缓缓下滑，经胸、腹至肚脐上方，停顿后绕脐左侧继续向下直至耻骨联合部末端。

她轻而精准地用刀划剥、切开腹膜，打开胸腔。

"内脏器官未发生位移，腔内无积液、积血，心、肺、肝、肾、胃等重要器官，未见明显器质性损伤及病变。"

"没有异常？"佘小宇打开物证盒，接下王怡文取下的组织样本。

"有些情况通过肉眼是无法判断的，需要进一步检验。"顺着内脏的排列一路向下,当王怡文检查至膀胱下缘位置时,她突然"咦"了一声。

"有发现?"

王怡文没回答,而是用清水仔细地冲洗死者下体:"前列腺体内可见深褐色点状痕迹,但皮肤外侧却没有明显伤痕,此前尸表检验未发现情况,很可能是因为原本的伤口太小,已经愈合。如果我没有判断错误的话,死者曾经做过前列腺穿刺。"

王怡文看向佘小宇:"我想,我已经知道答案了。"

"傅俊能体内的PSA浓度超标。"

会议室内,病理解剖结论被复制成多份,推送到每个人的平板电脑上。

"PSA浓度?这是什么东西?"汪鹏鹏好奇地问。

王怡文严肃地解释:"PSA是'前列腺特异性抗原'的简称,是由前列腺上皮细胞分泌产生的蛋白酶,它会直接分泌到前列腺导管系统内,用于帮助精液凝块水解。由于前列腺导管系统周围存在屏障,通常情况下PSA很难直接进入血液之中。而在前列腺发生癌变时,屏障会被冲破,致使PSA进入血液循环,癌的恶性程度越高,对前列腺组织的破坏能力也就越大,血液中的PSA浓度就会随之升高。而在肺癌、直肠癌、胃癌等其他癌病中,通常是不会出现PSA的,所以检验血液中的PSA浓度,是判断前列腺癌的一个标准。"

"所以……他有癌症?"

"对,基本可以这么说。"王怡文点点头,"但由于个体间会存在差异,而且死者傅俊能长期服用非类固醇抗炎药用于止痛,对判断的精确度会造成影响。"

佘小宇接过话头,解释道:"他所服用的这类药物,是通过阻止

COX-1 及 COX-2 两种酶的作用来达到止痛的目的。而 COX-1 主要存在于胃、肾、血小板中，催化产生生理需要的前列腺素 E2，这种物质可增加患者对疼痛的敏感性。而 COX-2 在正常生理状态下不表达，但受到致炎因子刺激后，却可大量迅速表达，它是引起炎症反应的关键酶之一。"

"是的，"王怡文敲敲桌面，"我刚才也说了，PSA 是一种蛋白酶，长期服用止痛药，会对血液样本中的 PSA 浓度造成一定的影响，为了准确判定病因，还得要采集前列腺液进行比对检验。"

"这东西怎么采？"汪鹏鹏听得一愣一愣的。

"采集前列腺液的方法分为人工和穿刺两种。"王怡文调出人体解剖图，用红色激光指点，"人工采集，是利用手指伸入直肠末端挤压得到样本，这种操作比较简单，但样本是由尿道排出的，经常会混有尿液，导致浓度不够，所以如果人工采集，已经足以发现存在异常，之后就必须进行穿刺，做最后的判断。"

王怡文双手撑住桌面，看向众人："也就是说，只要医生主张做穿刺，其实情况就已经非常不好了。"

"死者的病情，具体是什么情况？"葛永安问。

王怡文点点头："我抽取了腺体内的前列腺液，检验其中的 PSA 浓度，根据结果推算，他的病情已经发展到了癌症中后期。而且，六十岁以上的男性患这种癌的致死率特别高。至于致癌原因，很有可能与他操劳一辈子，久坐有关。"

78

数月前，市人民医院空旷的走廊里。

一位老人孤独地坐在冰凉的长椅上，仰头看着天花板，出神地思考着什么。一位身穿白大褂的医生从病房中探出头来。

"傅俊能，傅俊能在不在？"

老人有些艰难地起身："我就是傅俊能。"

"怎么就你一个，你家里人呢？"医生见他有些蹒跚，走过来扶了他一把。

"他们都有事忙，我就一个人来了。"傅俊能小声问，"医生，我的检查结果怎么样？"

医生扶他沿走廊缓缓行走："您还是进来坐下说吧！"

"好，好，给您添麻烦了。"

他注意到，这次医生没有将他领进诊室，而是带他去了另一个房间，在这个房间的拐角上还挂着一个圆形的摄像头。

把他扶到房里的单人床上躺下，医生开始用手轻轻按压他的下体。

"疼，疼！"傅俊能叫起来，脸上顿时起了一层冷汗。

医生松开手，扶他坐起，皱眉道："老人家，您这种情况有多久了？"

"大概有半年了吧。"

"您以前，是做什么工作的？"

傅俊能迟疑片刻："我就是在街头摆摊修车，没有单位。"

"摆摊？"医生想了想，"那您平时摆摊坐哪儿？"

"我自己用铁板焊了一个折叠凳，就坐在那上面。"

"那您没在上面弄个坐垫啥的？就直接坐铁板哪？"

"绑是绑了，可坐垫容易滑，有时忙着忙着，就忘了弄。"

医生若有所思，继续问："您摆摊摆了多久？"

"从年轻的时候就开始，干了能有几十年了。"

"这么长时间啊？"医生叹息着摇摇头，"那绑不绑坐垫，可能影响都不大了。"

"医生，您就直说吧！我到底得的是啥病？为什么最近连走路都疼？"

医生抬眼看看头顶的监控，故意提高了点音量："老人家，我跟您说实话，您可要有个心理准备。"

傅俊能心中已经有了不妙的感觉，他摆摆手，苦笑道："嘁，都一把年纪了，也活够本儿了，有什么不能接受的。"

"您这个情况可不好，需要尽早做手术，最好您还是通知一下家里人，我得跟他们谈谈。"

"我得病，跟他们谈什么？"傅俊能双眼一瞪。

"这病您一个人还真做不了主，不光是钱的问题，还牵扯到后期的恢复，要是……"

"啥？"

"我就是做个假设，不一定会发生的。我就是想说，要是手术不及时，发生了什么风险，您今后下床走路，有可能都是个问题。"

"那好吧！"傅俊能这次没有拒绝，从诊床上溜下地，这一下又疼得龇牙咧嘴。他朝外走去："那，我回家就通知他们过来一趟。"

他身后，医生露出如释重负的表情："这样最好，这样最好……您记着，千万得尽快啊！"

79

三天后，一层会议室里，傅家姐妹和傅超再度齐聚一堂，葛永安把落地屏打开，一张完整的思维导图显示出来。

导图上的每一张图片、每一段语音、每一份鉴定报告，都标清了来源和出处，一些关键信息，更是直接标红显示。

确定过所有人已看清内容，葛永安起身对三人道："解剖的结果，我们已经告知了各位。相关的医生、助理我们也都进行了询问，除此之外，我们还找到了一些你们并不掌握的信息，比如说修理厂老板许猛，以及养老院其他邻居的证词。我们将所有这些全部综合起来，拼凑出了一个完整的事实经过，接下来，我将带着各位，重新认识一次你们的父母……"

数月之前，傍晚。

偏湖院18号的木门被人推开，一缕阳光通过镜面反射照进屋子。

在斑驳的光点照耀中，躺在床上的苗翠英吃力地偏过头，看向正在床头取药的老伴。而傅俊能正颤抖着双手，把几粒药片送入口中。

虽然是背对着她，但她明显感到丈夫的痛苦，苗翠英拍拍床板："俊能啊，你最近到底是怎么了？"

"没啥。"傅俊能端起茶杯抿了一口，"都是小毛病，没啥事儿。"

"小毛病？"苗翠英埋怨起来，"你就哄我吧！我是不识字，可你那药盒上的画我是能认得的。"

"什么画？没有的事儿。"傅俊能下意识地将药盒往桌里推了推。

"藏也没用，我早就看见了！"苗翠英微喘着说。自瘫痪以后，她身上的肌肉逐渐萎缩，现在连说话都费劲儿。

"当年咱们摊边不是有个卖糖球儿的老张吗？他就吃过这药，那药盒上画了一个人捂着腰，我还以为他腰出了毛病，可他跟我说，这不是专门治腰的，是治其他毛病的，女的不会得，就男的犯病。后来也没多久，他人就没了，问别人都说是得了大病。"

"瞎想！老张他比我大一轮，而且老早就有基础病，我这身体可比他好多了。"

"俊能——"苗翠英吃力地挣扎着想起来,"你扶我起来坐一会儿?"

"成。"傅俊能应了一声。他脱掉鞋吃力地爬上床,像往常一样把妻子抱起时,突然感到一阵剧痛,他眼前一黑,龇牙咧嘴缓了好久,脸上这才恢复了血色。

"你还要骗我不?"

知道苗翠英把一切都看了个真切,傅俊能颓然地坐在床上,听她问道:"我跟了你一辈子,你脸上有几个褶子,我心里头都清清楚楚,虽然说我整天躺在床上,可别以为你就能瞒得了我。说吧,到底咋了?你不告诉孩子可以,但总不能一直瞒着我。你心里头明白,就我这样儿,你要是出啥事儿,我一个人可撑不住。"

这话似乎说到了傅俊能的伤心处,他突然抬起手,用粗糙的手指,摸了摸妻子满是皱纹的脸,颤着声说:"我老在想,这辈子做得最对的事儿,就是把你娶过门。"

苗翠英拍开他的手:"少来,一问你关键问题,你就给我扯别的。"

"不是。"傅俊能摇摇头,"我真是这么想的。"

他叹了口气:"你说你这辈子,给我生了足足三个娃,真是一天好日子都没过过,尤其意外怀老三时,你躺在床上保胎,血流了一裤子……当时给我吓得差点魂儿都没了。"

"咱老疙瘩这么有出息,我吃那点苦算个啥?"苗翠英不好意思地笑笑,抓住老头儿的手,拍了拍。

"三妹是有出息,但你知道这孩子为啥那么用功吗?"

"为啥?"

傅俊能眯眼笑着:"这事儿啊,我没跟你提过,是我们爷俩的秘密……"

一九九九年,盛夏的修车摊儿有一半在荫凉里,另一半被晒得滚烫。树上的知了声嘶力竭地喊着，仿佛下一秒就要断气一样，让人心中满是烦躁。水泥地像热铁板一般，九岁的傅雨晴捧着铝制饭盒，坐在石棉瓦的阴凉里，她把脚伸出去一些，脚指头落在地上，给烫得马上缩回来。

在她眼前不远处，炽热的阳光里，傅俊能正不辞劳苦，挥汗如雨地给一个少年修理着自行车。她向来是班上最早做完暑假作业的那一拨，所以傅雨晴现在有的是空闲。她百无聊赖地坐在母亲的缝纫机上，看着父亲的一举一动。

按照往常，父亲只要吃完饭，她就可以把饭盒带回家，等母亲洗刷好拿回摊位，她就可以变成一只无忧无虑的小鸟，想飞到哪里，就飞到哪里。当然，通常来说，她会去村委的阅读室，翻阅那里的各种杂志。

然而傅俊能一直忙个不停，她有些耐不住性子，好不容易看到少年骑车离开，傅雨晴不顾地上滚烫，跳着脚捧着饭盒迎了上去："爸爸，快吃饭，都凉了。"

傅俊能粗糙的大手插进盆里，抄水洗去污渍："这大热天，哪会凉了，我看你是着急去玩儿吧！"

"阅读室有本少年科学杂志，昨天看了一半，想接着看！"借口被拆穿了的傅雨晴不好意思地喊了一声。

"好好好，我现在就吃。"傅俊能接过饭盒，他刚打开，吞吞口水，一辆摩托车伴着轰隆声停了下来。

"老板，你这儿修车吗？"车上的男子问。

"修啊！"傅俊能顺手将饭盒又给盖了起来。

"我这车有些怪响动，你给看看。"男子下车将摩托推进摊子，"我赶时间，能不能快点？"

"行，没问题。"傅俊能把饭盒递给女儿，用搭在肩膀上的毛巾擦擦额头的汗珠，屁颠屁颠地走进了烈日下。

傅雨晴不情愿地把饭盒往缝纫机上一摔，发出的巨大声响让骑车男子一惊。

"看来今天来得不是时候啊！"男子重新走到自己的车子旁，"算了，不在你这儿修了，我上别家看看。"

"怎么不修了啊？"傅俊能拿着扳手愣在原地。

男子抬抬下巴："你没看见吗？你闺女都生气了。"

男子说完，一脚蹬着摩托，冲傅雨晴笑笑："喂，小丫头，你爸就是个破修车的，你最好别耍大小姐脾气，给你爸得罪人，小生意最重的就是人情面儿，别说我没提醒你。"说罢，男子骑车扬长而去。

傅俊能恼火地将扳手往地上一丢，走过去拿饭盒，可傅雨晴却把饭盒抢过来，抱在了怀里。

"闺女，你这是干啥？"

都说女孩成熟早，穷人家的女孩更是早当家，九岁的傅雨晴哪会听不出，刚刚那男子在羞辱自家，她清脆地问："那男的说咱们坏话，你为啥不反嘴？"

被女儿这么一数落，傅俊能搓搓大手，不知说什么好。

"算了嘛！他要修车，人一着急脾气就大，咱不和他一般见识。"

可傅俊能的回答显然让傅雨晴不满意，他每靠近女儿一步，傅雨晴就会退后一步，故意拉开距离。

"闺女，别闹了，把饭盒给我。"

"不给。"

"为啥不给？"

"咱们凭啥得挨骂？书上说的，老师教的，劳动最光荣。凭啥修车就是破修车的，你为啥不争个理儿？"

见女儿喋喋不休，傅俊能叹了口气，也有些恼火："你爸我一个大字不识，就指望在这里摆个摊子糊个口，咱们什么家庭情况你不知道？全靠这街坊邻里给口饭吃，得罪他们，咱们能落什么好？"

傅雨晴水灵灵的大眼睛瞪着父亲，傅俊能放低了声音，走到女儿面前："是爸说话太大声了……可人家也没说错，做生意要和气生财，咱们自己知道自己不下贱不就完了？"

他话还没说完，傅雨晴一把将饭盒塞进傅俊能的怀中："你吃吧！我明白了，你可以不计较，但有的人就是狗眼看人低。我将来一定要成为人上人，看到时候谁还能瞧不起咱。"说罢，傅雨晴转身就离开了，不管傅俊能在身后喊啥，她都没有回头……

"竟然闹过这一出？"苗翠英靠在床头，嘴角带着笑意，"咱家这老疙瘩脾气随你，认定的事，十头驴都拉不回来。"

"你觉得这样好？"

"咋不好？"苗翠英给他一下，"当年咱俩说对象，我爹妈看你连条棉被都打不起，死活不同意，要不是你三天两头蹲我家门口，说啥也不肯走，我爹也不会觉得你这人实诚，愿意把我托付给你。"

"可是……"傅俊能欲言又止。

"可是啥？"

"我这脾气，可是毁了庆兰和超儿的一辈子。"老头垂下头来。

"你看你，转眼都半辈子了，一闲下来，你就想着这事……"

傅俊能缓缓搓揉脸颊："哪能不想，要是当年没那十万块彩礼的事儿，马雷家就不用抵押那套门面房，那我闺女现在也不用这么劳心劳神……"

"他们家抵押房子，可没提前跟我们说。而且，当时要十万块钱彩礼，不也是因为马雷这孩子不靠谱嘛，咱们庆兰才多大就被他拐跑了，竟然还出了那事……"

"不要再提了！想起来就想揍这小子。"傅俊能怒火中烧地说。见他时隔多年还是心头有火，苗翠英长叹道："其实，你对庆兰啥样，我这个当妈的可是一本清账。咱庆兰还小那会儿，你恨不得把她给拴在裤腰上，走哪儿抱哪儿，逢人就夸。当年咱家穷得都快揭不开锅了，你为了给庆兰煮溏心鸡蛋补营养，还把你唯一能解闷儿的收音机都给卖了。我当时还挺奇怪的，别的男人，都喜欢男娃儿。你倒好，整天把自己大闺女疼到骨头里，超儿、老幺出生的时候，都没见你这样过。"

见自己的老伴仍不言语，苗翠英又道："马雷那个浑小子，把庆兰给祸害了。这事儿你能乐意？问他要十万块彩礼，不也是想看看这小子到底是不是真心对庆兰嘛！要是连十万块都不想拿，那这小子就有二心。我们又没真想要拿钱，不还是要还给他俩的吗？"

傅俊能无奈道："说是这么说，到底不还是花了五万。"

"那谁能料到，老幺的班主任在这个节骨眼上打电话要学费。"

苗翠英瞅瞅傅俊能，抬起手覆在他的大手上："咱家就数老三学习最好，班主任都说，全校就她一个名额。依你的性子，卖血都得供她。再说当时庆兰来要钱，咱不是连夜去了趟省城的培训机构嘛！一听人家说钱打到北京总部去了要不回来，你就连夜去亲戚家借，一千两千没有，那就一百两百，借到后来，连十块二十块你都要。我嫁给你这么多年，你啥时候问人家借过钱？可为了能凑够这一笔，你就差没给人下跪了。可咱家只有一帮穷亲戚，又能怎么办？马雷家房子被收走后，你不也去抵押公司找过好多次，为了抢那份合同，人家险些一闷棍打你脑门儿上，结果拼了命，抢来的还是复印件……"

"我又不识字，我哪知道那是啥……"傅俊能佝偻着腰，反复搓着手，像个犯错的孩子，"所以庆兰她怨我，我不怪她……"

"再怨那也是你亲闺女。"苗翠英朝床头柜努努嘴，"你以为，那桃酥是买给我吃的？我寻思，你自己应该也忘了，庆兰结婚那会儿，你坐在席上,啥点心也不吃,光捡着他家的桃酥啃。庆兰这丫头早就看在眼里,记在心里了。当年她跟马雷来要账,都不忘记给你捎一大包。到家时你在杀鸡,是我去接的,我还问闺女为啥带那么多桃酥,闺女说,爸爱吃就买了。再后来,你俩不是因为钱的事儿吵起来了吗,我就没跟你提这茬事儿。"

"庆兰她……"傅俊能有些哽咽,"她、她心里真的还有我这个爸?"

"怎么没有?"苗翠英笃定道,"要是不认你,为啥当初给咱俩订六千块一个月的房?你又不是不知道,就庆兰那饭店,一个月累死累活也就够糊口,我问过超儿,他说那六千庆兰出四千。再就是,这些年我吃的药,都是庆兰让马雷开车去省城买的。为了给我买药,她多着急赚钱也得每个月歇一天。要不是咱闺女,我这把老骨头,就算你伺候再好,又哪能挺到现在?你也不想想,她把我照顾好了,谁就能轻松了?"

"啊?原来是这样。"傅俊能恍然大悟,浑浊的眼中亮起光彩。

苗翠英撇撇嘴:"她呀,不愧是你老傅最疼的亲闺女,跟你是一个脾气,都是刀子嘴、豆腐心……"

"嘿嘿,爷俩确实像……"傅俊能脸上总算是有了笑意。

见老伴心情好了些,苗翠英又道:"再说老二吧!你也没少在超儿身上花心思。他打小喜欢画画,你就变着法儿给他买蜡笔,买本子,可家里到底有三个孩子,有时候吃饭都成问题,你也担心,要是一碗水端不平,孩子们互相伤感情,有时只能骗他,画笔本子都是修车时人家没钱给,用来抵修车费的……"

"不这么说,超儿也不会要,这孩子打小就懂事,有什么好东西,都紧着他姐和他妹。我记得有一次,天气热,我给他买了根冰棍儿,他愣是没吃,用手捧着跑回了家……"

"对呀……"苗翠英也想起来了,"当时超儿跑得一身大汗,到家时，冰棍儿都快化完了。他还把剩下的那些搁在碗里化成水，一直等到他姐和他妹到齐了，三个人一人一勺地舀着喝。"

"所以他姐和他妹最喜欢跟他玩儿，尤其是老幺，只要放暑假，她哥的背那就是她的床，一天到晚让她哥背到这儿，背到那儿的。"

听到这，苗翠英也笑得直拍床板子："对对对，后来都上初中了，回家第一件事，还让她哥背着跑呢。"

傅俊能长叹一声："超儿这孩子，心太善，嘴又拙，否则也不能打小被人利用。"

"是啊，带他那个师傅老李头是什么人，别人不清楚，咱还不清楚吗？表面上是画大字报的，实际上就是个臭流氓……他还不喜欢女的，专拣小男孩下手。咱们村老张家的孙子，就被他堵在巷子里，裤子都被他给脱了，当时要不是你瞧见，他指不定把孩子给怎么样呢。"

"所以说啊，他主动接近超儿，我看就没安好心！"傅俊能啐了口唾沫，"我起先不知道，后来人家告诉我，超儿跟在他后面学画画，我当时脑瓜子就嗡的一下。他这事儿，本就不光彩，我也不敢闹，不然超儿肯定要给人嚼舌头。可你说，我也不知道该咋和超儿说，所以只能狠狠心，让他断了念头。我把超儿安排在小许的修理厂，就是想让他学个吃饭手艺，可哪里料到，后来却让他当了劳改犯。"

"要我说，这件事还真怨你。"苗翠英道，"虽然你口口声声说小许跟你在一起干过，人品没话说，可我打看他第一眼就觉得，他这人滑得很。他当初拉你入伙我没同意，就是因为你老实，算不过他。你想想，他能把修理厂几年就干那么大，不搞点猫腻，可能吗？"

"那我也没想到，超儿能跟骗保的混到一起。"

"超儿这孩子打小老实，遇到生人话都不敢多说一句，要不是小许介绍，超儿能接触那些人？再说了，超儿这么做，钱赚最多的不还是修理厂？钱他赚了，我儿子蹲监狱，美得他！"

见妻子有了怒意，傅俊能的腰弯得更低了："唉……没办法，就因为没文化，街坊邻居平时客客气气的，可背地里都在看我笑话。他们跟自家孩子说，以后不学习，就像傅老头子一样，摆摊修车，一辈子没出息……所以那个人说得对，我就是个破修车的，我身边也没几个有本事的，你不知道，我可是问了好大一圈儿，也就小许愿意给超儿一口饭吃，我也没办法。"

听丈夫这么说，苗翠英软下来，无奈道："超儿一直觉得，他之所以蹲监狱，就是因为你给他介绍了这份活儿。所以他才会恨你……"

"何止是这件事，"傅俊能道，"你还记得超儿出狱前一周，老幺邮来的那个快递吗？"

"记得，怎么会不记得。"苗翠英点点头，"老幺说她要做什么国家级的科研项目，需要政审，而且这个项目很关键，可能关系到……"

"关系到她是否能顺利入职。"傅俊能补了一句。

"对，就是这么说的。"

"我当时听村主任说，要是超儿还在咱家户口上，那政审单上指定要写他的名字，想解决这个事儿，那就等他出狱再入户口的关卡上，给他单立户，这样政审单上就可以先把他名字给踢掉，要是谁来问，就说没这个儿子。我本来还犹豫，可村主任说快递上写着呢，一周内必须给回复。"

"对，我记得老幺还打电话来催过，电话是我接的。"

"我那时啥也不懂，就信了村主任的话。我记得是第七天，刚好超儿出狱，我怕有人来问，超儿刚到家，我就跟他说了这事儿，他听了饭都没吃，转身就走了……"

傅俊能叹息一声："我哪知道这村主任也是半开的葫芦——不通窍。他自己也是一知半解，后来派出所的警察告诉我，政审只要写咱俩就行了。可再后来，我怎么跟超儿解释，他都听不下去，到头还是一个人买了间破院子，单立了一户。"

"唉……"苗翠英也唉声叹气，"说到底，还都怨咱没文化，经历少……不过说到这，还真要谢谢小许，要不是他扯了个谎，把咱卖房的那九万八拿去给超儿开了个修车铺，以咱超儿的脾气，你就是给他金山银山，他估计都不带看一眼的。"

"谁说不是呢……"傅俊能也道，"本来我把房卖了，就是想给他张罗一套新房，结果他一毛钱不要，硬是去工地给人搬了一年砖，攒了笔钱，这才买了那个破院子。"

"破院子怎么了？"苗翠英面露不悦，"就算是破院子，你儿子可是把最好的那间房腾给了咱俩。说来咱那个儿媳妇儿是真心对超儿好，不光不嫌弃超儿坐过牢，还心甘情愿和他睡在外屋的水泥台上，这一睡，可就是五年啊。"

"对呀……"傅俊能眼前浮现出在那小院儿时的点点滴滴，微笑道，"蔓蔓脾气是急了点，但人品是真没话说，就连咱俩，她不也跟亲爹妈似的伺候？"

"咱那屋里常年不见阳光，我身上起了疮，蔓蔓知道了，不晓得从哪里学来的方法，买了好几块玻璃镜，又是敲又是挂的，折腾了好久，才弄了点阳光进来。"苗翠英扭头看看屋外院中那块用来反光的玻璃镜，"你这手艺，不也是跟她学的？"

"对！"傅俊能一乐，"你不想想，就我这文盲水平，怎么可能折腾出这个？"

"可就是因为蔓蔓对咱超儿是一片真心，咱们才不能再在那个家继续待下去了。当年蔓蔓挺着个大肚子，睡在水泥台上又阴又湿，连翻身都困难，如果咱再不走，总不能让娃出生还睡水泥台吧？"

"我哪能不知道你怎么想，"傅俊能点头道，"打我推你出去遛弯儿，你把那养老院的宣传单攥手里，我就知道了。其实呀……我跟超儿商议过，不行咱就去养老院，可那会儿超儿死活不同意，要不是蔓蔓快生了，屋里实在是没地方，他不能松口。"

"所以，他送我们去养老院那天，发那么大的脾气，这孩子，是在怨自己呢。"

"他是怪自己没本事，把自己亲爹妈往养老院送……"

苗翠英看看周围，这里房子虽小，其实打理得很温馨："其实在这儿没什么不好，至少，咱们不给孩子们拖后腿……"

说到这，苗翠英想起关键："别瞒我了，你到底得了什么病？"

傅俊能嘴角一咧，勉强扯出个比哭还难看的笑来："翠英啊，你连老鼠都怕，你说，要是你一个人走了，在黄泉路上遇到牛头马面，会不会把你给吓哭了？"

"说啥呢？"苗翠英好气又好笑地白他一眼，"你穷担心这干啥？"

"可我现在不担心了，"傅俊能伸手凌空一劈，"到时候我先走，我就在路上等着你，哪儿也不去，要是有鬼差敢欺负你，我逮着他们就揍，我就说，苗翠英是我家老伴，谁都不能欺负她，都给我记住喽！"

"你先走？"苗翠英听出不对劲儿来，她不知从哪儿来的力气，撑起身子，死死抓住傅俊能的手，"姓傅的，到底什么病？赶紧说！你要不说，我就不吃东西不喝水，指定走在你前头。"

看着日夜相伴、随着时光老去的女人的脸，傅俊能咧嘴笑了笑："没啥，就是个癌。"

傅俊能说得轻松，可落在苗翠英耳朵里，无异于晴天霹雳。

"医生……没搞错吧？"她喃喃地问。

"我本来是去孟医生的诊所拿止疼药的，可他不给我开了，非得让我去大医院看看，我没办法，就去了。结果到了医院，医生给我这样查，那样查，查了一整天，花了好多钱。然后医生说……是癌，还让我把孩子们叫去。"

"你化验单呢？要不，咱再找孟医生看看？"

"我路上给烧了。"

"烧了？"

"我自己的身体自己清楚，医生不会错的。要不是怕哪天我死在外面，你没人照顾，我连你都不说。"

"你是我男人，你老傅就算死在外面，变鬼也得回我身边来，否则就是我苗翠英这辈子看走了眼。"她盯着自己的老伴，"我看人准得很，尤其是你！"

见傅俊能没搭腔，苗翠英似乎明白了什么："你是不是想好下一步该咋办了？"

"你琢磨这干啥呀？"

"哼！你屁股一撅，我就知道你要干嘛！快年底了，你是不是想把我送到儿子那儿，然后一个人寻短见？"

"你寻思啥呢，那不能够！"

"不能够？"苗翠英戳着丈夫的额头，"你就是这么想的。我告诉你，傅俊能，你要是敢撇下我一个人走，我现在就给庆兰和超儿打电话，告诉他们你得癌了。"

"你疯了？"傅俊能站起身，"你看看他俩，成天忙前忙后，连饭都吃不上口热乎的，你跟他们说，是嫌他们过得不够苦吗？"

"不让我说也行，你带我一起，你走了，我也不想拖累他们。"

"那不成！"

苗翠英啪啪拍掌："怎么就不行？你走了，我这残废到谁家不是给他们添负担？老幺都三十几了，如今也没成个家。要是你走了，把我留下，按她那性子，铁定是立马回国伺候我。你想想，一个没嫁人的大姑娘，事业中途废了，还带着一个瘫痪的老母亲，将来谁愿意照顾她？我要是早死还好，万一命硬，再活个十来年，别说两个大的，老么这辈子也给咱祸害了。"

"这、这不行……"傅俊能不肯松口。

"我不管,你要是不答应,我今天就开始绝食。"

傅俊能傻了眼:"你呀……"

"嫁鸡随鸡嫁狗随狗,跟了你一辈子,我早就习惯了,反正你要上刀山还是下火海,那我不拦着,你就是不能把我给撇了。"

"好!"傅俊能将老伴抱在怀里,阳光照在他们脸上,金灿灿的。他眼角滑下一滴泪水:"我答应你,咱俩都不给儿女添麻烦,咱们一起走。"

80

自杀三天前。

看着在屋内来回踱步的傅俊能,苗翠英忍不住问:"想好给谁打电话了吗?"

"要不,我还是再想想……"

见丈夫犹豫不决,苗翠英替他决定:"给超儿打吧,庆兰脑子活络,你要是说不好,她可能就猜到咱俩要干啥了。"

"那行吧!"傅俊能颤抖着手,点开了通讯录中的一串号码。

等待接听的空当,老两口心都提到了嗓子眼,可"嘟——嘟——"的通话忙音持续了不到十秒钟,电话那边就传来提示:"您所拨打的电话正忙,请稍后再拨。"

"怎么了?"苗翠英问。

"超儿挂了。"

"估计在忙,来不及接,我隔几分钟再打。"傅俊能松了口气,可过了一会儿,苗翠英就催促道:"差不多了,再打……"

"好！"傅俊能重重点头，又拨通电话，可还是同样的结果。

"还在忙？"

"怎么办？"傅俊能试着问，"要不，还是打给庆兰？"

"别，再试试看。"苗翠英道，"我自己的闺女我知道，就你这样儿，铁定被她听出不对劲儿来。"

"行，听你的。"

屋里再度安静，只有墙上挂钟还在咔嗒咔嗒地走着，过了约莫五分钟，傅俊能再次拨打了儿子的电话。

这次，电话被接了起来。

"喂？谁呀？"

一听是甜甜的声音，傅俊能先是一怔，连忙换了口吻："是我的乖孙女儿吗？"

"是爷爷呀。我是甜甜。"

"你爸呢？"

小姑娘嘻嘻一笑："爸出去修车了，把手机落下了。"

"哟，你是不是又玩你爸手机呢？"

"看动画片呢！"

"刚才电话是你挂的？"

"是我。"

"动画片少看点，对眼睛不好，知道吗？"

"知道了爷爷，那你再给我讲一次武松打虎的故事？"

"你想听啊？"傅俊能回头看着老伴，后者冲他使劲地点了点头，"那好，爷爷在电话里讲给你听哈。"

"好！爷爷，你可不能把我看动画片的事告诉爸爸，否则他会打我屁股的。"

"放心吧！宝贝孙女儿，爷爷不会说的。"

"谢谢爷爷。"

……………

故事说完，傅俊能脸上依旧带着笑意："甜甜这丫头，真是的，武松打虎的故事都听好多回了，就是听不够。"

"怎么可能听得够，你每回说得都不一样，想当年三个孩子还小，咱们一家子最快活的事，就是吃了晚饭，围在你身边，听你讲故事。还别说，你虽然没认识几个字，那故事讲得可真是活灵活现，我听了都着迷，跟人家电视上讲评书的似的。"

"是吗？"傅俊能诧异道，"那怎么没见你夸过我。"

"好，夸你，夸你总行了吧！现在也不晚。"

"不过，你要说起听故事，我突然想起一人来。"

"谁？"

"还能是谁，旭光啊，他不也打小儿爱听我说故事？"

"对啊，我怎么没想到！"苗翠英恍然大悟。

"没想到啥？"

"别给儿子打电话了，不行让旭光转达不就完了？反正他又摸不到门儿，你给他打个电话，让他告诉超儿。"

傅俊能回过味儿："倒也是个主意。而且旭光这孩子也实诚，当年为了给你治病，把新房都卖了，这些年也都没忘了咱俩，只要我告诉他的事，他准能办好。"

"那就这么办。"苗翠英一拍床板，"赶紧给他打电话。"

傅俊能点点头，给常旭光打了过去。

"喂……旭光吗？"

傅俊能听着电话里传来的嘈杂声，捂住话筒，对苗翠英道："估计又在炒菜。"

"那他能听见吗？"

"听得见。"傅俊能把电话靠近耳边，"旭光，你在听吗？在听啊，那好，我麻烦你件事儿，你帮我给家里人带个话行吗？"

"哎，他俩都忙，暂时不好找，你记着啊！回头不管多忙，一定要把我说的话转给庆兰和超儿，一定要记住啊，千万千万要记住。"

"电话那边怎么好像没声？"苗翠英问。

傅俊能把手机拿远一些，看着手机屏幕上数字还在跳动，他说："还在通话中呢。"

"那他怎么不说话呢？"

"我知道了！"傅俊能一拍大腿，"旭光这孩子跟我说过，他忙的时候，就把手机丢一边开录音，等他不忙了就会听回放。"

"这样啊……"苗翠英点点头。

"对！"傅俊能笃定道，"咱们只管讲就完了，他一会儿炒完菜肯定会听。"

"那……"苗翠英欲言又止。

"那啥？"

"那不行，你就多讲两句？"苗翠英小心遮住话筒，看向自己的丈夫，"有些事，你都堵了一辈子了，这临走了，你低回头，给孩子们赔个不是，这样你心里也舒坦，他们的疙瘩也都能解开。"

"也对，都这个时候了，没什么不能说的，"傅俊能眼睛一亮，对话筒道，"旭光啊，这些年辛苦你了，你今天多听我唠叨一会儿，我这回说完，就不唠叨了。

"你撞你婶子的那事儿，不要总挂在心里，我心疼你婶子，但我俩从来没怪过你，你是个好孩子，为了给你婶治病，房子都卖了，现在四十啷当岁了，也没成个家。这些年，我和你婶子一直担心你，往后别再往我们这儿跑了，有时间找个媳妇，趁着年轻，过好自己的小日子，我和你婶不能拴你一辈子啊。

"还有啊，你要是不忙，晚些时候帮我跟庆兰和超儿说一声，让他俩后天早上来趟养老院，一定让他俩都来，你就说有重要的事。"

说到这儿，傅俊能又把手机拿远了些，当看到屏幕依旧在计数时，他嘶哑地道：

"旭光啊，你不知道，我以前老跟你唠叨庆兰他们三个，其实我是在说服我自己，希望有一天，我能放下这个当爹的架子，当面跟他们认个错。我对不起庆兰，要不是因为彩礼的事儿，我大闺女一定比现在过得好。所以她恨我，我一点儿不怪她，她这些年比我过得苦多了。我家庆兰以前特别爱笑，一笑起来，还露两颗虎牙，别提多讨人喜欢了。可打从她嫁人，我一年难得见她一面，我有时候想她了，就把照片拿出来看看，看着看着，她都当妈了，忙前忙后的，为了赚点辛苦钱，人前人后赔笑脸，她虽然还在笑，但我知道，我大闺女本来有好日子，都让我给搅和没了，她一点都不开心……

"还有超儿，他当年打你，你可千万别恨他，他跟你一样，心善，都是好孩子。当初超儿要是跟了个正经师傅，不是跟老李头在一起，我砸锅卖铁也让他学画儿去。可这个老李头带着我家超儿，就没安好心，超儿去学汽修的隔年，他就因为猥亵人家小男孩，被公安给抓了。你说，跟着这样的人，不死也掉一层皮啊……唉，那大戏里咋唱的来着，正所谓成也萧何，败也萧何。我家超儿就是心太直，所以被人哄骗蹲了劳改，那活儿是我给他安排的，他怨我怨得对。后来为了老幺的前程，让他分户，我心里也难受……可难受也没办法，日子还得过，人还得往前走不是？

"手心手背都是肉，人有时候压根儿选不了什么好的，就是两害取其轻而已。

"你婶当初坚持去养老院，就是我们都不想再给他添麻烦了……

旭光啊,你不知道,我虽然总把老幺挂在嘴边,其实我心里头,最担心的是庆兰她姐弟俩,比起她三妹,她俩的命真是太苦了。

"我这三个娃里,最有出息的就是我三闺女,可要想人前显贵,就得人后受罪。自上了初中,她就没睡过一天整觉,灯芯都熬灭了她还不睡。她知道我和你婶不识字,吃了没有文化的亏,她想通过学习改变家里的命运,她不止一次跟我说,她现在努力,不光是为了自己,她想将来给外甥、侄女打通一条出国留学的路,只要将来孩子能读书,有出息,那咱们这个家的未来,也就有希望了。再不会像你叔我这样,被人背后嫌弃是个文盲。

"旭光啊,我告诉你的这些话,你过了后天再告诉他们啊!完了再帮我赔个不是,就说我这个当爸的,这辈子有什么做得不对的地方,让他们不要往心里去,我黄土埋到脖子根的人了,不值得他们置气!"

捂着话筒,傅俊能揉揉眼睛,回头看老伴:"老婆子,你有什么要说的吗?"

苗翠英接过手机:"旭光啊,你告诉他们三个,不管什么时候,他们都是亲兄弟姐妹,不要因为一点小事就磨牙,都好好的啊!"

"对,都好好的,好好的……"

傅俊能重复道:"一定好好的……"

自杀当日。

熄灭炉火,傅俊能端着一碗熬得雪白的米粥走进门,发现老伴正靠在床头上,面带微笑地看着他。

傅俊能来到桌前,把碗放下:"都这会儿了,你还笑啥?"

"我笑我这辈子,是跟对了人。"

"就只是这辈子?"傅俊能来到自己老伴身边,握住她冰冷的手,"下辈子就不跟了吗?"

"跟，肯定跟。"

"那好，一会儿咱俩手拉手见了阎王爷，咱们就跟他说，下辈子，我们还做夫妻。"

"瞧你腻歪的！成，都依你。"

傅俊能把老伴揽进怀里，叹息道："这辈子让你受苦了，也让孩子们受罪了，只要他们都好好的，我死也瞑目了。"

"放心，他们懂事着呢。"苗翠英似乎想到了什么，"对了，你把咱们结婚时那床被子拿出来，一会儿盖上。"

"为啥？"

"回头孩子们来了让他们看看，咱们可是盖着喜被走的，这样他们心里就不会有疙瘩。"

"你说得对，不然孩子们又该瞎想了。"傅俊能起身打开柜门，拽出红彤彤的喜被。

"粥凉了吗？"

苗翠英的一句话，让傅俊能的手突然一颤，险些没抱住被子。

苗翠英表情轻松："怎么了？咱们不都说好了吗？"

"对，说好了。"傅俊能眼圈一红，把被子放在床脚。

"我先走，我不过奈何桥，就在桥头上等着你。"苗翠英的目光落在粥碗上，"别想了，咱俩都不是乐意拖累孩子的人。"

听了这句话，傅俊能的眼神坚定了些，他用袖子胡乱擦了把脸，接着那双布满老茧的手再度端起了那碗白粥。

因为手抖得厉害，瓷勺与碗不停碰撞，发出吵闹的声响。

好不容易把粥送到苗翠英面前，她却没接，而是低头看着手里的全家福，拇指来回在每个人脸上擦拭："再听一遍那首歌吧，每次听，我都能想起那个中秋的晚上，我们一家人围在院子里热热闹闹的……那时候，可真好啊……"

"旭光教我弄过,可以不停地放。"傅俊能一手端碗,一手掏出手机,点击了那首被他听了不知多少遍的歌曲,当悠扬的旋律回荡在耳边,苗翠英道:"老头子,你再最后喂我一次吧。"

傅俊能点点头,哽咽道:"行,我喂你……"他捏起勺子,因为手抖,米粥不停地掉落下来,当他把米粥送到老伴跟前时,苗翠英不知从哪来的力气,身子猛然一挣,含住了那个汤勺,咕嘟一声米粥下肚。

紧接着就是第二勺、第三勺……当第四勺刚舀起来时,苗翠英的身子已经不自主地抽搐起来,傅俊能赶忙丢下碗,将口吐白沫的妻子抱在怀中,像拍婴儿一般拍抚着她单薄的后背。

"翠英——翠英啊——你的老傅在呢!不要怕啊——不要怕——我很快就会来找你了。"

最后一股白沫猛然喷出,苗翠英的挣扎戛然而止,瘦小的身体瘫软在他的怀中。

傅俊能紧紧抱着苗翠英还温热的身体,泪水顺着眼角不停滑落。片刻后,他打起精神,来到床脚,展开那套印着凤凰花鸟的喜被,小心地将爱人的尸体盖好。

然后他端起粥碗,一口将剩下的粥喝尽,在她身边躺了下来,死死地攥住了妻子因病痛折磨变得瘦骨嶙峋的手……

他眼前开始出现了幻觉,在那房屋的白顶上,他看到了三个孩子在围着他不停地跳啊,笑啊,那笑声无比清脆,仿佛就在他的耳边一般……

81

鉴定所会议室里,傅家三人已经泣不成声,汪鹏鹏将老人的手机取出来，单击了播放键。

当那首《月亮代表我的心》的旋律响起时，傅庆兰愣愣地站在原地，口中喃喃："怎么……怎么会是这首歌……"

一九九七年的中秋夜，月圆如镜，傅家小院里洒满银色的月光。

十五岁的傅庆兰把方桌从厨房搬出来摆在院里，她直起腰喘了口气，对在墙根找蛐蛐儿的兄妹俩喊："超儿、幺妹，别玩了，进屋帮忙端月饼，马上吃饭了。"

"要吃饭喽，要吃饭喽——"七岁的傅雨晴欢快地叫着，突然间，一个玩意儿从院墙外面扔了进来。

"哎，这啥？"傅雨晴走近一看，是一只用红色纸叠的巨大的千纸鹤，她捡起反复看了看，"哎，里面还有字呢！"

听见一阵短促的口哨声，傅庆兰忽然明白了什么，朝傅雨晴冲过去，嘴里喊："快给我，这是我的。"

"我不，我要看看里面写的是啥！"

"不行，赶紧给我！"傅庆兰急得直跺脚。

"我就不！"傅雨晴高举右手，撒欢地在院子里抓着千纸鹤跑："飞啦——飞啦——大姐，你来追我呀！追到我就给你！"

傅庆兰给十三岁的傅超使了个眼色，后者点点头，悄悄绕到妹妹身后，傅庆兰张开手臂缓缓往前走："坏三妹！我来抓你啦！"

傅雨晴停下脚步，慢慢后退："啊——不要过来！"说罢，她猛地一转身，刚好撞进了傅超怀里。

他一下搂住妹妹，伸手拽走了千纸鹤。

"干得漂亮！"傅庆兰给弟弟竖了个大拇指，她走过去，刚要接过来，谁知傅超身子一闪："嘿！抓不着——"

"你个小崽子，活腻了是不是？"傅庆兰气得撸袖子，"快给我！不然揍你！"

傅超摇摇头，把手背在了身后："不！我也很想知道里面写的啥！"他冲妹妹眨眨眼，傅雨晴鬼精鬼精地张开手，挡在二人中间，拦下傅庆兰。

就在傅庆兰准备强抢时，傅超已经打开了千纸鹤。

"超儿，赶紧给我！"傅庆兰这下急了眼。

"不给，我先看看再说——"傅超一头钻进厨房。

"你慢点，也不怕烫着你！"见儿子撞进来，苗翠英忙把刚盛满的米粥放回锅台。

傅俊能把最后一块带有火星的木炭闷灭，冲傅超嚷嚷："这就吃饭了，闹啥呢？上外面疯去！"

"你问我爱你有多深，月亮代表我的心。"

傅超正读着，傅庆兰冲了进来，一把将纸条抢了过去。

"姐，这话是啥意思？"

"什么啥意思，就是一句歌词呗！没听过啊？是邓丽君的《月亮代表我的心》。"

苗翠英端着烙饼道："这歌名可真好听，也应景，你看，这外面的月亮多大啊。"

傅超冲着傅庆兰做了个鬼脸，端上粥，跟着母亲来到院里。

苗翠英把傅超手里的纸条接过去瞧瞧，也看不出所以然，便问傅庆兰："你干啥写这个？"

"因为……"傅庆兰咬着嘴唇想了想，忽然灵机一动，"因为爸妈在我心里，就跟月亮一样，每天都陪着我们，我就顺手写下来了。"

"那大姐，我们又是什么呢？"傅雨晴走过来坐下。

"你们呀——"苗翠英手指苍穹，"你们就是天上的星星，爸妈希望，你们能永远围在我们身边。爸妈呢，愿意永远照顾好我的好孩子们。"

"庆兰，"傅俊能用胳膊肘戳戳女儿，"那什么歌，干脆给你妈唱一个呗！她都忙活半天了，今天你们三个都在，让她也高兴高兴。"

"对，姐，你唱歌可好听了，你就唱一个吧。"傅超也跟着起哄。

"哦——大姐唱歌了，大姐唱歌了——"傅雨晴拍着巴掌，围着饭桌打转。

"好，我唱也可以，你们都坐好。"

"好咧！"傅超把四个板凳摆成排，"爸妈，你们坐中间，我挨着妈坐，幺妹挨着爸坐。"

"得咧，听我儿子的！"傅俊能把桌子摆上。

等一家人都坐下，懂事的傅庆兰上前一手牵弟弟，一手拉妹妹，把父母围在中间："今天过节，你俩就跟着我一起唱，我们把这首歌送给爸妈，祝爸妈身体健康，长命百岁——"

你问我爱你有多深

我爱你有几分

我的情也真

我的爱也真

月亮代表我的心

你问我爱你有多深

我爱你有几分

我的情不移

我的爱不变

月亮代表我的心

轻轻的一个吻

已经打动我的心

深深的一段情

教我思念到如今

你问我爱你有多深

我爱你有几分

你去想一想

你去看一看

月亮代表我的心……

歌声里，一家人不知不觉地拥在一起。

他们随着旋律，笑着，唱着，温情地注视着彼此，手中打起节拍……

82

机场航站楼外，傅雨晴从傅庆兰手中接过行李箱。

二人无言地看着对方，似乎都想说点什么，但又似乎都很难说出口。最后，还是傅雨晴放下了行李箱，上前一步，把傅庆兰拥在怀里。

似乎没有想到妹妹会如此直接，傅庆兰的身体一僵，但听到那句带着哽咽的"对不起……大姐"，傅庆兰的表情松弛下来，她有些迟疑地抬起手，拍了拍傅雨晴的后背："算了，都过去了……"

傅雨晴松开怀抱，她红着眼圈看向身边的傅超："哥。"

"啥？"傅超看着这一幕，鼻子有些酸。

"你能不能……再像咱们小时候那样，背我一次？"

"啊？"猝不及防的傅超下意识地看了看还未来得及换的汽修工装，"我这……你那大衣可不便宜啊！我都没换身衣服，这不好，这不好……"

"我就要！"傅雨晴已从身后搂住了他的脖子，跳到他背上。

"哎呀！多大人了都……"

"我不管，哥，我要骑马，驾——"

傅超低头想了想，脸上逐渐升起笑意，他突然一抬头，猛地大喊一声："好！幺妹，那你可要抓稳了！"

"嗒嗒——嗒嗒——"傅超口中不停地模仿着马蹄声，迎着周围人诧异的目光，背着傅雨晴往前跑去。

"哥……"傅雨晴抱着傅超的脖颈，泪水顺着她的眼角不断地滑落："对不起……"

"说啥呢？你可是我亲妹子。"傅超扭头一乐。

二人朝行李托运处跑去，傅庆兰则提着行李箱，跟在他们身后，担忧又唠叨地喊："喂！你们慢点，小心摔倒了——"

喊到这儿，她不由自主地哈哈大笑起来，仿佛回到了多年前的那一天，三个孩子在自家院落里追着，跑着，打闹着，毫无芥蒂地笑着——

三人的身影渐渐远去，机场外，阳光驱散了阴霾，金色的光芒如此温暖……

傍晚时分，一架飞机从龙途司法鉴定所的上空飞过，所里已经下班很久，只有零星的几间屋子还亮着灯。

葛永安拎着保温杯，朝走廊尽头走去。

声控灯在他走过之后，渐次熄灭，远远看去，他仿佛走在紧追其后的黑暗里。

法医组工作间里，王怡文坐在解剖台前，面对一具冰冷待检的尸体，若有所思地翻阅着案卷。

一个电话打了进来，液晶屏上显示出"王雷军"的姓名，她拿着电话，却没有接听，只是任凭电话在不停地震动。当通话中断后，短暂的短信铃声响起，一则消息浮现在屏幕上：祝女儿生日快乐！

王怡文把屏幕按灭，冷漠地将手机转过面，背朝上地扔在了桌台上。

理化毒物组，佘小宇掏出只有巴掌大小的笔记本，找到标注有"真探组首案委托"的那一页。

她在页角折了一下，然后飞快地往后翻去，上面每一页都密密麻麻记录着每次鉴定的内容、次数和费用。在每个页角，还有一行数学公式，所有费用都乘上了一个百分比，最终计得一个以元为单位的数字。

她用手机计算器把全部数字相加。翻完最后一页，佘小宇看着手机上那个大四位数，微微有些愣神。

她抬头看向桌面上整齐安放着的那份结案报告，报告的末尾，附有一张彩色打印的全家福。

照片上所有人都笑得很开心，她似乎受到感染，不自觉地扬起了嘴角。想了想，她一把将那几页记账纸撕下，扔进了旁边的碎纸机里。

所里没有人，走廊很空旷，汪鹏鹏的说话声从办公室的门缝里传出来，带着回音，显得异常清晰："奶，我想死你了。我一会儿就回家，你能不能给我弄碗红烧肉面吃？我就好您这一口——"

楼梯口，葛永安听到了汪鹏鹏的话，微露笑意，他走上二楼，发现李霄阳站在门外。

"葛队。"李霄阳微微一笑。

"还没回呢？"葛永安抬手看看老式手表，"这可不早了。"

"我在等你。"

"等我？"葛永安挑眉。

"有个问题我想问问你。"

"哦？"葛永安捂着手，"说吧！"

"你是不是很早就已经发现了，傅俊能的身体有问题？"

"你怎么会这么问？"

李霄阳也挑挑眉："直觉。"

"直觉，其实是既往经验的总和，有时候可靠，有时候也会出现偏差。所以不能单独运用，而要想办法进行验证。"

葛永安道："傅俊能身体有问题，其实你在给药盒分类时就已经察觉了，不是吗？"

"看来，咱俩这一局，是打了个有来有往？"李霄阳似笑非笑，头顶的灯光让他一贯玩世不恭的脸上罩上一层浓重的阴影，"既然你清楚，为什么不直接建议解剖？"

葛永安拍拍他的肩："我说过，我们不是警察。有话直说，未必能得到最好的结果。我们要面对的最大的障碍，并不是物证检验任务的艰巨，而我们要解决的问题，也未必就是调查结果，而是别的东西……"

说着，他迈开脚步，朝三楼走去，李霄阳在他身后追问："那是什么？"

"经过这一案，我想你已经明白了，就不用说了吧！"

老葛的声音远远传来，李霄阳皱起眉想了想，又笑着摇了摇头。

"这老头，貌似和善，实际还真不好惹……"

推开通往天台的木门，一阵微风袭来，葛永安感觉头脑一下清醒不少。

城市的灯光将一个窈窕的背影在顶楼边缘勾勒出来："你迟到了三分钟，这不是你的性格。"

葛永安缓缓走到她身边："在楼梯口遇到了李霄阳，耽搁了一会儿。"

"没关系，对有能力的人，我愿意等。"

"人外有人，天外有天，刚完成第一件委托，你就做出这样的评价，有点冒失了吧！"

"案子看起来一般，实际上民事委托，往往比想象的复杂。带着一群各有心思的小家伙，办到这个地步，不容易。"龙梅拿出一枚崭新的徽章，递到葛永安手边，"所以，你现在想好了吗？"

葛永安低头看了看那只叼着天平的獬豸，没有接。

龙梅会意，她手腕一转，将徽章收了回去："没关系，我从来不会强迫任何人。"

"谢谢！"葛永安勾起嘴角，"这也是我愿意来这里的原因。"

葛永安看向远处纵横交错的霓虹："既然不营利，为什么还要成立这个组？"

龙梅握住栏杆，看向眼前的万家灯火。她没有回答，反而问他："你知道吗？人生中，往往不是每个问题都有答案。也不是每一个令人痛苦的谜题，都能被解开，得到背后的真相。"

"你也有这样的时候？"葛永安扭过头，看着她英气秀美的脸。虽然上了年纪，但龙梅的下颌线异常绷直，显露出她刚硬顽强的一面。

"对，我也有。"龙梅点点头，"如果一定要我回答，可能是因为，我希望有人问'为什么'的时候，我们的努力，能给出一个答案。"

"但是，真相未必都是美好的，也可能和想象的截然不同。未必会有人感激你，感激这个行业里的人，甚至，他们不会释然，反而会心生怨恨。"

"那又如何？总得有人做这件事，不是吗？"龙梅微微一笑，转身而去，"时候不早了，我得回去了。"

她从天台的椅子上拿起外套搭在手腕上，突然道："师兄，不管你最后怎么选择，谢谢你能来。"

"叫我老葛就好。"

两人相视一笑，龙梅离开天台，消失在他的视线里。

葛永安抬起手，望向天际，舒展地伸了个懒腰，时间仿佛静止一般,他靠在天台的栏杆上享受着这份难得的宁静,然而就在此时,一阵急促的手机铃声打断了他的思绪。

他掏出手机,发现是一个陌生的固定电话号码打来的。

"喂,你找谁?"几秒后,他的面色变得难看起来,"什么?怎么会发生这种事?"

图书在版编目（CIP）数据

秘密 / 九滴水著 . -- 北京：中信出版社 , 2024.3
（九滴水真探）
ISBN 978-7-5217-6411-6

Ⅰ.①秘… Ⅱ.①九… Ⅲ.①推理小说－中国－当代
Ⅳ.① I247.5

中国国家版本馆 CIP 数据核字（2024）第 036073 号

秘密
著者： 九滴水
出版发行：中信出版集团股份有限公司
（北京市朝阳区东三环北路 27 号嘉铭中心　邮编　100020）
承印者： 北京盛通印刷股份有限公司

开本：787mm×1092mm 1/16　　印张：18.75
彩插：4　　　　　　　　　　　字数：200 千字
版次：2024 年 3 月第 1 版　　　印次：2024 年 3 月第 1 次印刷
书号：ISBN 978-7-5217-6411-6
定价：49.80 元

版权所有·侵权必究
如有印刷、装订问题，本公司负责调换。
服务热线：400-600-8099
投稿邮箱：author@citicpub.com